MW01614794

EL MUNDO HA VIVIDO EQUIVOCADO

R. FONTANARROSA

EL MUNDO
HA VIVIDO EQUIVOCADO

EDICIONES DE LA FLOR

Fontanarrosa, Roberto
El mundo ha vivido equivocado.- 18ª. ed.- Buenos Aires: Ediciones de la Flor, 2008.
256 p. ; 20x14 cm.

ISBN 978-950-515-101-1

1. Narrativa Argentina. I. Título
CDD A863

Diagramación de tapa: Horacio Elorga
Fotografía de tapa: Norberto J. Puzzolo

Decimoctava edición: febrero de 2008

© 1985 by Ediciones de la Flor S.R.L.
Gorriti 3695, C1172ACE Buenos Aires, Argentina.
www.edicionesdelaflor.com.ar

EL MUNDO HA VIVIDO EQUIVOCADO

–¿Sabés cómo sería un día perfecto? –dijo Hugo tocándose, pensativo, la punta de la nariz. Pipo meneó la cabeza lentamente, sin mirarlo. Estaba abstraído observando algo a través de los ventanales.

–Suponete... –enunció Hugo entrecerrando algo los ojos, acomodándose mecánicamente el bigote, corriendo un poco hacia el costado el sexteto de tazas de café que se amontonaba sobre la mesa de nerolite– ...que vos vas de viaje y llegás, ponele, a una isla del Caribe. Qué sé yo, Martinica, ponele, Barbados, no sé... Saint Thomas.

–¿Martinica es una isla? –preguntó Pipo, aún sin mirarlo, hurgando con el índice de su mano izquierda en su dentadura.

–Sí. Creo que sí. Martinica. La isla de Martinica.

Pipo aprobó con la cabeza y se estiró un poco más en la silla, las piernas por debajo de la mesa, casi tocando la pared.

–Llegás a la isla... –prosiguió Hugo– ...Solo, ¿viste? Tenés que estar un día, ponele. Un par de días. Entonces vas, llegás al hotel, un hotel de la gran puta, cinco estrellas, subís a la habitación, dejás las cosas y bajás a la cafetería a tomar algo. Es de mañana, vos llegaste en un avión bien temprano, entonces es media mañana. Bajás a tomar algo.

–Un jugo –aportó Pipo, bostezando, pero al parecer algo más interesado.

–Un jugo. Un jugo de tamarindo, de piña...

–De guayaba, de guayaba –corrigió Pipo.

–De guayaba, de esas frutas raras que tienen por ahí. Calor. Hace calor. Vos bajás, pantaloncito blanco livianón. Camisita. Zapatillitas.

–Deportivo.

–Deportivo.

–Tipo tenis.

–No. No. Ojo, pantaloncito blanco pero largo, ¿eh? No short. No. Largo. Livianón. Bajás... Poca gente. Música suave. Cafetería amplia. Te sentás en una mesa y... se ve el mar. ¿No? Se ve el mar. El hotel tiene su playa privada, como corresponde. Poca gente. Poca gente. No mucha gente. No es temporada. Porque tampoco vos vas de turismo. Vos vas por laburo. Una cosa así.

–Claro –Pipo aprobó con la cabeza y saludó con un dedo levantado al Chango que se iba con una rulienta.

–Entonces ahí... –Hugo estiró las sílabas de esas palabras anunciando que se acercaba el meollo de la cuestión– ...a un par de mesas de la mesa tuya: una mina, sentadita. Desayunando.

–Sola –por primera vez Pipo mira a Hugo, frunciendo el entrecejo.

Hugo arruga la cara, dudando.

–Sola... o con un macho. Mejor con un macho, ¿viste? Pero, la mina, te juna. Te marca. No alevosamente, pero, registra. La mina, muy buena, alta rubia, ojos verdes, tipo Jacqueline Bisset.

–Me gusta.

–La mina, poca bola. Marca de vez en cuando, pero poca bola.

–Jacqueline Bisset no es rubia.

–¿No es rubia? ¿Qué es? Castaña.

–Sí, castaña, castañona.

—Bueno. Pero ésta es rubia. Remerita azul, pantaloncitos blancos. Cruzada de gambas, fumando. Hablando con el tipo, recostada en el respaldo del silloncito. Esos silloncitos de caña.

—¿Silloncitos de caña? ¿En una cafetería? —dudó Pipo.

—Bueno, no —admitió Hugo—. Uno de esos comunes. O como éstos —giró un poco el torso y pegó dos tincazos cortos contra el plástico de un respaldo—. Pero con apoyabrazos, ¿me entendés? Porque la mina está estirada, así, para atrás, medio alejada de la mesa. Mirando al tipo, cruzada de gambas. O sea, queda de perfil a vos. Pero... ¿qué pasa?

—¿Qué pasa?

—La mina se aburre. Se nota que se aburre. El tipo chamuya algunas boludeces y la mina hace así, con la cabeza —Hugo imita gesto de asentimiento— pero se nota que se hincha las pelotas.

—Y claro, loco...

—Entonces, entonces... —Hugo toca levemente el antebrazo de Pipo llamando su atención—, vos empezás a hacerte el bocho. Con la mina. ¿Viste cuando vos empezás a junar a una mina y no podés dejar de mirarla? ¿Y que entrás a pensar: "Mamita, si te agarro"? Vos te empezás a hacer el bocho. Claro, te hacés el boludo...

—Porque está el macho.

—No. Pero el macho no calienta. Porque está de espaldas. No te ve. No te ve. Vos te hacés el boludo por si la mina mira. Cosa de que no vaya a ser cosa que mire y vos estás sonriendo como un boludo, o que le hagás una inclinación de cabeza...

—O que se te esté cayendo un hilo de baba sobre la mesa.

—Claro, claro —se rió, definitivamente entusiasmado con su propio relato Hugo, haciendo gestos elocuentes de refregarse la boca con el dorso de la mano y limpiar la mesa con una servilleta de papel—. No. No. Vos, atento, atento, pero digno. Tipo Mitchum. Tipo Robert Mitchum.

—Bogart, loco. Vamos a los clásicos.

—Sí. Una cosa así. Fumando el hombre. Medio entrecerrados los ojuelos por el humo del faso. Un duro.

—Sí. A esa altura yo ya estaría duro.

—También. También. Pero con dignidad —sentenció Hugo—. Porque por ahí te tenés que levantar y tenés que salir encorvado como el jorobado de Notre Dame y ahí se te va a la mierda el encanto. Cagó el atraque. No. Vos, en la tuya. Juguito, un par de sorbos vichando por encima de las pajitas esas, de colores...

—Los sorbetes.

—Los sorbetes. Una pitada. Mirando de vez en cuando al mar. Pero vos siempre atento a la rubia que balancea lentamente la piernita y a vos...

—A vos te corre un sudor helado desde la nuca...

—Desde la nuca hasta el mismo nacimiento de los glúteos. Y una palpitación en la garganta... ¿viste?, como los sapos. Que se les hincha la garganta.

—Lindo espectáculo para la mina si te mira.

—No, pero eso te parece a vos desde adentro —Hugo golpea con uno de sus puños contra su pecho—. No. Vos, un duque. Un duque. Y... ¿viste? ¿Viste cuando vos decís: "Viejo, si esta mina me da bola yo me muero. Me caigo al piso redondo" y que medio agradecés que la mina esté con un macho porque te saca de encima el compromiso de tener que atracártela? Pero por otro lado vos decís: "¿Cómo carajo no me le voy a tirar, si esta mina es un avión, un avión?". ¿Viste?

—Típico.

—Pero vos, claro, perdedor neto, también pensás: "Esta mina, ni en pedo me puede dar bola a mí". Porque es una mina de ésas de James Bond, de ésas bien de las películas. Un aparato infernal. Digamos, todo el hotel es de las películas. Con piletas, piscinas, parques, palmeras, cocoteros, playa privada...

–Catamaranes.

–Surf, grones, confitería con pianista, negro también. Una cosa de locos. Entonces vos decís: "Esta mina no me puede dar bola en la puta vida de Dios". Pero, pero...

–Al frente –indicó Pipo, con la mano.

–¡Al frente, sí señor! –se enardeció Hugo–. Al frente, y por ahí, por ahí... el tipo se levanta.

–El tipo que está con la mina.

–El tipo que está con la mina se levanta y se pira. Le da un besito en la boca, corto, y se pira. A vos medio se te estruja el corazón porque pensás: "Si el tipo este la besó en la boca, es el macho. No hay duda".

Pipo meneó la cabeza, dudando.

–Porque uno siempre al principio tiene esa esperanza –prosiguió Hugo–. "Puede ser el hermano", piensa, "un amigo" "o el tío", qué sé yo...

–O una tía muy extraña que se viste de hombre.

–También.

–Una institutriz de esas alemanas. Muy rígidas –documentó un poco más su aporte Pipo.

–Claro. Claro. Pero cuando el tipo le zampa un beso en la trucha ya ahí medio que se te acaban las posibilidades –Hugo se corta. Se queda pensando–. Aunque viste cómo son los yanquis. Se besan por cualquier cosa –aclara–. Ahí viene una mina y te da un chupón y es cosa de todos los días.

–¿Sí?

–Sí. Bueno, bueno. La cuestión que la mina se ha quedado sola en la mesa. El tipo se piró. Se fue. Y la rubia está en la mesa, mirando el mar. Balanceando la piernita. Y ahí te agarra el ataque. Ahí te agarra el ataque. ¡Está servida, loco! Sola y aburrida. Rebuena, para colmo.

–¡Qué te parece!

–Claro, primero vos esperás. Te hacés el sota y esperás. Porque en una de ésas vuelve el marido. O el tipo ese que estaba con ella y es un quilombo. Entonces vos te quedás en el molde. Y te empieza a laburar el marote de que si te vas y te sentás con ella. ¿Qué carajo le decís?

—Y además la mina habla en inglés.

—No sé. No sé. Eso no sé —vacila Hugo.

—¿La mina no es norteamericana?

—No sé. Porque vos no la escuchás. Vos la viste que está ahí chamuyando con el tipo pero no escuchás en qué habla.

—Y... si habla en inglés te caga.

—Sí, sí —admite Hugo, turbado—, pero esperá...

—Bah. Si habla en inglés, o en francés o en ruso, te caga.

—Pará, pará.

—Vos inglés no hablás, que yo sepa.

—¡Pará, pará! —se enoja Hugo.

—Porque nosotros, acá, porque manejamos el verso, pero si te agarra una mina que no hable castellano...

—Oíme, boludo. Pará. ¿Vos sos amigo mío o amigo de la mina? La mina puede ser francesa, por ejemplo, y saber un poco de castellano.

—O española —simplifica Pipo—. La mina es española.

—¡No! Española no. Dejame de joder con las españolas.

—¿Por qué no?

—Las españolas son horribles. Tienen unos pelos así en las piernas.

—Sí, mirá la Cantudo.

—No, no —se empecina Hugo—, dejame de joder con la Cantudo. La mina es una francesa tipo, tipo...

—¿Por qué no la Cantudo?

—Tipo... ¿Cómo se llama esta mina? —Hugo golpetea con un dedo sobre el nerolite.

—Romy Schneider.

—No. No. Esta mina que canta...

—A mí dejame con la Cantudo y sabés...

—¡No rompás las bolas con la Cantudo! ¿Cómo se llama esta mina? –Hugo señala con el dedo a Pipo, ya cabrero–. Mirá, el día que vos me vengas con tu día perfecto, muy bien, que la mina sea la Cantudo. Pero yo te estoy contando mi día. Además esta mina es rubia.

–Bueno –aprueba Pipo, reacomodándose algo en la silla–. La próxima vez que me cuentes tu día perfecto, vos quedate con la rubia. Pero que la rubia esté con la Cantudo y salimos los cuatro. Así...

–Está bien, está bien –concede Hugo sin dejar de rebuscar en su memoria–. ¡Françoise Hardy! ¡Françoise Hardy! Un tipo así.

–Tampoco es del todo rubia.

–Bueno, pero de ese tipo. De cara medio angulosa. Jetona. Más rubia, eso sí. Y con esa voz así... profunda.

–Oíme –cortó Pipo–. Si no la escuchaste hablar. Decías...

–La mina es francesa –se embaló Hugo–. Pero habla castellano porque ha vivido un tiempo en Perú. ¿Viste que los franceses viajan mucho a Perú?

–¿Sí? –se interesa Pipo. Se acomoda definitivamente erguido en la silla, gira y con un gesto pide otro café a Molina, el morocho, que está descansando contra la barra, aprovechando la poca gente de las once de la noche.

–Claro. Porque esta mina es una mina del jet-set. Una arqueóloga o algo así, que viaja por todo el mundo.

–Una cosmetóloga.

–O dirige una línea internacional de cosmética. Una línea suiza de cosmética –sopesa Hugo–. O diseña moda. Habla varios idiomas. Y entonces habla castellano con un acento francés, arrastra las erres...

–Como el dueño del hotel donde para Patoruzú –ejemplifica Pipo.

–Eso. Y tiene una voz profunda. Medio áspera. Como Ornella Vanoni.

–Ajá, ajá. Me gusta –aprueba Pipo, dispuesto a colaborar

mientras se echa algo hacia atrás para permitir que Molina le deje, sin una palabra, un café, un vaso de agua, tire otros saquitos de azúcar junto al cenicero y apriete un nuevo ticket bajo la pata del servilletero.

—La cuestión es que la mina se quedó sola en la mesa, fumando —recupera el hilo Hugo— y vos estás ahí, haciéndote el bocho, viendo cómo carajo hacés para atracártela. Para colmo todavía no sabés en qué carajo habla esta mina. Entonces, entonces, empezás a junar las pilchas, los zapatos, la remera, los cigarrillos que la mina tiene sobre la mesa para ver si dicen alguna marca, algún dato que te bata más o menos de dónde es la mina. La mina llama al mozo. Paga su cuenta. Vos ahí parás la oreja para ver si agarrás en qué habla, pero la mina habla en voz baja, como se habla en esos ambientes internacionales...

—Además la mina con esa voz profunda que tiene... —Pipo ha terminado de sacudir rítmicamente la bolsita de azúcar y se dispone a arrancarle uno de los ángulos.

—Claro. Agarra un bolso que tiene sobre otro sillón y ahí... ahí... Primero... —se autointerrumpe Hugo— cuando se para, ahí te das cuenta realmente de que la mina es un avión aerodinámico. De esas minas elegantes, pero que están un vagón. De esas flacas pero fibrosas, ésas que juegan al tenis y que vos les tocás las gambas y son una madera. Entonces ahí, en tanto la mina se acomoda el bolso sobre el hombro y agarra los puchos y el encendedor de arriba de la mesa...

—Los puchos son *Gitanes* —documenta Pipo.

—Claro. Los puchos son *Gitanes* y tiene, ¿viste?, atado a una de las manijas del bolso, un pañuelo de seda, fucsia. Bueno, ahí, cuando la mina se levanta. Se da vuelta. Y te mira.

—¡Mierda!

—Te mira, ¿viste? —Hugo está envarado sobre la silla, tenso. Una mano en el borde del asiento y la otra sobre el borde de la mesa. Los ojos algo entrecerrados miran fijo en dirección a la ventana que da a calle Sarmiento–. Te mira un momentito, pero un momentito largón. Ya no es la mirada de refilón... eh... la mirada de rigor de cuando uno mira a una persona que entra o que se te sienta cerca. No. No. Una mirada ya de interés. Profunda.

–Ahí te acabás.

–No. Vos... un hielo. Le mantenés la mirada. Serio. Sin un gesto. Como diciendo "¿Qué te pasa, cariño?". Claro, por dentro se te arma tal quilombo en el mate, se te ponen en cortocircuito todos los cables. "Uy, la puta que lo reparió, no puede ser", decís. "No puede ser. Dios querido". Pero le sostenés la mirada hasta que la mina da media vuelta y se va para la playa con el bolso al hombro.

–Y... –se sonríe Hugo–. ¿Viste cuando las minas se dan cuenta de que las están junando, entonces caminan un poquito remarcando más el balanceo? –Hugo oscila sus propios hombros y el torso–, ¿así? La mina se va para la playa, despacito. Matadora. Claro. Vos estás paralizado en la silla, tenés la boca seca y si te mandás un trago del jugo te parece que tragás papel picado. Cualquier cosa parece. Te zumban los oídos.

–Te sale sangre por la nariz.

–No. No. Porque ya te recuperaste. Ya te recuperaste –ataja Hugo–. Y ya empezás a sentir, ¿viste? Esa sensación, esa sensación, ese olfato, esa cosa... de la cacería. ¿No? Para colmo, para colmo –Hugo vuelve a poner su mano sobre el antebrazo de Pipo para concentrar su atención.

–Ajá...

–Para colmo, la mina llega al ventanal, todo vidriado. Porque la parte de la cafetería que da al mar es puro vidrio –asesora Hugo–. Entonces cuando la mina llega a la parte de la puerta donde ya sale a la parte de playa, que hay una explanada y después está la arena, se para. Se para en la puerta, ¿viste? Como deslumbrada por el sol. Y mira para todos lados.

Busca algo adentro del bolso con un gesto como de fastidio...

—Los lentes negros.

—Algo así. Lo que pasa es que la mina está aburrida. Y en eso, antes de salir ya del todo, gira un poco. Y te vuelve a mirar...

—Ahh... jajajá... —ríe nervioso Pipo.

—¿Viste cuando de golpe una mina te mira y vos no sabés...?

—Sí. Si te mira a vos o a alguien de atrás.

—Claro, claro, eso —se enfervoriza Hugo—. Que vos te das vuelta para ver si atrás no hay otro tipo, qué sé yo. Como para asegurarte.

—Sí, sí —se vuelve a reír Pipo.

—Pero no. La mina te vuelve a mirar a vos. Ya no tan largo, pero...

—Está con vos.

—Está con vos.

—La mina siempre seria —casi pregunta Pipo.

—Ah, sí. Sí. Seria. Juna pero ni una sonrisa. Los ojitos nada más. No. No se regala. Digamos...

—Insinúa.

—Eso. Insinúa... Entonces, vos, llamás al mozo. ¿Viste? —se divierte Hugo. Hace voz afónica—: "Mozo"... No te sale ni la voz. Tenés la garganta seca. "Mozo". Firmás tu cuenta y ahí nomás te mandás para la habitación. A los pedos.

—A la habitación.

—Claro. Porque vos ya viste que la mina se fue para la playa. O sea, la tenés ubicada y un poco la seguridad de que la mina se va a quedar ahí. Entonces vas a la habitación y te ponés la malla, cazás una toalla. Una revista...

—Ah. Eso sí. Imprescindible. Un libro...

—Sí. Sí, sí. Un libro, una revista, cualquier cosa, para llevar debajo del brazo y salís rajando para la playa cosa de que no vaya a aparecer algún otro y te primeree. Bajás y te mandás a la playa. Como siempre pasa, la primer ojeada que das, no la ves. Ahí te puteás, decís: "¿Para qué mierda me fui arriba a cambiar?". Y te desesperás. Pero por ahí la ves que viene caminando, entre alguna gente que hay, tomando una Coca-Cola que ha ido a comprar. La mina te ve pero se hace la sota. Se tira por ahí, en una lona. No, en una de esas reposeras y se pone a tomar sol. Medio se apoliya.

—Ahí te cagó.

—No. Bueno. Al fin te la atracás —sintetiza Hugo.

—Ah no. ¡Qué piola! —se enerva Pipo—. Así cualquiera. Es como en esas películas donde un tipo dice: "Me voy a atracar a esa mina", y después ya aparece con la mina, charlando lo más piola, encamado. Y no te dicen cómo el tipo se la atracó, atracó. Que es la parte jodida.

—Bueno. Pará. Pará —contemporiza Hugo—. Vos te quedás vigilando. Ves por ejemplo que no hay ningún peligro cercano. Ningún tipo, algún tiburonazo como vos que ande rondando. O hay algún tipo con su mujer que vicha pero se tiene que quedar en el molde pero además vos viste cómo son estas cosas. Los yanquis, los ingleses por ahí ven una mina que es una bestia increíble y no se les mueve un pelo. Ni se dan vuelta. No dan bola. No son latinos. Entonces vos ves que no hay peligro cercano y planeás la cosa. Vos tenés una situación privilegiada. Estás solo. Tenés tiempo. Tenés guita...

—No como acá.

—Claro. Además ahí no te juna nadie. No hay quemo posible. Entonces por ahí te vas un poco al mar, nadás, hacés la plancha. Y cuando volvés ves que la mina está leyendo. En la reposera, pero leyendo. Entonces vos, desde tu puesto de vigilancia, ni muy cerca ni muy lejos, te ponés también a leer. Por ahí te dan ganas, ¿viste? —Hugo busca las palabras—, de largar todo a la mierda, cazar un bote, alquilar un catamarán y disfrutar un poco en lugar de andar sufriendo por una mina que por ahí... Pero claro, cuando la mirás y por ahí la ves mover una piernita, sacudir un poco el pelo rubio, se te queman todos los papeles. Te hacés el bocho como un loco. Se te seca de nuevo la garganta.

—Venís muerto.

—Lógico. En eso la mina se levanta y se va para un barcito que hay en la playa, muy bacán. Ése es el momento, es el momento... Lo que vos me pedías que te explicara.

—Claro —parece que se disculpara Pipo—, porque si no, es muy fácil...

—La mina va, se sienta en un taburete, debajo de esos quinchos, ¿viste?, como de paja, cónicos, pero grande, porque ahí está el bar. Y vos vas y te sentás al lado. Ya sin hacerte tanto el boludo, ya, ya en la lucha. Y ahí vas a los bifes. Le preguntás, por ejemplo: "¿Usted es norteamericana?". En un tono monocorde, casi digamos, periodístico. Sin sonrisitas ni nada de eso. Ahí la mina te mira un momento, fijamente. Y es cuando...

—Te cagás en las patas —dictamina Pipo.

—¡Claro! ¡Claro! Porque ése es el momento crucial. Ahí se juega el destino del país. Si la mina se hace la sota y mira para otro lado. O dice "sí", caza el vaso y se alza a la mierda, perdiste. Perdiste completamente. Pero no. La mina te mira, dice: "Sí". "Sí, ¿por qué?". Y se sonríe.

—¡Papito!

—¡Papito! ¡Vamos Argentina todavía! ¡Se viene abajo el estadio! —Hugo se sacude en la silla—. ¿Viste esas minas que son serias, que no se ríen ni de casualidad, pero que por ahí se sonríen y es como si tuvieran un fluorescente en la boca? ¿Que vos no sabés de dónde carajo sacan tantos dientes? Una cosa... —Hugo estira la comisura de los labios con los dientes de arriba tocándose apretadamente con los de la fila inferior.

—Como la Farrah Fawcett.

—Sí. Que es una particularidad de las modelos —asesora Hugo—. Están serias, de golpe le dicen "sonreí" y ¡plin! encienden una sonrisa de puta madre que no sabés de dónde la sacan... Bueno, la rubia te mira, te dice: "Sí, ¿por qué?", y...

—Te da el pie.

—Claro. Te da el pie, para colmo. Entonces vos decís "permiso", el barrio es el barrio, y te sentás en el taburete de al lado y entrás al chamuyo... —Hugo lleva dos o tres veces el dedo índice de su mano derecha a la boca y lo hace girar hacia adelante como quien desenrolla algo. Pipo hace un gesto escéptico.

—Muy facilongo lo veo —dice.

—Lo que pasa es que la mina está con vos. Está con vos. La mina ya tiene decidido que te va a dar bola. No va a andar haciendo las boludeces de hacerse la estrecha o esas cosas. Es una mina que está en el gran mundo internacional y sabe lo que quiere. La mina va a los bifes. No se regala pero va a los bifes. Si le gusta un tipo le da pelota de entrada y a otra cosa.

—Eso es cierto. Esas minas son así.

—Entonces vos empezás el chamuyo. Ya tranquilo. Ya gozando la cosa porque sabés que la cosa viene bien, ya estás en ganador y medio que ya te estás haciendo la croqueta pensando que te vas a llevar a la rubia para la pieza del hotel y esas cosas. Ya entrás a disfrutar, ahí, vos, ganador. Garpás los tragos, tirás unas rupias sobre el mostrador al grone y te vas con la mina para las reposeras. La mina, claro, una bola bárbara. Y vos ves que los tipos te junan como diciendo "hijo de puta, se levantó el avión ese". Pero vos, un duque, fumás, te hacés el sota y la ves caminar a la rubia adelante tuyo, en la arena, ahí, el pantaloncito ajustado y pensás: "Dios querido ¡Y esta mina está conmigo!". Y bueno...

—Bueno —suspira Pipo, aflojando un poco la tensión. El peor momento ya ha pasado.

—En fin. Entonces escuchame cómo es la milonga. ¿No? La milonga del día perfecto. Al menos para mí. Primero, ahí, en la playa, con la rubiona. Un poco de natación, el mar, las olas.

Alquilás un catamarán, te vas con la mina de recorrida. Y a eso de las seis, siete de la tarde, te mandás al bar y te das algún trago largo...

—Un ron Barbados.

—Puede ser. Puede ser. Fijate, fijate... —gesticula, calculador, Hugo—. Me gustaría más un gin-tonic. Un gin-tonic.

—Loco, eso pedilo en Mombasa, en algún boliche de ésos. Pero no te pidás un gin-tonic en un lugar así. Con esa mina...

—Grave error. Grave error. ¿Qué tomaban los tipos que aparecen en la novela de Hemingway, de ésas en el Caribe, *Islas en el Golfo,* por ejemplo?

—Bacardí.

—Bacardí. ¡Y gin-tonic! Gin-tonic, mi amigo. Pero la cosa no es ésa. No es que vos vayas a pedir tal o cual trago. No. La cosa es que no te des con algún trago que te tire a la lona. Tenés que tomar algo que más o menos sepas que te la aguantás. Algo que te achispe, que te ponga vivaracho pero que no te haga pelota. Mirá si todavía que ya tenés la mina en casa te levantás un pedo que flameás o te descomponés y después andás con diarrea, te cagás ahí en el lobby del hotel...

—Vomitás —se asqueó Pipo.

—Vomitás. Le vomitás las pilchas a la mina. Un asco. No. No. Por eso, por eso, pedís algo sobrio, que vos sabés que te la aguantás y que te ponga ahí, en el umbral de la locura para acometer el acto... el acto... el acto carnal. Además, vos ves que el asunto viene sobrio. Sin espectacularidad. No te vas a pedir tampoco uno de esos tragos que vienen adentro de un coco partido por la mitad, que adentro le meten flores, guirnaldas, guindas, que lo tomás con pajita. Eso es para las películas de Doris Day que todos bailaban en bolas al lado de la pileta...

—Doris Day. Qué antigüedad.

—No. Vos te pedís entonces un gin-tonic. La mina alguna otra cosa así. Ahí charlás un ratito. La mina muy piola. Muy bien. Muy agradable. Simpática.

—Muy bien la mina —certificó Pipo, como asombrado.

—Sí. Sí. Una mina de unos veintiséis, veintisiete años. No una pendeja. Casada. Bien en su matrimonio. Bien. Que sabe lo que está haciendo. La mina quiere pasar bien esa noche, y a otra cosa.

—Claro.

—Claro. Ninguna complicación. No es de las que te va a hacer un quilombo al día siguiente ni nada de eso. La mina sabe cómo son estas cosas.

—No. No se te va a venir a la Argentina tampoco.

—¡Nooo! ¡No! No es de ésas que agarran el teléfono y te dicen "Arribo a Fisherton mañana". Y se te arma tal despelote. No, nada de eso. Entonces...

—Entonces.

—Entonces, son como las siete, las ocho de la tarde —el relato de Hugo se hace moroso—. Te vas con la rubia a la habitación del hotel.

—¿A la tuya o a la de la mina?

—A cualquiera. Allá no es como acá que por ahí te agarra el conserje y no te deja entrar con la mina en la pieza. Allá no hay problemas. Te vas con la mina a la habitación. No. Mejor le decís a la mina que vaya a su habitación. Vos vas a la tuya y te das una buena ducha.

—Te sacás toda la arena.

—Claro, te sacás la arena. Los moluscos que te hayan quedado pegados. Y te vas a la pieza de ella. —Hugo hace un pequeño silencio contenido.— Y bueno. Ahí, viejo, ¿para qué te cuento? —sigue—. Te echás veinte, veinticinco polvos. Cualquier cosa.

—¿Veinticinco, che? —duda Pipo.

—Bueno... Dejame lugar para la fantasía. Bah... Te echás cinco, seis. De esas cosas que ya los dos últimos la mina te tiene que hacer respiración boca a boca porque vos estás al borde del infarto...

—Sí. Que ya lo hacés de vicioso.

—Claro. Pero que te decís: "Hay un país detrás mío". No es joda.

—Muy lindo, ché. Muy lindo —aprueba Pipo, que se ha vuelto a repantigar en la silla y manotea, distraído, el paquete de cigarrillos.

—No. No —le llama la atención Hugo—. No. Ahora viene lo interesante. Porque yo te digo una cosa. Te digo una cosa... eh... Pipo. Te digo una cosa Pipo: El mundo ha vivido equivocado. El mundo ha vivido equivocado. Yo no sé por qué carajo en todas las películas el tipo, para atracarse la mina, primero la invita a cenar. La lleva a morfar, a un lugar muy elegante, de ésos con candelabros, con violinistas. Y morfan como leones, pavo, pato, ciervo, le dan groso al champán mientras el tipo se la parla para encamarse con ella. Yo, Pipo, yo, si hago eso... ¡me agarra un apoliyo! Un apoliyo me agarra, que la mina me tiene que llevar después dormido a mi casa y tirarme ahí en el pasillo. O si no me apoliyo me agarra una pesadez, un dolor de balero. Eructo.

—Y eso no colabora.

—No. Eso no colabora —Hugo se pega repetidamente con la punta de los dedos agrupados en la frente—. ¿A quién se le ocurre, a quién se le ocurre ir a encamarse después de haber morfado como un beduino? Es como terminar de comer e ir a darte quince vueltas corriendo alrededor del Parque Urquiza. Hay que estar loco.

—Sí. Es cierto.

—Por eso te digo. El mundo ha vivido equivocado. Yo no sé cómo hacían los galanes esos de cine que se iban a encamar después de comer.

—Es la magia del cinematógrafo, Hugo. Hay que admitirlo.

—Pero en este día perfecto que te digo yo —puntualiza, orgulloso, Hugo—, vos terminás de echarte los quince polvos con la rubia, te levantás hecho un duque. Te pegás una flor de ducha, cosa de quitarte de encima los residuos del pecado y, ¿qué te pasa? Tenés un hambre de la puta madre que te parió. ¡Loco! No comés desde el desayuno. Acordate que no comés desde el desayuno que picaste alguna boludez. Y después no almorzaste porque un tipo que está de cacería no puede permitirse andar con sueño y hecho un pelotudo. Entonces, entonces... imaginate bien, eh. Prestá atención. Te empilchás livianito, la mina también. Ya es de noche, te has pasado cerca de tres horas cogiendo y la luna se ve sobre el mar. Está fresquito. No hay ese calor puto que suele haber acá. Ahí refresca de noche. Vos abrís bien las puertas de vidrio que dan al balconcito y desde abajo se escucha la música de una orquesta que es la que anima el bailongo que se hace abajo, porque hay mesitas en los jardines, entre las palmeras y ahí los yanquis cenan y esas cosas. Vos, no. Vos, como un duque, pedís el morfi en la habitación. ¡Imaginate vos! –Hugo reclama más atención de parte de Pipo–. Vos ahí te sentís Gardel. Acabás de encamarte con una mina de novela. Estás en un lugar de puta madre, tenés un hambre de lobo. Sabés que tenés todo el tiempo del mundo para comer tranquilo. La mina es muy piola y agradable y no te hace nada, al contrario, te gratifica que ella se quede con vos después de la sesión de encame. No es de esas minas que después de encamarte tenés unas ganas locas de decirle: "Nena, ha sido un gusto haberte conocido; ahora vestite y tomátela que tengo un sueño que me muero y quiero apoliyar cruzado en la cama grande". No. La mina es un encanto. Entonces te hacés traer un vino blanco helado, pero bien helado de ésos que te duelen acá –Hugo se señala entre las cejas–. ¡Bien helado!

—¡Papito!

—Porque también tenés una sed que te morís. Te has pasado todo el día en la playa, bajo el sol. Y además después de un enfrentamiento amoroso de ese tipo, si no tenés a tiro un buen vino blanco pronto, capaz que te chupás hasta el bronceador.

—La crema Nivea.

—Y ahí te sentás con la rubia —Hugo se arrellana en su silla, hace ademán de apartar las cosas de la mesita— y le entrás a dar a los mariscos, los langostinos, la langosta, algún cangrejo, con la salsita, el buen pancito. Pero tranquilo, eh, tranquilo... sin apuro. Mirando el mar, escuchando el ruido del mar. Sos Pelé. Sos Pelé.

—Alguna que otra cholga —aventura Pipo.

—Sí, señor. Alguna que otra cholga. Pulpo. Mucho pulpito. Y siempre vino, ¿viste? Le das al blanco. Sin apuro. Ahí es cuando entrás a charlar con la mina de cosas más domésticas. De la casa. De la familia. Cuando ya no es necesario hacer ningún verso.

—Cuando ya te aflojás.

—Claro. Ese momento es hermoso. Entonces le contás de tu vieja. De tus amigos. Que tenés un perro. Que de chico te meabas en la cama. La mina te cuenta de su granja en Kentucky. Que le gustan los helados de jengibre. Pero ya tranquilo. Estás hecho. Estás hecho. Porque si vos morfás antes de encamarte —vuelve a la carga Hugo—, por más que te sirvan el plato más sensacional y lo que más te gusta en la vida a vos no te pasa un sorete por la garganta porque tenés el bocho puesto en la mina y en saber si te va a dar bola o no te va a dar bola. Comés nervioso, para el culo, te queda el morfi acá. La mina te habla de cualquier cosa y vos estás pensando: "Mamita, si te agarro", y no sabés ni de qué mierda está hablando ella ni qué carajo le contestás vos. Es así. ¿Es así o no es así?

—Es así.

—Entonces ahí, después de morfar como un asqueroso, después de bajarte con la rubia dos o tres tubos de blanco, vos vas sintiendo que te entra a agarrar un apoliyo, ¡pero un apoliyo! Sentís que se te bajan las persianas.

—Ahí es cuando uno ya se entra a reír de cualquier pavada.

—¡Eso!, ¡claro! —se alboroza Hugo por el aporte de Pipo—,

que te reís de cualquier cosa. Bueno, ahí, te vas al sobre. Sabés, además, que podés al día siguiente dormir hasta cualquier hora porque vos te vas, ponele, a la noche del día siguiente. Y te acostás con la rubia, ya sin ningún apetito de ningún tipo, sólo a disfrutar de la catrera. Te vas hundiendo en el sueño. Te vas hundiendo. Está fresquito. Entra por la ventana la brisa del mar. Oís el ruido del mar. Un poco la música de abajo...

Hugo se queda en silencio, mordisqueándose una uña. Casi no hay nadie en El Cairo. Pipo también se ha quedado callado. Bosteza. Mira para calle Santa Fe. Hugo busca con la vista a Molina, que está charlando con el adicionista. Levanta un dedo para llamarlo. Molina se acerca despacioso pegando al pasar con una servilleta en las mesas vacías.

—Cobrame —dice Hugo.

ULPIDIO VEGA

Ulpidio Vega, te nombro. Y de la apagada sombra de tu nombre rescato tu paso tardo por el empedrado desprolijo de Saladillo y la cierta fama de guapo sin doblez que te persiguió sumisa, como la silenciosa y tenaz fidelidad de un perro.

Quien te vio alguna vez por el Bajo, no te olvida. De callada mesura, sombrío el porte, mezquinabas palabras como si fueran monedas caras. Negros los ojos, en la negrura misma que sobre la frente escasa te tiraba encima el ala apenas curva de tu sombrero gris, tan conocido.

Ulpidio Vega, te nombro. Y de tu nombre exhala un aliento a querosén barato, a bizcochito, a queso de rallar y vino tinto.

Aroma de almacén, de cambalache, que tuvo tu pobre viejo laburante por calle San Martín, casi en Tablada. Aroma a jabón pinche, a mate amargo, el mismo aquel que te alcanzaba la mano cordial de doña Cata, tu pobre vieja, que se cansó de mirar por la ventana.

Ulpidio Vega, te nombro. Y se santiguan las cuatro esquinas bravas de Ayolas y Convención, las que salieron tantas veces escrachadas en letra de molde, cuando algún fiambre aparecía tirado en esa encrucijada.

Rezan de apuro las jovatas de memoria larga al recordar tu estampa de figura fina, el caminar pesado, un gesto de disgusto en la cara aindiada y el cuerpo erguido por la faca que atrás, en la cintura, te entablillaba.

Por trabajar en el Swift te habían llamado "El Matarife de Saladillo".

¡Qué te iba a impresionar a vos la sangre, Ulpidio Vega! Si día a día degollabas animales y la cuchilla te era tan natural como un anillo, como un zarzo sencillo en el meñique.

Pero eran dos los Vega, Juan y Ulpidio. "El Vega chico" le decían al otro que también trabajó en el frigorífico.

Y por si fuera escaso el desmesurado coraje de Ulpidio en la pelea, el "Vega Chico" era también de púa veloz, y sin entrañas.

De negro los dos, siempre, aun de mañana.

Pero, como suele suceder en estas cosas, Ulpidio se metió con una mina que se levantó una noche de carnaval en el Club Atlético Olegario Víctor Andrade. La mina era una reventada que hacía copas en el Panamerican Dancing, frente a Sunchales, y que ya le había borrado el estampadito floreado a las sábanas del Amenábar, de tanto frote. Pero una hembra que pasaba y dejaba el aire como embalsamado de perfume dulzón, y enardecido. Rosa se llamaba, y era justicia.

Ulpidio Vega, te nombro. Y no me equivoco. Como se equivocó esa noche fatal la mina aquella cuando por llamarte "Ulpidio", "Juan" te dijo.

¡Qué oscura mano de destino cabrón los puso frente a frente, Ulpidio Vega!

¡Vos y tu hermano, inseparables siempre, enfrentados por el cariño falaz de una perdida!

Tiempo estuvieron mordiéndose las ganas de agarrarse. De mirarse profundo, y sin palabras. De medirse con odio. Y de no hablarse. Todo el barrio sabía del bolonqui que rechinaba en los dientes de los Vega. Pero cuando más de una vez saltó la bronca, y la faca apareció brillando en ambas diestras, algo los amuraba al suelo y les clavaba la bronca a la vereda.

Algo, que allá en la casa, desde chicos les acariciara la frente, les planchara los lompa y les dejara los botines bien brillosos cuando se iban de milonga a Central Córdoba. Algo. La vieja.

"Si no te mato", se lo dijo bien clarito Ulpidio a Juan, "sólo es por ella". "Si no te enfrío", le contestaba Juan, que no era lerdo, "es por la vieja".

Y así andaban los dos, encajetados, sin poder ni dormir, más que hechos bolsa. Y encima la reventada de la Rosa les metía la cizaña de su labia, de sus promesas vanas, de sus mañas.

Y no se pudo más. Aquella noche Ulpidio y Juan llegaron puntualmente hasta el campito. Era un potrero de pura tierra y matorrales que los mocosos usaban para jugar al fulbo. Pero esa noche había luna. Y no era juego.

Ulpido peló una faca que tenía este largo. ¡Uy Dió, cómo brillaba la plata de la luna sobre el filo helado del acero! Y Juan, Juan peló también tremenda púa que de verla nomás, te entraba miedo.

"¡Venite!"

"¡Vení vos!", se supo después que se dijeron. Y fue cuando llegó doña Cata hasta el campito, de pálido rostro, ojos sufridos, de manos apretadas y pañuelo negro. Nunca se supo quién le pasó el dato. Tal vez, fue esa mágica intuición de madre la que la llevó hasta allí en ese momento.

No se oyó de su boca, una palabra. Y tampoco en sus ojos lágrimas se vieron. Pero eso sí, sus manos agrietadas de lavar ropa ajena en el invierno dibujaron en el aire asustado de la noche, un gesto: se agachó, se sacó una zapatilla y lo demás, frate mío, ni te cuento.

A Juancito lo fajó hasta en el cogote, le deformó la sabiola a chancletazos, y le sacudió tantos palos por el lomo que lo dejó mormoso al pobrecito. Contaban los vecinos que lo oyeron, que tirado en el suelo, Juan rogaba y a la vieja pedía perdón a gritos.

A Ulpidio, de las crenchas lo cazó la vieja aquella, y le arruinó la jeta a chancletazos porque le pegó media hora, de corrido.

A PROPÓSITO DE
EL PÁRPADO TEMPRANO

Con la reedición –tardía justicia pero justicia al fin– de su libro de aforismos *El párpado temprano*, vuelve a estar en boca de todos el nombre y el intelecto de don Ismael de Alfonso. Y por supuesto, la obra de quien fue tan insigne pensador, preclara luz de sabiduría entre tanta chatura y bizarría, vuelve a discutirse y estudiarse desde puntos de vista, ora sinceros, ora lúcidos, pero casi nunca cercanos a la verdadera dimensión humana de quien fue gigante de nuestro ideario nacional.

Yo creo que la misma estatura intelectual de don Ismael colaboró, sin quererlo, para que muchas personas ávidas de abrevar en sus conocimientos no se animasen a acercarse a su figura elegante y señorial, intimidados por la galanura de su verbo y el respeto casi rayano en la veneración que inspiraba su solo nombre.

Pero bastaría preguntarle a cualquiera de los que constituimos su grupo de amigos, grupo pequeño, hay que reconocerlo, sobre las características más íntimas y confidenciales de don Ismael de Alfonso, para desatar un aluvión de anécdotas, de sucesos, que gratificarían ampliamente la maravillosa madera que constituía la fibra afectiva de don Ismael, como lo llamábamos nosotros.

Me honró con su amistad, sí, me halaga el decirlo, y con el paso inflexible del tiempo, aún apenado por su desaparición física (sólo me consuela de vez en cuando releer sus máximas) me reconforta a veces el pensar que mi pequeña, humilde entrega amistosa entre tantos otros esclarecidos personajes de la noche rosarina, alegró la madurez del autor de *El párpado temprano, Ventana a mí mismo* y tantas otras obras de cuño mayor.

Éramos una "barra" alegre y dicharachera y sería injusto dejar de mencionar a Carlitos Abramhian (el Negro Abramhian), don Faustino Guirnalda (amador y romántico a la vieja usanza, delicioso acuñador de piropos), Gastón Murialdo Tevez (ese maravilloso poeta que tan joven nos robó una aguda tendonitis), el Gordo Garcilazo (un pintor que por pudor, casi olvidada virtud, nunca mostró sus óleos y a quien nadie conoció en el más brillante de sus rasgos: el de endiablado bailarín de tangos de Le Pera) y Marcelito Agustín Cantero, Lito para nosotros, dotado de esa maravillosa voz de tenor que en tantas tenidas intelectuales nos deleitaba recitando a pura memoria fragmentos de "La Tricota" u otros poemas épicos.

Pero era don Ismael de Alfonso quien nos convocaba con la magia de sus conceptos y sus silencios cargados de significaciones.

Y de su severidad tan mentada... ¡valgan algunas anécdotas para comprobar si era tan cierta, o si sólo pretendía encubrir una cristalina sensibilidad, una provinciana timidez, y una singular propensión a la neumonía!

Recuerdo que muchas veces en que yo solía llamarlo por teléfono (lo hacía casi todos los días con el solo motivo de escuchar su voz enriquecida por la carraspera) me atendía él en persona pero fingía la voz de su tía Edelweiss (que lo acompañó en toda su senectud) para decirme:

—Don Ismael de Alfonso ha ido a las aguas termales. —Yo podía reconocerlo por su tos y por el simple hecho de que su tía tenía un marcado acento alemán, pero aun alguien como yo, tan entrañablemente ligado a don Ismael, hubiese podido confundirse ante lo prodigiosamente exacto de la imitación. Y ésta era una particularidad de don Ismael muy poco conocida entre sus estudiosos y seguidores, dado que sólo la manifestaba en rueda de amigos y que conmigo, más que nada, se solazaba en practicar.

De su sentido del humor, ya dan buena cuenta sus aforismos, donde el humor se trasluce, se mimetiza bajo una aparente pátina austera y hasta pomposa.

Pero ése, el de sus libros, era un sentido del humor sopesado y técnico, que manejaba como muy pocos lo han manejado en la literatura latinoamericana, y yo quisiera referirme a ese otro humor espontáneo, fresco, "de esquina" como él mismo solía definirlo. El humor de "salidas" rápidas, chispeantes, donde el retruécano y el chascarrillo restallaban en la réplica veloz e intencionada.

Recuerdo que una tarde llegué a "El Botalón", aquel querido y recordado "boliche" de Pasco y Sarmiento que luego el nefasto y mal entendido progreso echó por tierra para transformarlo en un sanatorio, y me acerqué a la mesa presuroso para obsequiar a don Ismael con un par de jabones de coco que había comprado en la estación de Sunchales. Ya estaba toda la "barra" reunida, un movimiento algo torpe mío hizo que una de las copas se volcase derramando su contenido. Y recuerdo con claridad que don Ismael, sin mirarme dijo: "¡Pero mire que hay que ser pelotudo, González!". Él era así, siempre la frase oportuna, la ocurrencia a flor de labios.

Me desconcertaba, además, con su versatilidad, su profundo conocimiento sobre temas de diametral diversidad, incluso algunos muy alejados de su específica visión espiritualista de las cosas. Pero está comprobado que para un pensador de su valía, ninguna temática quedaba fuera de su investigación clarificante.

En muchas ocasiones, yo mismo, al llegar a la amigable

mesa de "El Botalón", sorprendía a don Ismael discutiendo con Lito Cantero sobre la masa específica del plomo, la densidad plúmbica, sus propiedades y características. Recuerdo que, a veces, continuaban hablando de ese tema, enfrascados en la discusión, sin mirarme. Incluso, a veces, estallaban en carcajadas, con esa peculiar habilidad que tenía don Ismael para impregnar de humor aun charlas en apariencia tan carentes de humanismo, como ésas.

Pero, hasta en rueda de amigos, don Ismael tenía su disciplina de trabajo y sabía hacerse tiempo para rescatar, incluso de momentos que parecían tan sólo de solaz y esparcimiento, conclusiones profundas y de sorprendente sencillez. Muy a menudo, cuando ya todos se habían marchado y yo me quedaba a los efectos de no dejarlo solo, don Ismael me decía: "Perdóname, González, pero tengo que pensar".

Se repantigaba entonces en alguno de los sillones que tenía "El Botalón", cerraba los ojos y comenzaba su fecundo discurrir por el mundo de sus máximas. Puedo decir que a mí solo me concedía ese raro privilegio de asistir al nacimiento de nuevas conclusiones, nuevos pensamientos que acercarían a tantos argentinos a verdades absolutas.

Pero a veces mi vigilia tenía su premio. Tras pasar una o dos horas sentado junto a él, escuchando cada tanto esa suerte de ronco gorgoteo que (luego me explicaba) acompañaba a la aprehensión de certeras definiciones, abría sus ojos enrojecidos por el esfuerzo y me decía cosas como: "¿Qué hora es?", con esa permanente curiosidad por lo que lo rodeaba.

Lo que sí puedo consignar es que don Ismael de Alfonso era un hombre de carácter variable, cosa lógica entre aquellos a quienes su sensibilidad transporta desde las cúspides más elevadas de la euforia a los pozos más oscuros de la depresión.

No era ajeno a mi costumbre averiguar en dónde se llevaban a cabo las reuniones a las que concurría don Ismael, y allegarme a ellas. Vuelve a mi memoria una en casa del pobre don Faustino Guirnalda. Desde la puerta pude comprobar que don Ismael se hallaba de un humor excelente, rodeado de gente; hablaba casi a los gritos, cantaba estrofas sueltas de "La Verbena de la Paloma" y hasta aventuró unos pasos de sardana antes de enredarse con una cortina. Cuando me acerqué yo, para darle un frasco de alcaparras en vinagre que había comprado para él, ya había cambiado de ánimo. Cayó en una depresión malhumorada, no habló una palabra más, podía escuchársele maldecir por lo bajo, y eso a pesar de que yo me mantuve toda la noche a su lado consciente de que algún quizá remoto problema del mundo se le había cruzado por la mente y en esas ocasiones había que apuntalarlo.

Tenía actitudes, dentro de su aparente lejanía (que han solido confundir con frialdad), que podían llegar a conmoverme. En una ocasión me regaló una caja de madera con puros. Unos cigarros excelentes, de hoja cubana, que para ese entonces debieron costarle sus buenos pesos. En virtud de nuestra amistad no podía cometer la descortesía de no fumarlos, a pesar de que yo nunca había llevado ni un simple cigarrillo a mis labios. Fumé tres al hilo en su presencia ante la atenta admiración (y quizás envidia) del resto de la barra. Hasta que uno de aquellos cigarros estalló y aparte de chamuscarme totalmente el bigote y la patilla del costado derecho (se usaba larga), me redujo la ceja de ese flanco a un matorral calcinado que aún conservo. Todos reímos mucho y don Ismael me confió que solamente a mí podía haberme hecho esa inocente broma, ya que el resto de los muchachos no tenía sentido del humor, ni mi amplitud de criterio como para comprenderla.

Desgraciadamente, no pude estar presente en el momento de su deceso.

Averigüé la dirección de la clínica donde se hallaba internado pero por una falla en la información fui a dar a la otra punta de la ciudad con mi ramo de flores y un fuentón de loza esmaltada que le llevaba de regalo. Así y todo, supe (con lágrimas en los ojos) que sus últimas palabras fueron para mi humilde persona: "No le avisen a González", me contaron que dijo cuando vio que la sombra de la muerte se lo llevaba. Era su postrer voluntad para evitarme el dolor al conocer la noticia.

ROSITA, LA OBRERITA

Las madrugadas frías del barrio la veían pasar, caminando apurada, hacia el taller.

Pobrecita Rosita, la obrerita. Delgada y tierna, gorrión temprano.

Toda la semana en la tejeduría, soñando, soñando con el sábado a la noche.

Las mujeres del barrio al verla, aterida de frío, se decían: "Allá va Rosita, la obrerita. Pobrecita". Gorrión temprano.

Y ella era un sol, un rimero de luz, en el aire pesado del oscuro galpón de su trabajo. Los muchachos del barrio la querían. Desde la amistosa humareda del café, la miraban cruzar , ágil el paso en su vestidito liviano de percal, y se decían: "Allá va Rosita, pobrecita. La obrerita". Gorrión temprano.

Y no apagaba su sonrisa dulce el doble turno feroz de su trabajo, porque Rosita esperaba el sábado a la noche. La gota feliz, la alegría corta, la inocente diversión del baile.

Y el sábado a la noche Rosita era un pájaro liberto, una paloma que arañaba por fin un pedazo de cielo, cuando se miraba en el espejo de su altillo pobre y se veía linda. Porque era linda, Rosita. Pobrecita. Con esa belleza frágil, cristal apenas, de las muchachas sencillas. Su madre, viejita dulce, nácar las manos bondadosas, la peinaba largamente con el mismo peinetón gastado que les había dejado el cariño ausente de la abuela, que sin duda, desde arriba, sonreía.

¡Y qué contenta se ponía Rosita, pobrecita! Era una flor nocturna, capullo crecido en el yuyo sin malicia del zanjón urbano, peristilo que espera el fresco de la oscuridad para abrirse en corola para mostrar su belleza.

Los sábados a la noche los muchachos la admiraban y se decían: "Allá va Rosita, la obrerita. Pobrecita".

Eran pocas horas nada más de gozo. La ilusión de una mirada varonil, el rubor intenso en sus mejillas pálidas, la ensoñación de un tango que la hacía girar locamente por la pista sintiendo el brazo firme del muchacho esbelto que la pretendiera. Nada más que eso. Un relámpago fugaz. ¡Pero tan lindo! Después, el retorno a la rutina cotidiana. El encuentro cruel con el frío crudo de la madrugada. Las dos horas de caminar hacia el taller. Y esa tos. Esa tos que a veces la doblaba.

Pero no se escuchaba una queja de sus labios. La mantenía jovial la renovada esperanza de la noche del sábado, las luces de colores que bordeaban la pista de baile del club de barrio, la amistad cristalina de esa gente humilde y un sueño, un sueño que Rosita, pobrecita, no confiaba a nadie. Sólo su diario, amables hojas de papel amarillento, sabía de su anhelo. Cuando con mano trémula tomaba la pluma le contaba a su álbum confidente, la espera paciente de aquel que la vendría a buscar para llevarla, para sacarla de allí, de aquella fábrica, y le regalaría una casa sencilla, pero amplia. Un bienestar para su madre. Y tres pequeños, rubios como debería ser él, cabellos de trigal, ojos celestes.

Ella sabía que alguna noche de sábado, ese hombre vendría.

Y como suele pasar en los cuentos de hadas, una noche de sábado, ese hombre, vino.

Al patio humilde del club de barrio llegó un joven distinguido, de hermoso porte y ropas elegantes. "Un príncipe", cuchichearon las madres, asombradas. "Un hombre rico", comentaban las jóvenes, entre ellas, entretejiendo sueños de bailar con el desconocido. Pero una sola mujer hubo esa noche para el recién llegado, y fue Rosita, pobrecita, quien ya no se sintió tan sólo una obrerita. Esa noche ella fue, entre los brazos gentiles de aquel muchacho, una princesa, una muñeca fina bailando sobre nubes de algodón.

Más tarde que otras veces, volvió a su casa, y le contó a su madrecita buena el sueño realizado. Con sus ojos buenos le contó del príncipe aquel, de sus palabras, y de la promesa que le había dejado al partir, antes de alejarse en su lujosa vuaturé: "Vendré a buscarte".

Desde aquella noche la cara buena de Rosita, era una fiesta. No le importaba ni el frío cortante de la mañana, ni el sucio aire oscuro del taller, ni su rebelde tos, tan reiterada. Era feliz Rosita, la obrerita. Pobrecita. Gorrión temprano.

Sólo tenía que esperar, e hilvanar sueños: la casa grande de ventanales por donde la luz se derramara generosa, la pieza alegre para su madrecita y volver cada tanto hasta su barrio bueno, a ver a los amigos, a quienes la vieron crecer, a los testigos sencillos de su vida.

Pero pasó más de un año y del muchacho aquel no tuvo ni una flor, ni una noticia, ni un recado apenas, pobrecita. En su pecho, la congoja comenzó a apretar su corazón joven con un puño duro. Y fue una tarde, volviendo del taller, aquel taller que le compraba su juventud por un puñado de monedas, que Rosita se encontró con don Nicola, el tano viejo y bueno que había venido hasta aquí en el *Conte Grande* a poblar nuestra tierra con sus hijos, también buenos.

El organito de don Nicola desgranaba su melodía cadenciosa y algo triste, que sabía tararear una cotorra. Una cotorrita de la suerte. Y Rosita quiso saber si su futuro podría encontrarse entre los dobleces desprolijos de un papelito. Un papelito que la cotorrita buena le alcanzó a Rosita con su pico. Y allí decía, estaba escrito: "Se está casando, el muchacho aquel, en la parroquia, de San Miguel".

Pobrecita Rosita, la obrerita. Deshecha en lágrimas, un mar de llanto, cayó en su lecho quebrado el pecho por la tos convulsa. En la pobre humildad de su altillo, pálida y apagándose como la llama de un fósforo de cera, dos cosas nada más pidió a su pobre madre: que le trajese la muñeca vestida de Colombina, y que fuese a buscar al ingrato que la engañase con promesas vanas. En la noche de cierzo zafiro, salió la anciana arrebujada en una pañoleta, mientras, en la cama, Rosita, la obrerita, acunaba en un tango a su muñeca.

Era un salón lujoso, brillaba el piso de mármol como un espejo caro, y una gran orquesta esparcía por el aire los evancocontos giros del vals de los novios. Él, flotando en el aire su pelo rubio, trigal al viento, no supo de la entrada de la viejecita humilde cuando ella llegó bañada en lágrimas, hasta la escalinata de la fiesta rica. Pero cruzó el salón la pobre anciana y la orquesta calló, como una ofrenda. La pobre anciana tomó del brazo al petimetre y sólo dijo: "Mi hija se nos marcha, camino del Señor". Del brazo de la otra se desprendió el mancebo. Y en su lujoso coche, perseguido por la culpa, se lanzó en busca de aquella que lo había esperado en vano, tanto tiempo, y que ahora se marchaba en busca de otra cita, allá en el cielo.

Cuando subió al altillo, Rosita lo miró con esos ojos, resecos de llorar y sólo dijo: "Éstos son mis compañeros, Julio y Franco". Y señaló a dos obreritos, con ropa de trabajo, sudor honesto. Y los dos obreritos, pájaros buenos, le dijeron al muchacho aquel, al elegante, con ese tono simple y sencillo del que se educó en la escuela popular de las veredas, que sería mejor si retomaba a esos quince operarios, despedidos.

Y el muchacho aquel, el elegante, del taller tejedor único dueño, quizás ante el tono convincente de esos hombres, de esos hombres puro sudor y herramientas de trabajo, quizás ante la vista de esas manos que sostenían tal vez un fierro en

"U", alguna llave en cruz, una barreta, firmó con mano veloz cuanto papel le pusieron delante los muchachos.

Y siguió el barrio viéndola pasar a la obrerita, de la casa al taller todos los días. Se curó de la tos y sigue alegre, sencilla y buena. Las mujeres amigas de su madre, viejitas buenas, dicen al verla: "Allá va Rosita, la obrerita. Pobrecita".

O suelen comentar, curiosas ellas: "Desde que vio Norma Rae, ¡cómo ha cambiado!".

Y Rosa sigue esperando el sábado, su día dilecto, como un pájaro gris, gorrión temprano.

INSPIRACIÓN

Desde el momento en que Nacha entró al Dory se supo que llegaba con una noticia importante. Ya desde la puerta se acercó a la mesa agitando en el aire la regordeta mano libre (la otra la tenía ocupada con unas carpetas) anunciando así al Negro, Manuel, Coca, Cacho y una flaquita de rulitos recién integrada al grupo, que no veía el momento de aproximarse para lanzar la primicia.

—Armando vendió su obra de teatro —anunció, radiante, aun antes de sentarse—. Acabo de hablar con él por teléfono.

—No jodás —apartó el Negro la vista del menú, que ya se sabía de memoria, para prestarle atención.

—¿Qué obra? —se extrañó Manuel.

—La obra —casi se escandalizó Nacha por la pregunta—. Una de sus obras de teatro.

—¿Hace teatro también? —lo de Manuel fue algo agresivo.

—Pero eso no es todo —desestimó la indirecta, Nacha—. ¡Escuchen bien a quién se la vendió!

—¿A quién se la vendió? —se entusiasmó Coca.

—Escuchen... Escuchá, Cacho, vos... —dijo la gorda. Cacho había retornado a su aparte privado en la punta de la mesa con la flaquita de rulos—. ¡Se la vendió a Gerardo Postiglione!

Esta vez sí la expresión de sorpresa fue general, incluso Cacho miró por un instante a Nacha.

—¡A la puta! ¿Y cómo hizo? —El Negro se rascó la barba.

—Mirá —informó Nacha—. ¡Qué sé yo cómo hizo! Pero vos viste cómo es Armando... ¡Ahora viene, ahora viene, me dijo que se venía para acá! ¡Si yo tampoco sé nada, lo único que me dijo por teléfono fue eso!

—¡Ay, cómo debe estar! —se tocó la mejilla Coca.

—¡Mirá —supuso Nacha— debe estar más delirado que nunca!

Y era así, nomás. Apenas diez minutos más tarde, cuando ya el Dory estaba bastante lleno, Armando abrió la puerta enérgicamente, la cerró, se paró dando el frente al salón y con una sonrisa de oreja a oreja, los brazos en alto al estilo de los triunfadores boxísticos, agradeció el aplauso que rompió desde la mesa de la barra, una de las del fondo, a la cual se había unido también el Buchi, llegado después.

Así, con los brazos en alto, a pasos largos y acompasados, sin clausurar su sonrisa majestuosa, fue sorteando las mesas desde donde lo miraban de reojo comensales entre divertidos y acostumbrados a esa fauna algo extraña del boliche. Tuvo que eludir también a Chichín, que medio encorvado cruzó su camino con una napolitana con fritas, y que le dijo al pasar:

—¿Qué hacés, Chichín? Te parecés a Perón. —Chichín les decía a todos "Chichín", por eso le decían Chichín.

Otros diez minutos después Armando estaba sentado ya a la mesa, había pedido un conejito a la cazadora que según Pepe, otro de los dueños, estaba "una cosa de locos" y magnetizaba la atención de la mesa.

—El asunto vino por el viejo —explicó—. El miércoles me llamó desde Buenos Aires, a donde había ido a vender unos novillos. Vos sabés que el viejo es muy amigote de este Postiglione, el Gerardo...

—¿Y de dónde lo conoce? —preguntó Manuel.

—Qué sé yo. Pero vos viste que el viejo conoce a Dios y María Santísima. Seguro que son amigotes de algún boliche. El viejo cuando baja a Buenos Aires, como él dice, se flagela ahí en Le Privé, del negro Molinari, y ahí lo debe haber conocido a este otro, el Gerardo...

—Gente de la noche —subrayó Buchi.

—Lógico —aprobó Armando—. Mi viejo: baqueano de la noche porteña. Baqueano de las estrellas. Guía espiritual del reviente cosmopolita.

—¡Ay, qué hermoso! —festejó la definición Nacha apoyándose en el brazo de Armando y mirando a los demás como refrendando el acierto.

—La cosa es que el viejo me llama y me dice: "Armandito, he estado hablando con Postiglione y yo le dije que vos (por mí), estabas muy pero muy interesado en hablar seriamente con él", cosa que es una flagrante mentira porque yo en la puta vida le he dispensado dos minutos de mi pensamiento a ese caballero Postiglione, ni lo conozco... pero, en fin. No te la hago larga, el viejo le habló al Gerardo y le contó maravillas sobre su hijito mayor, debían estar bastante en pedo ya a esa altura me imagino, y le dijo que yo escribiendo obras de teatro, revista o vodevil era algo así como una mezcla de Bertolt Brecht y Neil Simon.

—¡Que es verdad! —afirmó Nacha.

—Y lo que son las casualidades —siguió Armando, ya algo impermeable a los elogios de la gorda—, el Gerardo Postiglione tenía que venir para Rosario.

—¡No me digas! —dijeron varios.

—Tenía que venir para Rosario. El importante empresario y productor de nuestra farándula artística debía venir a la Capital de los Cereales a ver si contrataba la sala del Astengo para un recital de no sé quién, no sé qué pajería tenía que traer... no importa... qué sé yo.

—¿Y lo viste? —no aguantó la ansiedad Coca.

—Esta misma tarde —el curvado dedo índice de Armando golpeteó sobre la mesa.

—¿Esta tarde?

—Vengo de estar con ese sujeto.

Hubo exclamaciones, grandes alaridos de aprobación, salvo en la punta más distante donde Cacho continuaba su diálogo privado con la de rulos.

—¡Contá, contá!

—Che... ¿y cómo es el tipo?

—Por partes —controló Armando la conmoción. Bueno, la pinta... la pinta es, bueno... la que se ve en las revistas... Bastante de cuarta el pobre Gerardo... Y él... Bueno, él: un chanta. Un chanta de categoría, nivel Buenos Aires, pero esperá que les cuento...

—Sí, dale —urgió Manuel—. Contá primero la charla.

—Lo voy a ver al hotel. En el Majestic, el tipo. Y me recibe en el bar, abajo. Canchero, hombre canchero, hecho al mundillo de las estrellas. Y me dice que un par de autores —no me quiso decir los nombres, los preservó del escarnio— lo habían colgado con una pieza. Y que él necesitaba dentro de cinco días, a más tardar, arrancar con los ensayos y la preparación y la escenografía y las pelotas, de un espectáculo musical, que le tenía prometido y contratado al Ópera.

—¿Cinco días?

—Cinco días. Y yo le dije que muy bien, ningún problema. Que yo tenía escrita una pieza sensacional, formidable, prácticamente lista, que no me había preocupado en terminar hasta ahora porque había estado tratando de terminar mi serie de pinturas y además porque no veía a nadie con mayores posibilidades de ponerla en escena. Pero que él era indudablemente un tipo solvente y que yo no tenía inconveniente, dentro de cuatro días, en presentarle la pieza terminada.

—¿Y vos la tenés terminada? —preguntó Buchi. Armando hizo un gesto como restando importancia al asunto.

—Me preguntó si yo antes había escrito alguna otra cosa —siguió Armando— y yo le conté que con Luppi habíamos estado charlando de una puesta... –giró hacia Nacha buscando un testigo–. ¿Te acordás cuando vino Federico a casa y estuvimos charlando de...? –Nacha aprobó enérgicamente con la cabeza, la boca llena de milanesa de pollo, feliz de la complicidad del recuerdo– ...bueno... Y que después...

–Luppi estaba encantado –logró decir Nacha.

–Enloquecido –sumó Armando– y que después Federico me llamó desde Buenos Aires para decirme que largaba con "Convivencia" y buen... El Gerardo me dijo que la palabra del viejo, para él era suficiente, mirá vos, y quedamos en que en cuatro días él vuelve a Rosario y yo le entrego la pieza...

–¿Él vuelve para hablar con vos? –se asombró Coca.

–Sí, m'hijita, vuelve a hablar conmigo. De paso viene a cerrar el contrato con el Astengo pero viene a hablar conmigo... Porque me dice, che, me dice –Armando estiró el brazo y palmeó el centro de la mesa reclamando una atención que ya tenía, salvo en el flanco dominado por Cacho y la rulienta–, me dice...: "Yo tengo que tener lo antes posible el libreto para largar con la escenografía. Tengo que, ya, comprometer al escenógrafo". Y ahí lo cagué pero lo cagué lo cagué... le digo: "No se preocupe por la escenografía porque yo ya le doy solucionada toda la escenografía y no tiene que andar preocupándose por eso"... ¡Se quedó!

–¡No me digas que le dijiste eso! –lo reprendió amistosamente Nacha.

–Y sobre el pucho lo remacho: "Y las letras de las canciones también se las paso yo"... Si vieran los ojos del Gerardo, una lechuza parecía.

Hubo una serie de comentarios entre golpetear de vasos, movimiento de platos y un cierto retorno de la atención sobre la comida, algo dejada de lado ante lo especial de la noche.

–¡Pero mirá si yo voy a permitir meter tantas manos ajenas en una obra mía! –se ofuscó Armando, herido.

Una hora después estaban en el bar del Riviera. Armando había dictaminado que aquello había que festejarlo y que la ocasión bien valía unos whiskys en algún lugar elegante, mundano. Después de todo, caminando eran apenas unas siete cuadras. Algunos no se anotaron. Cacho porque partió con la rulienta con rumbo desconocido, Manuel porque se negó a compartir una celebración con la clase social que frecuentaba el bar del Riviera, y Roberto porque al día siguiente se tenía que levantar temprano y sabía que las sobremesas de Armando solían estirarse hasta la madrugada.

Nacha, tras catalogar de amargados y aburridos a los desertores, se colgó del brazo de Armando todo el trayecto, en tanto Buchi, junto a Coca, caminaba del lado de la pared, los cuatro a buen paso porque hacía un frío considerable.

—Che, Armando —dijo Buchi—, ¿y tenés que hacerle muchas correcciones a la obra?

Armando hizo girar el hielo dentro del vaso de whisky y adelantó el torso sobre la mesa ratona que estaba entre los sillones. La excitación inicial había pasado y Armando se hallaba más reconcentrado y reflexivo.

—Mirá —dijo—. La verdad que no la tengo ni escrita.

Los ojos de la gorda Nacha se hicieron más redondos. Buchi también sintió el impacto. Armando hizo girar su mano derecha frente a sus ojos como disipando una niebla.

—Tengo una idea... Más o menos... Algo vaga...

—Pero... —se alarmó Nacha—. ¡Tenés cuatro días nada más!

—¿Y...? ¿Y...? —se encogió de hombros Armando—. Si esto es... ¿sabés?... —hizo chasquear los dedos pulgar y grande de su mano derecha junto a su oreja—. Así. Un segundo... Un segundo...

—Bueno... no sé... Vos sabrás —pareció conformarse Nacha.

—Por favor —restó importancia a la cosa Armando—. ¿Querés otro whisky? –preguntó a Buchi. Buchi aprobó con la cabeza. Estaba entrando en su silencio alcohólico.

Cuando salieron a la calle eran casi las dos de la mañana y hacía un frío cortante. Hubo saltitos en la vereda de calle San Lorenzo, castañeteo de dientes y puteadas graciosas. Armando, en cambio, terminó de pagar la mesa, e impulsado por el envión etílico salió a la calle tras el grupo, a los gritos, aspirando hondamente el aire helado, ampliando el pecho, cerrando los puños.

–¡Esto es bueno, vivificante! –gritó. Coca se había apretujado con el Buchi y la gorda buscaba meterse bajo un brazo de Armando.

–Esperá, Gorda, largá –la apartó éste–. Esperá que me saco esto –y comenzó a quitarse el saco ante las carcajadas asombradas de las mujeres y la mirada ya bovina de Buchi–. ¡Hay que llenarse de este aire marino y salobre de Rosario! ¡Esto es salud! ¡Y los pantalones también! –subrayó el anuncio comenzando a desabrocharse el cinturón.

–¡Ah, qué loco! –aulló Nacha.

–¡No, che...! –se alarmó entre risas Coca. El frío hizo recapacitar a Armando. Se abrochó de nuevo, se calzó el saco y se lanzó sobre Nacha y Coca cobijando a ambas bajo sus brazos. Empezaron a caminar hacia Corrientes.

–Es así, Coquita, es así –exclamó de inmediato. El whisky le había devuelto su habitual euforia–. ¡La inspiración es una cosa divina, celestial, una cosa... un rayo que ilumina al artista, en un instante, la transforma! ¡Yo tengo una musa inspiradora, Coquita, una musa!

–¡Ay! ¿Quién es? –interrogó Nacha, desde abajo del brazo izquierdo de Armando.

–¡Mi musa inspiradora, simplemente! ¡Una especie de ángel de la guarda de mi talento creador! ¡La musa que viene en mi ayuda cuando yo la necesito!

—Una especie de bombera voluntaria... —arriesgó Coca.

—¡Eso mismo, Coca! Una especie de bombera voluntaria... —aprobó Armando y ahí comenzaron las carcajadas. Ya estaban tentados—. Una especie de bombera voluntaria con la diferencia de que no se la puede llamar. Ella viene sola. ¿Me entendés?

—¿No figura en "Llamadas de Urgencia"? —preguntó Coca.

A ese punto de la divagación, se reían tanto que tuvieron que pararse antes de llegar a la esquina de Corrientes. Sólo Buchi insistía en seguir un tanto sonámbulo.

Un policía, las manos en los bolsillos del sobretodo, golpeteando con sus tacos sobre la vereda, desde la esquina en cruz, frente a la ochava del Sibarita, los miraba.

La noche siguiente, en la mesa del Dory, el único que faltaba era el Cacho quien, según el resto, "estaba en otra cosa".

El clima de la mesa era confuso y preocupado porque Armando ni bien se hubo sentado confesó que no había tocado un solo papel, que no había escrito una sola línea. Nacha estaba desolada. El Negro fue un poco más duro.

—Armando —le dijo—, ¿cuántos años tenés?

—Treinta y ocho —dijo Armando, medio asombrado ante la pregunta.

—Bueno, ya no sos un pendejo. Me parece...

—Mirá la novedad —lo cortó Armando.

—¡Qué simpático! —catalogó Nacha al Negro.

—No. Te digo en serio. Te digo en serio —llamó a la reflexión éste antes que los comensales entrasen en las digresiones habituales—. Ya no sos un pendejo. Esta oportunidad que se te da ahora no es una cosa como para desperdiciar. Que te dé bola, que te diga un tipo como el Postiglione, que será un chanta pero mueve la guita loca, que te va a montar una obra tuya... oíme... No es como para desperdiciar...

—Escuchame... —Armando no borraba la amplia sonrisa, algo endurecida, en su cara—. ¿Y quién habla de desperdiciarla?

—Me decís que no tenés un carajo escrito, que tenés una idea pero no la has desarrollado, que... No sé...

—¿Y a vos te parece que yo la voy a desperdiciar? —se inclinó hacia el Negro, Armando, por sobre la mesa—. A mí el Postiglione podrá parecerme un chanta y un tipo que no sabe un carajo de teatro, pero eso no quita que sea un habilísimo productor y un tipo que hace cosas.

—Yo te digo, yo te digo —insistió el Negro en un tono de advertencia que sólo él se daba el lujo de esgrimir frente a Armando en el grupo, quizás usufructuando el derecho de sus cuarenta y tres años recién cumplidos—. Porque si no aprovechás esta oportunidad, no sé cuándo podés tener otra igual. Acá podés pasar al frente. Y aparte del éxito, ojo que estos tipos se mueven a gran nivel, ¿eh?, y hoy no te conoce nadie y mañana aparecés en todos los diarios si las cosas te van bien con él. Aparte del éxito podés agarrar la mosca loca. Ojo.

—¿Y por qué te pensás que me llamó mi viejo? —volvió a inclinarse Armando hacia el Negro, incluso al punto de acercar peligrosamente el cuello de su pulóver al guiso de mondongo—. Porque el viejo ya está hinchado las pelotas de pasarme guita.

La ruda aceptación del hecho por parte de Armando lo enalteció ante los ojos de los demás, que aprobaron con la cabeza.

—Por eso te digo, por eso te digo —contemporizó el Negro, quizás arrepentido de haber llevado la conversación a plano tan íntimo.

—El viejo —remarcó Armando— ya está hinchado las pelotas de que su hijito dilecto no tenga guita para mantenerse solo. Y yo también. Yo también estoy cansado de eso. ¿O te parece que a los treinta y ocho años me gusta tener que llamarlo cada tanto al campo para decirle: "Viejo, mandame unos mangos que no me alcanza para la comida"? A mí tampoco me gusta. Porque, oíme, todo muy lindo, yo he sido siempre el geniecito, el Shirley Temple de la familia, que yo era un genio dibujando, una maravilla con la pintura. Manucho Mujica Láinez le decía al viejo que por qué yo no escribía, oíme, en poesía, también, escuchame... pero yo al viejo con eso no lo convenzo más... Yo no puedo hablarlo al viejo y decirle que se venga que hago una muestra en Krass de mis cosas cinéticas porque al Telmo vos le hablás de cinética y es como si le hablaras de los agujeros negros, oíme...

Las risas aflojaron un poco la tensión.

—Yo sé lo que significa esto para mí —puntualizó Armando, ya para todos.

—Bueno. ¿Y por qué no te ponés a laburar? —el Negro había adoptado su papel de abogado del diablo.

—Mirá, la cuestión de la creación es muy particular —dijo Armando—. Es una cosa... como te diría... mágica. A mí me pasa así. Yo estoy caminando, andando por la calle, y de repente, tlac, me ilumino, es una luz, una cosa celestial... —Frunció la boca, frotó los dedos de sus manos unos contra otros—. No sé... es difícil de explicar. Siempre ha sido así para mí. Cuando dibujo, por ejemplo. Estoy vacío, hueco, sin motivación... Y de pronto es como una luz, algo que me dice: tenés que hacer esto. Es así.

Coca aprobó con la cabeza.

—Sí. Me imagino que para el que no está en la creación... —dijo.

—Es difícil —la apoyó Nacha—. ¡Muy difícil!

—Yo digo que tengo una musa —prosiguió Armando—. Y es verdad. Tengo una musa. Que no me va a abandonar en un momento así. Estate tranquilo.

—Yo estoy tranquilo —el Negro se señaló con el cuchillo—. Vos...

—¡El vino, el vino! —Armando ya había pasado a otro tema. Había atrapado su vaso, bien abierto el codo de su brazo derecho—. ¡El vino que alimenta mi inspiración natural, sangre

vegetal que... –se puso de pie corriendo la silla con estruendo– ...alimenta la bestia primigenia...!

–¡Qué loco! –Nacha controlaba la repercusión en los demás.
Los demás se reían. Cuando Armando se sentó había iniciado
ya una polémica sobre el último film de Fassbinder (lo había
visto en Buenos Aires), que le había provocado una erección.

Pero lo que sucedió diez minutos después es algo difícil de
explicar.

Incluso pasado el tiempo fue algo siempre muy complejo
de razonar para los que compartían aquella mesa esa noche
y los otros parroquianos del Dory.

Armando estaba prácticamnte con el mentón apoyado sobre el centro de la mesa, sólo coparando su tórax del mantel
por el brazo derecho doblado bajo la tetilla, los ojos muy fijos
en la cara de Manuel, que estaba definiendo a Fassbinder como "un jeropa mental del carajo".

Armando permaneció así, hipnotizado, y de repente tuvo
como un estremecimiento, tan notorio que todos se dieron
cuenta y cesaron la discusión.

–¿Te pasa algo? –alcanzó a preguntarle Nacha. Fue cuando sucedió: un chorro de luz intensísimo pareció perforar el
humedecido techo del Dory iluminando a Armando. Al mismo
tiempo atronó el aire un coro celestial. Armando, lívido, en
éxtasis, más que ponerse de pie pareció levitar como succio-
nado por el mismo rayo ambarino. Sus ojos estaban desmesuradamente abiertos pero no reflejaban temor. Las voces ange-
licales del coral celeste aturdían y un viento arrachado
despeinó el rubio cabello de Armando. De los bolsillos de su
pantalón, de los bolsillos de su saco, aparecieron palomas que
volaron por el interior del Dory, enloquecidas. Una suerte de
microclima extraño se generaba dentro de ese cilindro dorado
en el cual flotaba, casi a cincuenta centímetros del suelo, Armando. De pronto, así como se había producido, el encanto cesó. Se retiró la luz replegándose hacia lo alto, callaron las vo-

ces infantiles del coro y todo volvió a la rutinaria normalidad del Dory. El fenómeno no había durado más de un minuto, tanto que muchos, después, negaron que hubiese existido.

—¡Un papel! —pidió a los gritos Armando apenas sintió sus pies nuevamente sobre el piso—. ¡Un papel!

—¡La inspiración, la inspiración! —gritaba, demudada, la gorda Nacha.

—La Luz... la luz del genio... —susurraba Coca, inaudible.

La primera en reaccionar fue Nacha; de una de sus misteriosas carpetas arrancó una hoja y se la alcanzó a Armando que aún no se había sentado.

—¿Qué te dijo? ¿Qué te dijo? —lo tomó de un brazo Manuel, de paso para comprobar si estaba sano. Armando recibió el papel que le alcanzaba Nacha, lo arrugó un poco y con él limpió uno de sus hombros, donde había sido alcanzado por un resto de postre Balcarce, volatilizado ante el viento divino. Armando se sentó.

—Era tu musa —le dijo Coca.

—Tu musa, Armando... ¿Qué te dijo? —exigió Nacha.

—Ahora sí... un papel... una birome... —pidió Armando, todavía lento, como quien sale de un sueño profundo. Nacha volvió a manotear y casi destrozar una de sus carpetas. Con gestos violentos apartó vasos, platos y botellas.

—¡Saquen todo, saquen todo! —gritó—. ¡Tiene que escribir, tiene que escribir!

—¿Qué te dijo la musa, Armando? —apuró Manuel. Armando tenía la birome frente al papel blanco con su mano derecha mientras los dedos de la izquierda oprimían y arrugaban su frente.

—¿Qué te dijo, Armando? —insistió Coca.

—¿Podés creer que me olvidé? —dijo Armando.

Al día siguiente, a eso de las siete, fueron llegando a El Cairo como todos los días. Nadie se atrevió a tocar el tema con Armando dado que éste llegó considerablemente más opaco que de costumbre, casi malhumorado y denotando un atisbo de preocupación.

Incluso le pidió a Coca que se sentase al lado suyo, cosa de ocupar la silla que había quedado vacía ofreciendo el riesgo de que fuese ocupada por Nacha (aún no había llegado) y que ésta empezase con sus cargoseos y efusividades. El otro flanco de Armando ya estaba ocupado por Cacho, quien había aparecido con la rulienta y ahora los dos charlaban en su cosmos particular, en voz baja, muy seriamente. Sin embargo, fue el propio Armando el que sacó la conversación aprovechando que Manuel le preguntó, por formalidad, cómo andaba.

—Hoy me llamó —dijo Armando.

—¿Quién? —preguntó Manuel

—El Gerardo.

—¿Qué Gerardo?

—¡El Gerardito Postiglione! —pareció recuperar su humor Armando—. Mi productor.

—¡Ahh!

—¿Te llamó? —se asombró Coca.

—Sí, señor —afirmó Armando—. Ya somos como chanchos con el Gerardo.

—¿Y? —preguntó Manuel—. ¿Cómo va la cosa?

Armando se encogió de hombros, despreocupado.

—Magnífico —calificó, despachándose en cuatro tragos la copa del vino blanco dulce que le habían servido momentos antes. En eso llegaba Nacha, acercó una silla, desparramó sus carpetas y el bolsón tejido enorme en otra más y tiró besos a todos con la punta de los dedos.

—Le habló Postiglione —se apuró a informarla el Negro.

—¿Te habló Postiglione? —no lo podía creer la gorda. Armando asintió con la cabeza—. ¿Para qué?

—Está desesperado el Gerardo —comunicó Armando, a todos—. Me recordó la fecha en que tengo que entregarle la obra.

—Dentro de tres días —contabilizó Manuel, alertando.

—"Ningún problema, Gerardo", le dije yo —continuó Armando, sin acusar la acotación de Manuel—. "Ya está todo cocinado, mi querido."

—¿"Gerardo" le decís vos? —se escandalizó Coca.

—"Gerardo." Y él me dice "Armandito". Íntimos. Íntimos somos con el Postiglione. Dos amantes a través del auricular.

—Che —Buchi, que había permanecido callado leyendo "La Tribuna", reclamó la atención de Armando—. ¿Y ya tenés lista la cosa?

Armando osciló su mano derecha, lentamente, frente a sus ojos.

—Está todo... acá... fluctuante... vago... —dramatizó. Los ojos de Nacha se llenaron de pavor.

Media hora después arrancaron en patota hacia la galería de Gilberto.

Pedro Omar Minervino exponía acuarelas, y aunque algunos no tenían la más remota idea de quién era Minervino y otros apenas si informaban que era un flaco que había solido frecuentar las sábanas de una amiga de una ex novia de Buchi, la perspectiva de encontrarse con gran parte de la fauna y tomarse unos vinos gratuitamente los encaminó sin dilaciones hacia la sala de arte.

Armando, posiblemente gracias a los efectos de un par de vinos blancos, había abandonado su rostro preocupado y se mostró más que jovial y comunicativo en la inauguración de las acuarelas de Minervino, a las cuales llegó a calificar como "emparentadas con la escuela holandesa, pero con la escuela diferencial holandesa".

Salieron de allí una hora más tarde, al frío de la noche, rumbo a la cita obligada del Dory. El Negro y Cacho se habían ido hacia allí un poco antes, Coca y Manuel estaban a mitad de camino y como siempre la verborragia de Armando lo había hecho quedar último, sólo flanqueado por Nacha y Buchi que hasta último momento había insistido en levantarse una rubia interesante y algo bizca que luego resultó ser la novia de Minervino.

Fue llegando a la esquina de Santa Fe cuando ocurrió de nuevo: Armando quedó como clavado en el piso, cosa de la que se percataron Nacha y Buchi tres pasos más adelante, apurados como iban en procura de la calidez del boliche.

Se dieron vuelta pensando que a Armando se le había caído algo, o había olvidado alguna cosa en lo de Gilberto. Pero no, Armando estaba quieto, mirando fijamente al frente, como aterido y de pronto el dorado rayo de luz lo atrapó levitándolo unos centímetros. Rompió el coral de ángeles a cantar y de nuevo el viento casi huracanado que se generaba dentro de ese baño de luz ambarina, despeinó el cabello del autor. Esta vez fueron pequeños pájaros de pecho rojo los que escaparon de debajo de su saco de cuero y hasta pareció escucharse un rumor de mar entre las voces de los niños celestiales.

—¡La musa, la musa! —alcanzó a decir, paralizada, Nacha. Cuando terminó de decirlo, el fenómeno había cesado. Corrieron hacia Armando quien ya estaba de nuevo apoyado con ambos pies sobre la vereda, alborotado el pelo, confuso, meneando la cabeza, tocándose los labios. La calle parecía más vacía, más silenciosa y más oscura que nunca tras la retirada del cilindro de luz.

Entre Nacha y Buchi, prácticamente alzado por los codos llevaron a Armando hasta el Dory.

—¡Lo agarró, lo agarró de nuevo! —comunicó Nacha, a los gritos, a los demás, en tanto sentaban a Armando en una silla.

—¡La inspiración! —certificó Buchi.

—¡El rayo ese de luz, la musa, lo agarró de nuevo! —prosiguió Nacha.

—¡Armando, Armando...! —lo tomó del brazo Manuel—. ¿Qué te dijo? ¿Qué te dijo?

Armando miraba fijamente una botella estacionada frente a él. Su mano derecha se abría y cerraba, nerviosa.

—¿Qué te dijo? ¿Querés papel? —insistió Nacha. Armando recorrió los rostros anhelantes de todos, con lentitud.

—¿Podés creer... —comenzó, con broma— ...podés creer que no le escuché nada?

—¿¡Cómo!? —saltaron todos.

—¿Y qué voy a escuchar —golpeó con su puño derecho sobre la mesa, Armando— con ese coro de mierda que te aturde? ¿Qué voy a escuchar?

Al otro día Armando no apareció ni por El Cairo primero, ni luego por el Dory, lo que desató el espanto en Nacha. Desoyendo el paternal consejo del Negro, quien le sugirió "no romper las pelotas" a Armando, la gorda amontonó sus carpetas y partió rumbo al departamento de éste.

Armando le contestó pero, cosa extraña, no le abrió la puerta mediante el portero eléctrico sino que él mismo bajó hasta la planta baja.

—¿Estás trabajando? —preguntó Nacha.

—No. No —respondió Armando, siempre sin soltar la puerta de calle, como dando a entender que estaba pronto a cerrarla.

—Pero —se agitó Nacha—. Hoy... ¿no trabajaste... en la obra?

Armando negó con la cabeza. Nacha hundió algunos de sus dedos en su fofo moflete derecho, consternada.

—¿Y? —preguntó—. Tenés dos días, nada más.

—Dos días, así es —aceptó Armando.

—Y... ¿qué vas a hacer?

—Mirá... Yo sé que la inspiración no me va a abandonar. Mi musa no me va a abandonar, justamente ahora.

—Y... ¿qué estabas haciendo? —apuró Nacha, algo incómoda en el frío de la calle.

—Estaba por comer.

—¿Vas a comer solo? Te acompaño.

—No, gracias.

—Es feo comer solo.

—¿Sabés qué pasa, Nacha? —Armando abandonó su tono frío y procuró ser convincente—. Pienso que a la inspiración hay que ayudarla. Hay que crear un clima especial. Una cierta predisposición de ánimo, un ámbito... un continente...

—¿Y querés estar solo ?

—Sí. Estoy seguro que en las otras dos veces que me asaltó la inspiración, el rapto... eh... creativo, yo no estaba predispuesto. Estaba distraído, en otra cosa. Y no se puede jugar así con una musa inspiradora. No se puede jugar así.

—Por supuesto. Por supuesto —corroboró Nacha—. Me voy entonces.

—Chau.

—Pero prometeme que si necesitás algo me llamás. Vamos a estar hasta tarde en el Dory y después seguro que vamos a ir a lo de Coca.

—¿Al departamento nuevo?

—Sí. Dice que quedó regio.

—Bueno —se interesó Armando—. Más tarde, si ya se me ha ocurrido algo, me voy para allá.

—Si no, mañana. Acordate que mañana a la noche, Coca inaugura oficialmente su bulín. No podés faltar .

—Voy a ir. Voy a ir —cortó Armando. Nacha se fue.

Armando subió a su departamento y cerró con llave. Había terminado su frugal cena y llevó la escasa vajilla sucia a la cocina. Luego fue hasta el living, tomó buen cuidado en cerrar la puerta que daba a la cocina para evitar el paso de aromas grasos, y apagó la lámpara del techo, dejando encendido sólo el spot que iluminaba la mesa pequeña en un ángulo de la habitación y el sillón. Fue hasta el tocadiscos y puso el concierto en mi menor para violín de Mendelssohn. Después se dio una ducha prolongada con agua bien caliente. Se secó, se perfumó y se cubrió con una salida de baño de seda. Volvió al living llevando en sus manos una botella de whisky, un vaso y un baldecito con hielo. Los cigarrillos ya estaban sobre la mesita ratona. Puso todo al alcance de sus manos, elevó discretamente el volumen de la música y se recostó en el sillón. Estuvo así cerca de diez minutos, pensando. Luego se durmió.

Lo despertó una mano femenina, sacudiéndolo por el hombro.

Algo asustado, Armando se quedó un par de minutos contemplando a esa mujer ya no tan joven, algo desgreñada, con un inquietante parecido a la imagen de la República, pero más flaca.

—¿Quién... —atinó a balbucear Armando en tanto se incorporaba, arreglándose un poco el cabello revuelto—, quién sos?

La mujer, cumplido el hecho de despertarlo, parecía haberse desentendido de él y hurgueteaba entre los discos diseminados sobre el Audinac.

El suelto vestido blanco que le llegaba hasta los tobillos y la melena larga y rubia que le caía desordenada y desaliñada sobre los hombros, además del no muy resplandeciente pero sí notorio halo ambarino que la recubría, le daban un aspecto etéreo que hubiese sido completo a no ser por el cigarrillo que apretaba entre sus dedos largos, amarillentos de nicotina.

—¿Quién sos? —repitió Armando, adivinando la respuesta.

La mujer se sentó, cruzándose con soltura de piernas; miraba la cubierta de un long-play.

—Tu musa —respondió, seca.

—¿Y... cómo...?

—Oíme —cortó la musa, tirando a un lado el disco—. Creo que las preguntas las tengo que hacer yo.

Armando, dócil, volvió a sentarse.

—¿Dónde estabas las dos veces que intenté tomar contacto con vos? —preguntó ella.

—Bueno... —vaciló Armando—. La primera vez estaba...

—En el Dory, ya sé. Y la segunda, por la calle.

—Sí —corroboró Armando—. Creo que fue por eso que no...

—Dejalo así —cortó la musa. Se puso de pie y se dirigió a contemplar unos cuadros que colgaban de una de las paredes—. ¿Cuándo tenés que presentar la obra?

—Pasado mañana.

—¿Y tenés algo escrito?

—La verdad...

—No.

—No —admitió Armando.

—Bueno, bueno... —la musa continuó su recorrido en torno a la mesa redonda observando los detalles del living, golpeando sobre la mesa con su encendedor—. Te puedo ayudar.

La cara de Armando resplandeció. Era la primera frase cordial que escuchaba de su musa.

—Pienso que me vendría bien —reconoció—. Ya estaba algo preocupado. Estoy medio atascado. Empantanado.

La musa volvió a sentarse en el sillón frente a Armando.

—Bueno —dijo—. Yo te puedo ayudar. Puedo pasarte las cosas a máquina.

Armando la miró con fijeza.

—¿Cómo "a máquina"? —se inquietó.

—Claro, vos me dictás y yo te voy pasando las cosas a máquina. Así hacés más rápido.

—¡No! —se puso de pie Armando—. ¿Cómo "pasarte las cosas a máquina", "pasarte las cosas a máquina"? Con pasarme las cosas a máquina no arreglamos nada. ¡Lo que yo necesito son ideas! ¡Para pasarme las cosas a máquina llamo a Manpower, las llevo a la Pitman, mirá qué joda!

—Yo escribo rápido.

—Pero... —se envalentonó Armando—. ¡Qué carajo me interesa que escribas rápido? ¿Sos una musa o una secretaria?

—Mirá —recuperó su tono duro la musa—. Éste no es el primer trabajo que hago. Fui durante mucho tiempo la inspiración de un músico francés que es uno de los que mejor anda en Europa. Fui ayudante de musa de Antonioni. Y estuve propuesta para musa de Woody Allen antes de venir acá... Así que...

Armando dio unos pasos nerviosos por la habitación.

—Lo que yo necesito son ideas. Ideas —dijo, golpeándose la frente con la punta del dedo índice.

—Muy bien... muy bien...

—Si querés —propuso Armando—. Me tirás una idea y te vas. Después sigo yo solo, no tenés por qué quedarte.

—Bueno, cómo no —el tono de la musa era casi burlón—. Te agradezco, pero acostumbro a terminar mis trabajos. Los empiezo y los termino.

—Me parece bien.

La musa se levantó del sillón; fue hasta la mesa, corrió una silla y se sentó allí.

—Traete papel, unos lápices, fibra mejor, la máquina de escribir...

—¿Para qué?

—Para trabajar. ¿Para qué te parece? Si tenés café, traé. Mucho, que...

—Pero oíme... —vaciló Armando—. Yo lo que necesito es una idea básica, una armazón, una columna vertebral... un...

—Y bueno... —lo miró la musa.

—Y bueno, ¿qué? Decímela. Decime la idea...

—Escuchame... —resopló la musa— ...si yo la tuviera te la diría. Pero no la tengo. Por eso te digo que traigas las cosas, nos ponemos acá, y empezamos a trabajar.

Armando la miró largamente.

—¿O cómo te creés que salen estas cosas? —siguió ella—. Nos sentamos acá, empezamos a charlar de qué puede tratar la pieza, anotamos cosas, tiramos ideas...

Armando se acercó y se sentó junto a ella.

—Por eso te digo que traigas mucho café —explicó la musa—. Porque nos vamos a pasar toda la noche acá, mañana y hasta el momento en que entregués la obra no nos levantamos...

—Pero... ¡escuchame! —Armando se puso de pie nuevamente—. ¿Qué clase de inspiración sos...? Qué...

—Hay formas de trabajo... —sonrió por primera vez ella— y formas de trabajo. Hay musas distintas, es cierto. Si no te gusta, me voy.

Armando volvió a mirarla, apretando los labios.

—No. Qué te vas a ir —dijo. Y se sentó—. Pero... oíme... Yo mañana a la noche tengo una reunión en lo de una amiga y...

—Entonces olvidate... —la musa corrió hacia atrás su silla y se puso de pie—. ...Andá a lo de tu amiga, hacé tu vida y yo...

—No, pará, pará... —se asustó Armando—. No es obligación... Mañana la llamo por teléfono y le digo, digo...

La musa se sentó nuevamente.

—Olvidate del teléfono —le advirtió—. Traé el papel, lo que te dije...

Armando fue hasta su pieza, sin embargo pudo escuchar que la musa decía a sus espaldas, como para sí: "A mí me dan cada trabajo".

Armando volvió con una pila de papel oficio, varios lápices de fibra, gomas, reglas y otro montón de cosas innecesarias. Las puso sobre la mesa y se quedó mirando por un instante a la musa.

—¿Qué pasa... —preguntó—, qué pasa si no se nos ocurre nada?

—¿Si no se nos ocurre nada? Copiaremos algo —sonrió ella, y él no supo si estaba bromeando.

REVELACIONES SOBRE UN
ANTIGUO PLEITO

Hay un cuento infantil muy difundido que narra cómo una tortuga logra vencer en una carrera contra una liebre, nada menos.

En el cuento, la liebre termina siendo derrotada cuando, al confiarse en su velocidad, se distrae y demora repetidas veces durante el trayecto de la competencia.

Es posible que para mucha gente este relato haya significado un ejemplo, una enseñanza o simplemente una anécdota divertida. Pero en mi condición de estudioso de las especies animales, sus costumbres y características, el cuento significó por años un verdadero misterio, una obsesión cierta y un tema de discusión permanente.

En el pabellón de Ciencias Naturales de Yverdon, cercano al lago Neuchâtel, mantuve mil y un altercados con numerosos etólogos con respecto a dicho relato. Yo sostuve durante años la teoría de que casi ninguno de esos cuentos populares nacían por generación espontánea, sino que se basaban en hechos reales que luego eran deformados, exagerados y a veces, tergiversados.

El profesor Milton Odilão Ziraldo Nuñez Coimbra, eminente naturalista portugués, fundador de la corriente que postula al ratón lemúrido de Tasmania como continuador de una política centrista en Sudáfrica, sostenía, en cambio la tesis de que dichos relatos son tan sólo producto de la picaresca popular. Abrevaba su fundamentación en la convicción de que nunca una tortuga puede llegar a derrotar a un lepórido en carrera franca.

Algunos de los destacados estudiosos y científicos con los cuales compartíamos el pabellón concordaban conmigo y otros se inclinaban por lo expuesto por el etólogo portugués. Las reyertas verbales eran, reitero, frecuentes, y llegamos a las manos en más de una ocasión, debiendo soportar suspensiones y duras reprimendas de parte de las autoridades de ese alto instituto educacional.

Pero en el año 1968 llegó a Isberne un naturalista colombiano dispuesto a doctorarse con una tesis sobre "Estructura social de las langostas saltonas del Orinoco". Era el profesor Rucio Javier Banderola Samper, quien aportó a la discusión un dato más que interesante. Me juró conocer el lugar y los protagonistas que habían vivido la increíble anécdota de la carrera entre la liebre y la tortuga que luego daría pie al cuento infantil de mundial conocimiento.

Convencido de que me hallaba ante una evidencia que pondría en franca y terminante ventaja a mi teoría sobre las endebles lucubraciones del científico portugués, debí convencer al profesor Banderola Samper para que me brindase mayor apoyo e información al respecto. No me fue fácil, pues el sudamericano se hallaba muy imbuido en sus estudios y debí comprar su colaboración dictándole por lo bajo su examen final sobre ergometría computada en saltamontes, aun a riesgo de ser ambos echados de la alta casa de estudios. Agradecido, Banderola Samper me dio el nombre de un campesino de las cercanías de Cartagena, único testigo del hecho que quedaba con vida. Reconozco que fue un golpe de suerte el haber dado con un dato de ese calibre ya que, aun comprendiendo que Isberne es un centro de estudios que recibe alumnos de todo el mundo, no dejaba de ser una flagrante casualidad conocer a alguien que pudiese informarme de un suceso que podía haberse originado en cualquier parte del globo donde existiese una persona con virtudes para narrar hechos poco comunes.

Un mes después volé hacia Cartagena y tras largas averiguaciones di con don Marcial Mercado Machuca, un costeño de ciento dos años, que sin ningún tipo de problemas se prestó a referirme la anécdota que, con los años, había dado origen al cuento que nos ocupa.

"Digamos, hermanito, que yo era un javión varanda de unos treinta y cinco años en esa época y llevaba como cuatro añitos ya de mozo compelero sañino curtiendo cueros en lo de don Isandro Curaba, hombre de Alfajores Bajos, una ciudad más que bonita algo más al sur en la costa que lleva a Mimbrería.

"Trabajo duro, pero yo era joven y lo que en verdad pero en verdad me gustaba puche curiba era esa cuestión de las carreras y esas vainas que a quién no le gustan, siempre digo y diga si no, compañero. Y ahí ahicito, varas nomás de Mimbrería estaba el gimnasio de Pedro Chamillo, donde se hacían para ese entonces tipo de carreras y apuestas de gentes o de animales o humanos.

"Los fines de semana cuando volvían las canoas de los pescadores se armaba fiesta verraca y tole tole que había que ver porque venía gente de hasta Cartagena y dale pedernal y pisco, naranjita, mole y pincho moruno todo el tiempo. Se chupaba mucho, mi amigo, y había que verlo.

"Le voy a decir, le voy a decir yo y no me lo va a creer, que yo he visto apuestas y disparadas hasta de bichos cabrones que usted no pensaría ni curado que pudiesen correr y hacer figura, que no. Yo he visto piques y carreras cortas de pescados de mar que las gentes se amontonaban para apostar sus platitas y darles camba y aliento a los animales. Hubo un pargo rojo de este porte que le puso cruces y le frunció el hocico por casi ocho varas a un huachinango salmón tostado que habían traído de México diciendo que le hacía raya y media a más de uno y el parguito se lo dejó rechupino y pidiendo alpiste que le sacó cola y cuarta de ventaja en doscientas varas. ¡Bachicha con el parguito, ligero que no lo veías! Y a mí que no me vinieran porque me traía salado y cambrí un puerquito que compré en el mercado de Bucaramanga, así el puerquito, coloradón que ni pidas, madre de cochinillo ese, que te resfriaba si te pasaba al lado de rápido el cabronazo. No había quien lo pujara en Mimbrería y con los años me gané las viandas con el puerquito. Hasta se lo puse de patas a un caballo de la capital que decían los costeños que era muy bravo y el cochino le clavó un minuto y medio en las trescientas varas, que yo lo tenía hecho un cuetazo al paquidermo. Ni bachicha me pedía el cuerpo. Que le daba arepa todo el día mojada en vino y no me va a creer pero yo dormía con él para que no me lo salteara algún puyango javión varanda, que andaban como zopilotes los gallos viendo qué se podían robar de las casas, los desgraciados. Mucho negro bembón, mucho mazimba, mucho culón remilgo de los que venían en los barcos de harina de pescado que pasaban para Perú había en ese entonces y te pillaban lo que mirasen los condonguitas. ¡Pinga con el puerquito, qué madre era!

"Pero al que le sabe bien la melaza le gusta el ron, compañero, y a mí que me tiraba las chambas la competencia de carreras de animalitos no dejaban de gustarme tampoco las agarradas de gallos, mesas de naipes, y el zangoloteo verraco de cubilete y dados chingue madraza. Y el que saca tres busca cuatro, compañero, y a un buen hijo de Bucaramanga no le escuece los morros la cervecita, el pile en champitas y la buena caña de higo mamón. ¡Bachicha que la pasaba! Pero así fue también que me perdí de una postura sola toda la platita que me había hecho en la curtiembre y con el puerquito dando mi fe y coraje por un dos de oro que no venía. Quedé más pobre que musaraña, compadre, y debiendo sencillo, calderilla y fortuna a un tal Ezequiel Calaña 'Batelera'. Calaña que le decían porque el muy cabro había sido boxeador y de los muy buenos, esparrin el zambo hasta de Roqui Valdez, que con eso le digo todo. Y el javión varanda me vino armando cebolla, me pronosticó machuque del bueno bueno si no le pagaba lo que se adeuda, compadre, y no era hombre de alegar en falso el culo remilgo. Yo tenía que ganar platita, compadre, ¡pinga costura! Y el que sabe cocinar no se mete a curar cuero, y yo lo único que sabía hacer madre era arremangar bichos para carreras, los recibía sobados, pochos y maricones y te los sacaba cuetazos a los infames. Pero tenía que agarrar un carrerón donde todos me apostaran en contra para sumar plata y corcoja en grande la diferencia.

"Y ahí fue, compadre, que se me vino a la pensadora lo de la tortuga. Que nadie que tenga un seso bajo del pelo se le puede ocurrir que una tortuga salga de pique contra otro bicho, pero a mí que se me había puesto de coscorrón y firme porfiado que no me iban a rayar el sayo si yo me metía de pulque cogote a remezar chimbre y fuertón un piche quelonio.

"Ahí nomás le encargué a mi compadre Membrives Cuevas, pescador de altura, que me consiguiera una tortuga de las de aguas, que son más sueltas para el cariño sojuzgadas como matildas para el rodeo y que le pegan timbre y callando a la disciplina. Al mes me aparece Cuevas con el quelonio, marinero como un popeye el bicharraco, de este perímetro en lo que va de la cabeza a la cola y ojos tipo chiguagua que de mirarlos daba churrasco, compadre.

"Al día siguiente nomás la saqué al campo. Un mes después le daba pista, ripio y arena. Le cochambré las patas, lijé los bordes, y le dejé crecer verracas uñas a la regalona para que fuera rumba, vacilón y cuete en la largada, compadre. Grasita de anguila macho en la baquelita me la pasaba, mucho masaje al pescuezo y meta aceite de pile bajo la panza para el resbale. ¡Ni ver te digo la que se armó cuando caí al tabernón de Pedro Mañana con el envite! Así estaba de gente la comedera cuando desafié con mi tortuga a la liebre pajona del 'Bomba' Barbacuñado. ¡La que se armó, mi compadre, que se reían a barriga suelta los atrevidos! ¡Eso era una gozadera! Todos me querían apostar por la contra de mi tortuga que se llamaba Platanera porque la tenía a patacón de plátano soliviantado en fritura a la mañerita.

"Quedó para un sábado el encontronazo y yo le tenía pinga coraje a mi tortuguita. La había probado de firme contra un gallino, animal colorado sangrita de patas largas, medio misturado con zancudo el avícola pero corredor de fondo y la tortuga me lo había abandonado sobre las cincuenta varas dándole cadera y anca al gallino que ya de arranque largó casi los interiores. Y siempre de oculto nomás para que no me la pasmaran los envidiosos, ni me le hicieran males de tirar arroz o magüey y por detrás de la oreja, la había puesto sobre arenilla de contra con un ratón zunzún cola pinta velocista que ni lo veías al cobrachito y ahí también mi tortuga lo dejó macaco y medio refiñadón al mamífero que revoloteaba los ojos como pitón pirpita tragando anuros al ver lo que no creía, que estaba madre la verraca tortuga.

"Yo estaba confiado y todo pero la curiosidad gargaja me traía saltón de los nervios y el día anterior a la justa me fui a espiar el apronte de la liebre pajona del 'Bomba' Barbacuñado.

"Mire, compadre, yo sé que a usted le habrán contado que esa liebre pajona llegó echando interiores y mal dormida al evento. Más de un balustrín rumbero de la costa dirá ahora que esa liebre pajona no se cuidaba y que era lindre para el esfuerzo y papel mirache para el pinche sudor, pero yo como que me llamo Marcial Mercado, le puedo decir a pie descalzo y firme coraje que no conocí animal más abnegado para el martirologio ni de mayor contracción para el trabajo que esa liebre pajona que la que es barbecho es barbecho y no refilado de mimbre.

"¡Pinga costura! Que vi esa liebre y me quedé con la sangre alunada, compadre. Era tan rápida que estaba pasando y ya había pasado, con eso tendrá una esencia, compadre. Te creías que la estabas viendo y no la veías, compadre. Tumbadora y canela las patas, cuetaza madre esa pupila del 'Bomba' Barbacuñado. Ni soñar de verla cuscona y adelante a mi tortuga frente a ese chumbo.

"¡Pinga costura! La mañana del sábado agarré mi quelonio y le inyecté una brazadera entera de buen fluido para estimularla. Yo sé compadre que eso no es de sabedor ni cosa buena, ni ricura de farplei para los cosongos pero Dios te comprende si conoce el babero en que te has metido. Una jeringa llena de alcaloide flumíneo, compadre, que me la trajo tigre a la Platanera y ya desde antes de la confronta zumbaba bachicha gorda dentro del bungalou.

"¡Había más de tres mil gentes agarbiñadas chonga marosca aquella mañana! Humanos de Panamá, Yucatán y hasta gringos de Venezuela se habían venido en trocas y transportaciones para ver la disparada. Le tuve que clausurar el agujero de la cabeza a Platanera porque si asomaba el rollo te veías clarito nomás que la sanguanga tenía los ojos desorbitados por la montera chufa que le había propinado con la jeringa. ¡Pinga costura! Parecía que le apretaba la baquelita al animalito y largaba baba como choco rabioso. Yo decía que la tenía en la pinche negrura de oscuridad como monja de clausura porque el quelonio se me cimbraba de los nervios y las ataduras de las arterias.

"Al bocinazo de la largada ya nomás la liebre pajona me le sacó veinte varas a mi quelonio que venía pisando tejo y retejo con lindo ritmo de marinera. Pero a los cuarenta mi Platanera le husmeaba el culo a la pajona y le zapateaba un mandoble y retintín puyango sobre las ancas, y si viera usted, compadre, los carantones empalidecidos de los costeros y los negrazos bembones melé y chincheros que habían jugado sus moneditas a la pajona. ¿Que se paró la liebre en algún mo-

mento? ¿Que se entretuvo en grupines esa pajona mientras
corría? Ni para mear, compadre. Rosca y caldera, que era un
cuetazo madre la leporina. Pero ya le dije que mi quelonio no
era de achuchar con la boya y sobre los ciento cincuenta le
quebró el paso a la pupila del 'Bomba' y pasó a ganar pinche
coraje. Pero faltando treinta nomás la liebraza metió pelota,
arrugó oreja, y no sé cómo no reventó caldera pero pasó de
nuevo al frente y ganó por el hocico, que me la caiga pinche boliche cada vez que me acuerdo, compadre. Había perdido todo,
compadre. Había quedado más seco que tortilla de carcamela.
Y el 'Batelera' Calaña que me la tenía prometida y pesada, no
de las pavas, mi alma.

"Pero al rato viene el 'Bomba' Barbacuñado y me pide que
le pase la método de entrenamiento que yo había repicado para el quelonio. Se había quedado con los ojos de espanto por el
suceso, se pasó la carrera a culo mordido admirando a la Platanera y el negro zambo quebracho quería saber cómo había
hecho yo para lograr ese cuetazo. 'No es gratis el jamón del
puerco', le dije yo, y le dije que no podía decirle cuál era el método que había gastado porque era un pinche secreto que venía
bajando de antaño y era el orgullo de la escudería. Pero que
podía venderle a la Platanera si había platita y de la que due-
le. 'Bomba' Barbacuñado me compró el quelonio en buena cifra.

"Yo pagué mis horqueras, limpié el cañazo, y todavía tuve
monedas para comprarme una bicicleta de canastera. Platanera corrió incluso varias disparadas para el 'Bomba' y mal no
anduvo, compadre. Después ya las viejas y los curados rene-
gados de tragos tardos, los borrachitos de Mimbrería, los que
hablan de puro calzones amplios y majaretes empezaron a
contar mil historias sobre la carrera entre mi Platanera y la
liebre. Hasta escuché decir que había ganado la Platanera de
narigada. Pero la verdad que sirve, la de la piedra, compadre,
fue que ganó la pajona de raye y moco sobre el timbrazo, le digo. Ésa es la verdad. Fue marinera la tortuguita. ¡Bachicha

madre el quelonio! Pero para que una tortuga le refile el fieltro a una liebre pajona... ¡Pinga costura!, difícil que me lo veo, compadre..."

ESTUDIOS ETOLÓGICOS
DEL PROFESOR ERWIN HASELBLAD

Cuando aquella soleada mañana primaveral, Erwin Haselblad dejó su estudio de 7ª Avenida y 34 North, nunca imaginó que un águila embravecida caería sobre él y le arrancaría un ojo.

A pesar de esta abrupta disminución de su vista, el profesor Haselblad no le dio al suceso más importancia que la que puede dársele a cualquier otro contratiempo callejero.

Sin embargo, debió rever su actitud cuando, días más tarde, se descalabró la cadera derecha al resbalar sobre un helado de limón que estaba siendo trabajosamente transportado por una hormiga colorada, de las vulgarmente llamadas "rojas".

Estas dos enojosas alternativas movieron al eminente estudioso germano a abordar de lleno la temática del comportamiento de los animales. No era Haselblad un desconocedor del tema y de él puede recordarse su libro titulado *La más terrible de las aves de rapiña: el pingüino*, tratado que levantó encrespadas polémicas entre los etólogos de todo el mundo quienes no pudieron ponerse de acuerdo sobre si dicho libro era la primera o la segunda edición.

Para profundizar en la temática de aquel volumen, recuerda Haselblad: "Debí convivir durante tres largos meses con Meredith, un pingüino de tan sólo dos años, soportando temperaturas de hasta 25° bajo cero. Ni un solo día abandonamos, Meredith y yo, la cámara frigorífica que me había facilitado para mi trabajo la firma *Foxes & Foxes* de Oklahoma. Allí, rodeados de todo tipo de pieles que dicho emporio peletero preserva para su posterior exportación, me aboqué a la indagación científica que confirmara mi teoría (largamente combatida) referida a que los desaprensivamente llamados 'pájaros bobos' son las rapaces depredadoras más sanguinarias del planeta",

Mucho se le criticó a Erwin Haselblad el hecho de no haber profundizado sobre las costumbres del pingüino en el hábitat natural de éste, pero así explica su opción por la cámara frigorífica el calificado etólogo alemán: "La conformación social de estos palmípedos es de un círculo familiar cerrado y respetuoso. Pongan ustedes a dos pingüinos machos frente a frente y lo verán. No pasarán más de dos minutos antes que ambas aves se miren con detención y se marchen a nadar. Por eso los ritos de sumisión familiar son muy acendrados entre los pingüinos. Por lo general, el jefe de la pingüinera es el más viejo de la colonia y por lo tanto, el que mejor conoce dónde se pueden encontrar los mejores cardúmenes de sardinas, las más eficaces protecciones contra el viento helado del sur, e incluso la ubicación de las mejores pistas de esquí de los ventisqueros. La familia tipo de estos esfenisciformes se compone de un pingüino macho, un pingüino hembra, un pingüino propiamente dicho, los pingüinos niños que nunca superan el número de catorce, otro pingüino hembra que realiza las tareas de cuidado de los pequeños y otro pingüino cuya presencia no es constante, sino que va y que viene. Se lo conoce como 'pingüino comodín' y en algunos casos, dadas sus prolongadas ausencias, casi no se lo conoce".

Todo esto da una aproximada idea de lo precavido y hostil que es este animal hacia el mundo externo y del natural rechazo que manifiesta por las especies que le son ajenas. No se conocen casos de focas o caribúes que hayan podido integrarse a familias de pingüinos. Por lo tanto, la peregrina idea de poder aproximarse a tan desconfiadas aves en su medio natural, es sencillamente, una utopía. Incluso las especies inferiores tienen un enorme desarrollo de instinto que les avisa cuando un ser extraño intenta introducirse en sus colonias.

El caso del profesor sueco Hans Bgorn es tan demostrativo como patético. Empeñado en develar la vida de relación entre los gusanos de las palmeras, crisálidas fusiformes que moran a la sombra de los promontorios construidos por los escarabajos piojeros de Nambú, aldea del sur de África, pergeñó un revestimiento para su propio cuerpo hecho en una tela gomosa de flexible consistencia con el cual se envolvió. Con tan perfecto disfraz (la propia madre de Bgorn desconoció a éste mientras el profesor se arrastraba por el jardín de su casa, lo que casi cuesta la vida del sueco) Bgorn confiaba en burlar el certero sentido táctil y papilar que los gusanos datileros "tienen localizado entre sus dos antenas, sobre la pequeña boca, bajo lo que sería su testuz insectívoro, algo detrás de un occipucio notoriamente desarrollado y que tanto atrae al gracejo gris, una especie de avutarda que no vive en la zona pero que la conoce".

No dejando nada librado al azar, Bgorn impregnó su curiosa vestimenta en una gelatina pringosa, la misma que recubre las larvas de dichos nematelmintos al abandonar los huevos maternos en cantidades aproximadas a doscientos treinta y ocho millones por parto.

El profesor Bgorn, disimulado en su cobertor, munido de un grabador de enorme fidelidad con la intención de registrar el desconocido idioma de los alveolados, se enterró bajo una de las construcciones de los escarabajos piojeros el 2 de marzo de 1973. Nunca más se supo de él.

Con este estremecedor relato, Erwin Haselblad justifica

más que sobradamente, las razones que lo llevaron a encerrarse con Meredith en la cámara frigorífica facilitada por la *Foxes & Foxes*. No pueden desdeñarse tampoco, los temores que abrigaba Haselblad con respecto a esta especie de aves polares. Aves que, no se cansaba de repetir Haselblad, de conocerse sus aterradoras costumbres "nadie llevaría su imagen desaprensivamente bordada sobre el bolsillo de su remera".

Tras los tres meses de reclusión voluntaria con Meredith en la cámara frigorífica, así resume el etólogo alemán sus experiencias:

"Meredith se mostraba calmo y hasta paciente. Soportaba con cierta indiferencia que yo hurgase entre sus plumas con la punta de mi estilográfica. Casi ni me miraba. Pero yo sabía que estaba ante un ave de alta peligrosidad. No creo que Meredith extrañara sus hielos natales. Se lo veía experto y confiado en la cámara frigorífica e incluso las pieles de visones o zorros, lo hacían ocultarse a veces, precavido, con el temor propio de las especies preferidas por la voracidad de los plantígrados. Comía sin desconfianza lo que yo le daba e incluso llegó a picotear el esmalte de la puerta de metal que daba al exterior. Tras los primeros días en que procuré estrechar mi amistad con el animal, procedí a ocultarme. Desde mi escondite, la abrigada protección de un sacón de nutria colorada del Yukón, talle medium, lo observé durante días. Mi filmadora tampoco perdía detalle de los pausados movimientos de Meredith, su paso oscilante y torpe, que podría llamar a engaño a más de un especialista. Yo sabía que en cualquier momento su instinto de rapaz depredador lo perdería.

"Debo admitir que no lo hizo. En los tres meses de convivencia, ni tan sólo un instante abandonó su postura pasiva ni su particular introspección".

Sin embargo Haselblad no abandona por eso su audaz teoría con respecto al pingüino. "De cualquier manera, debo consignar —nos continúa contando— que si bien Meredith no actuó de la forma en que yo arriesgaba que debía hacerlo, podía leerse claramente en sus ojos que se moría de ganas de atacar. Vaya a saber qué extraño e instintivo sistema de autocontrol reprimía su impulso y lo llevaba a comportarse con la mansedumbre de un simple tejón pirineo alsaciano. Tras la experiencia de la cámara frigorífica –reconoce Haselblad– no quedó perfectamente explícita mi teoría frente a muchos escépticos científicos del mundo. Pero un nuevo aporte se incorporó a la aún escasa sapiencia que tiene el Hombre con respecto al Mundo Animal: no hay mamífero de sangre caliente que tenga el poder de simulación del pingüino".

Esta enseñanza fue recopilada por el etólogo alemán en su libro: *El gran simulador (The Great Pretender)* donde compara las costumbres esquivas del pájaro bobo con las de otro experto en timos y camuflajes: el camaleón.

"Xester era un camaleón viejo de las Aleutas –narra Haselblad–. Debí esperar tres años para que una expedición arqueológica sueca pudiese atrapar uno en la más pequeña de aquellas islas y me la remitiese en valija diplomática. Es sabido que está totalmente prohibida la venta de camaleones con fines comerciales, más que nada tras la depredación que sobre dicha especie ha ejercido la industria textil japonesa, que los emplea para la elaboración de anilinas colorantes.

"El primer día que Xester deambuló por mi laboratorio, me fascinó su facilidad para adoptar la coloración de los objetos frente a los cuales pasaba. Fue entonces cuando pasó frente a un translúcido cristal y nunca más volví a encontrarlo."

Este inesperado contratiempo retrasó considerablemente los estudios que Haselblad llevaba a cabo con el paciente Meredith. Pese a eso el etólogo alemán aprovechó la circunstancia para abismarse en otro tema que siempre ha confundido a los estudiosos: la falta de certeza sobre si los perros (cánidos) diferencian o no los colores.

"Mi propuesta fue tan simple como efectiva –explica Haselblad–. En uno de mis gabinetes reuní a cuarenta y tres perros de distintas razas y convicciones. Debí interrumpir para ello un apasionante experimento que estaba llevando a cabo empleando una piraña del Orinoco y un tubo de dentífrico. Tras las primeras horas en que los perros procedieron a reconocerse coloqué frente a ellos un aparato de televisión en cuya pantalla podía apreciarse un match de fútbol americano entre conjuntos americanos cuyos equipos vestían totalmente de amarillo el uno y el otro totalmente de azul. No pasaron más de quince minutos antes de que los perros se hubiesen dividido en dos bandos claramente reconocibles menudeando las escaramuzas y los tarascones. Tres de los más agresivos llegaron, incluso, a orinarme. Fue una experiencia imborrable, aunque no recuerde ahora el resultado final del match y lo más significativo de todo es que el televisor no era color, sino blanco y negro."

Pero la que definitivamente impulsó a un segundo plano el estudio sobre la esquizofrénica personalidad de Meredith fue el episodio al que debió abocarse Haselblad en enero de 1971. Miriam Smithers, catedrática en apicultura de la Universidad de Canberra (Australia) consultó a Haselblad sobre un extraño caso de adopción maternal: Herbie, un hipopótamo recién nacido estaba siendo amamantado por una gallina Pilkentown, o Gallina de Guinea. A pesar de que Haselblad poseía en sus archivos un abultado *dossier* relacionado con casos de adopción en el mundo animal (el mismo Haselblad fue criado por una tía) hubo algo que le sonó extraño en el relato de la profesora Smithers.

"No vacilé en trasladarme a Sidney –informa Haselblad– a estudiar el caso.

"Herbie era un pequeño hipopótamo de sólo días y compartía un gallinero experimental de la NASA en las afueras de la ciudad. Cada tanto las aves allí estudiadas y cuidadas con particular esmero eran empleadas para detectar la fuerza del impacto de los pájaros sobre los cristales de los aviones en las proximidades de los aeropuertos, un verdadero problema mundial. En un túnel de viento, las gallinas eran disparadas con una catapulta de aire comprimido contra una ventana. "A pesar de su poca edad —continúa narrando Haselblad— Herbie se había hecho un lugar dentro de la cría de Samantha, la gallina de Guinea, otros quince polluelos que pugnaban por arrojarlo lejos de la protección de las alas de su madre. La empresa no era fácil, ya que Herbie pesaba, a la sazón, cerca de ciento cuarenta kilos."

El caso, se sumó a otros tantos estudios que el eminente etólogo alemán ya tenía sobre estos extraños episodios de transmutaciones naturales.

"No pude dejar de recordar —confía Haselblad— todo lo que habíamos hecho en una granja de Dakar (Senegal) para que se concretase el apareamiento entre un rinoceronte y una coneja empeñados en llevar a cabo aquella experiencia marital. Sabemos que la naturaleza suele ser bastante inflexible con ese tipo de desviaciones, pero como bien sostenía el presbítero anglicano Ernest Foster (a cargo de esa colonia animal), el amor no sabe de limitaciones, conclusión a la que llegó luego de leer *El cielo no tiene favoritos*.

"Samantha, la gallina de Guinea, parecía no hacer distingos entre sus polluelos y Herbie. Repartía entre ellos con la misma maternal satisfacción las lombrices o restos de alambre que localizaba en la zona y cada tanto reprendía con un picotazo a Herbie la particular predilección de éste por defecar sobre alguno de sus hermanos.

"La lógica tendencia del pequeño hipopótamo —explicita Haselblad— de proteger sus horas de sueño bajo las alas de su madre adoptiva, traía ciertos problemas a ésta, como así también el sentido imitativo de Herbie (el impulso imitofestivo está enormemente desarrollado en los hipopótamos y es notable oírlos remedando casi a la perfección el silbo de los mirlos, que lo hacía intentar dormitar encaramado a alguno de los palos del gallinero. Pero el mayor de los inconvenientes, para Samantha, comenzó en su nueva etapa de apareamiento, cuando Herbie pisó y redujo a planchuelas a dos gallos machos de la especie que se habían acercado a su madrastra."

El estudio sobre el comportamiento de Herbie, Samantha y sus polluelos quedó trágicamente trunco cuando el hipopotamito fue atrapado y elevado a las alturas por un zopilote mocho de cuello blanco, ave de presa similar al caranchillo enjuto de Tasmania. Pero dejemos que el mismo Haselblad resuma así aquel capítulo: "Sin duda el zopilote confundió a Herbie con uno de los polluelos. Debemos reconocer que Herbie, para ese entonces, tenía ya actitudes y costumbres propias de las aves de corral".

Las ansias investigadoras de Haselblad lo llevarían luego a nuevas intentonas relacionadas con el desarrollo del instinto lúdico en las tortugas, el carácter más bien sedentario de los baobabs y la escasa forrnación política de las sardinas del Báltico.

LA CARGA DE MEMBRILLARES

Guadal de las Higuerillas. Corralón de Tapias. Cofre del Agua. Quebrada del Cujo. Cuño. Pilar Cruz. Arenal del Soto. Pedregullo y arbustos. Tierra irredenta. Lejos, se escucha el crepitar de la fusilería. El capitán Julio Entusiasmo Fervientes contiene, a lanza y sable, la caballería del coronel Epifanio Medina. Es él solo contra 523 hombres, pero cuenta con la ventaja de la sorpresa. Sus compañeros aprovechan la maniobra para alejarse. Son 25 desesperados. La venganza del coronel Medina, juramentada en público por el vencedor de Cañada de los Carpinchos al conocer que era llamado "Cabeza de Chancho" entre los perseguidos, les jadea en los garrones de la caballada exhausta.

Los fugitivos se detienen para merendar frugalmente. En un alazán tostado llega el capitán Membrívez. Sofrena su cabalgadura y se deja caer a tierra. En verdad, cae a tierra. Se pega un golpazo bárbaro contra La Rioja y se saca un hombro. Lo tiene tan fuera de lugar que sus soldados no saben si es el hombro derecho o el izquierdo. Membrívez no se queja. Por su denuedo suicida en los combates de Pico-Pico y Pozo del Prode le han llamado: el "Lolo".

Pero no sólo en sus ojos se lee el valor. Trae, desde hace justamente dos años, una lanza atravesándole el pecho. La moharra de acero le aparece por delante del tórax. Y por la espalda, sobresalen tres cuartos de tacuara. Fue en Pastizales, cuenta. Y se santigua. Nunca se la quiso sacar. "Por precaución", dice. Pero todos saben que la lleva como una medalla. Un testimonio. Una prueba de que cargó adelante. Sus hombres lo rodean. Son 25 desesperados. Ya casi no hay munición y el linimiento escasea. Los caballos se miran entre ellos, desalentados.

Para colmo, el sargento Manuel Olazábal Olarán Ollarte está preocupado por su hijo. El chiquilín tiene solamente cuatro años y desde hace tres sigue a la tropa. El sargento ha dejado su rancho para unirse a Membrívez bajo una condición impuesta por su mujer, la Cachimba: que se hiciera cargo del mocoso. Dos años sableándose con los irregulares de Paco Merayo, hostigando la indiada de Saturnino Rancún, siempre con el Florindito en ancas. Y pisarle el puré. Cambiarle el chiripá breve. Contarle cuentos de aparecidos en los vivacs inquietos.

Vuelven Perico Curti y dos gauchos que han salido a la descubierta. Han ido, por orden del Lolo Membrívez, a tantear el terreno detrás de Mojón del Cura. Quieren saber si por ahí, hay escape. Los hombres rodean a los recién llegados. Las noticias no son buenas: en aquella zona está lloviendo y se malogra la papa tardía.

Lejos, detrás de Sierra del Pomelar, aún se oyen los ecos del entrevero.

La escaramuza es un infierno, un remolino de lanzas, cuchillas, disparos, imprecaciones. El capitán Fervientes apoya su espalda contra el flanco de su caballo y se dispone a morir matando. Su caballo parte al galope y Fervientes cae sentado.

—¡Ríndase! —reclama el coronel Epifanio Medina. Pero el capitán Fervientes no se rinde. Sigue manteniendo su posición, sentado, a punta y hacha a pesar de que el enemigo lo supera numéricamente en una proporción de 523 a uno.

—¡Ríndase! —vuelve a pedir Medina, asombrado por el valor exhaustivo de ese criollo. Doscientos treinta hombres se le acercan por detrás y lo derriban a culatazos. Cuando Fervientes vuelve en sí, enfrenta los ojos encendidos del coronel Medina. —Lo suyo fue una exageración de coraje —le dice éste—. Pero, desde el comienzo nomás, era una lucha inútil. ¿Por qué no se rindió? —¿Por qué no me qué? —responde, altivo, Fervientes. No ha oído nada. Al comienzo del tiroteo lo ha ensordecido una bombarda. El mismo Epifanio Medina saca su sable y de un tajo limpio, degüella al prisionero.

Algo más que el coronel Medina persigue al capitán Membrívez: la obsesión de alcanzar las salinas de Laguna del Tala. Tres años lleva buscando ese mar de blancura. Lo sabe cerca. Lo intuye. Pero las guerrillas del coronel Medina le cortan el camino. Lo jaquean.

Un solo motivo empuja a Membrívez hacia la planicie salobre de Laguna del Tala: hacer charque para la tropa. Son 25 desesperados. Han carneado un chivito y la carne se pudre en la mochila del principal Prilidiano Coxis.

El sargento Manuel Olazábal Olarán Ollarte se acerca a Membrívez. "Mi capitán —le dice—, el Florindito está con corredera." La diarrea estival acecha a los hombres del Lolo. Son 25 desesperados. Y Florindito va dejando un rastro orgánico fácilmente reconocible por los baqueanos del coronel Medina. "Que coma carbón" —ordena Membrívez. Y sus hombres se privan del asado para que se cumpla la orden.

Detrás del Cerro de la Urraca, se oye de nuevo el pororó de la fusilería.

Hace 4327 horas que cabalgan. De pronto, el capitán Membrívez eleva su brazo derecho. Se detienen. Echan pie a tierra y distribuyen el trago de agua. Es un solo trago que vienen conservando desde Arenal del Soto y la orden reza: "Sólo un buche por persona". Cada valiente de Membrívez remoja su garganta y luego escupe el beneficio fresco en la boca del compañero más cercano. El último devuelve el trago a la caramañola del cabo primero Severiano Israfel Carqueja, que lo cuida como oro en polvo.

Llega un soldado que se ha adelantado a estudiar el terreno. El camino hacia las salinas está cortado. No se puede seguir. Al frente, entre ellos y Laguna del Tala, hay 7000 indios pampas. Son ranqueles de Minervino, araucanos de Carrán Pedrito y comanches.

—Quieren guerra —informa el soldado.

El capitán Membrívez no vacila. Monta su alazán tostado y se va solo.

Dos horas después está frente a la indiada.

—¡Soy el capitán Membrívez! —les grita. Alguien se desprende de la tropa bárbara y se le acerca. Es Minervino, jinete en su legendario oscuro con vivos blancos.

—Indios queriendo guagua: Florindito —dice Minervino, tras besar en ambas mejillas a Membrívez, a la manera pampa.

—¿Por qué? —pregunta el Lolo.

—Madre de Florindito siendo nuestra cautiva —explica Minervino sin soltar la mano de Membrívez, a la usanza india—. Reclamando tenencia de criatura.

—Ésa no es la Ley del Desierto —grita Membrívez. Minervino hace un gesto enérgico sacudiendo unos cueros de benteveo. Otro jinete se desprende de las formaciones infieles.

—Éste es el doctor Mencheski. Que sigue el caso —presenta Minervino.

El capitán Membrívez no vacila. Saca su sable y de un tajo limpio, degüella al leguleyo.

Membrívez vuelve junto a sus hombres. La caballada lo mira, absorta.

Membrívez, sin desmontar, arroja entre medio de sus soldados la cabeza del doctor Mencheski. "Lo hacía más alto", dice, a manera de responso, el sargento Olazábal Olarán Ollarte.

Membrívez cuenta a sus hombres. Luego, los vuelve a contar. Son 25 desesperados. Sabe que los está conduciendo a la muerte, pero a algún lugar debe conducirlos. Saca su sable y dice: "Allá, al sur, está la salina. Entre la salina y nosotros, los indios".

Cabalgan sin prisa hasta la llanura de Membrillares. Membrívez no mira hacia atrás. A su frente, se levanta un bosque de lanzas. "Vamos", dice. Y se zambulle entre las moharras bárbaras.

La carga rompe la línea pampa. El sable en alto, tinto en sangre su uniforme, Lolo Membrívez cabalga. Nada ni nadie lo detiene.

Cruza esteros, somete alturas, profana zarzas, vadea arroyos, atraviesa riachos, bordea canteras y perturba charcas. De pronto se detiene. Los cascos de su caballo pisan una superficie blanca. Membrívez alza su mano y todos sofrenan sus cabalgaduras. Hasta donde alcanza la vista, es puro blanco. Un manto deslumbrante.

—La salina —murmura el capitán Membrívez. Hay llanto en los ojos de los hombres. Algunos caballos, moquean.

—¡Alguien se acerca! —alarma un vigía. Echan pie a tierra. Forman cuadro.

Son 25 desesperados. Espalda contra espalda. Leve contacto de codos. Atrás los hombros. El pecho adelante. Hundido el abdomen. Mentón al frente. El silencio es un sudario.

Unas figuras oscuras se acercan a la tropa cansada.

—¡No tirar hasta que yo lo ordene! —grita Membrívez. No sabe que no quedan municiones. Hace dos años se dispararon los últimos cartuchos contra un porrón de ginebra. Pero nadie le dice nada. No quieren inquietarlo.

Bastante tiene ya el capitán con su pertinaz caída del caballo.

—¡Identifíquensen! —reclama el capitán Membrívez.

—¡Capitán Roald Amundsen! —le contesta una voz de acento extraño.

—Amundsen —musita Membrívez. Y siente, por vez primera, el frío de la nieve sobre su piel curtida.

LO QUE SE DICE UN ÍDOLO

Pedrito se apioló tarde de cómo venía la mano. Porque él podía haber sido un ídolo, un ídolo popular, desde mucho tiempo antes. Lo que pasa que el Pedro, vos viste cómo es, un tipo que se pasa de correcto, de buen tipo.

Decime vos, ocho años jugando en primera y no lo habían expulsado nunca. ¡Nunca, mi viejo, nunca! Ni una expulsión ni una tarjeta amarilla aunque sea. Y mirá que liga, eh. Porque siempre fue para adelante y lo estrolaban que daba gusto. Muy respetado por los rivales, por el referí, por todos, pero le pegaban cada guadañazo que ni te cuento. Y sin embargo, nunca reaccionó. Mirá que más de una vez se podía haber levantado y haberle puesto un castañazo al que le había hecho el ful, o a la vuelta siguiente encajarle un codazo, pero él... nada, che. Una niña. Un duque el Pedro. Claro, ¿cómo no lo iban a querer? Los contrarios, los compañeros, todos. Pero... ¿querés que te diga? No sé si era cariño, cariño. Por ahí era respeto, más que nada. Respeto, ¿viste? Porque mirá que yo lo conozco al Pedro y te digo que no es un tipo demasiado fácil para acercarse, para hablar, para... ¿cómo te digo?... para que se te franquee. ¿Viste? No es un tipo que va a venir y sin que vos le preguntés nada te va a contar de algún balurdo que tiene, algún fato afectivo... no, no es de ésos. Es un tipo más bien reconcentrado que, a veces, para que te cuente qué le pasa, la puta, se lo tenés que preguntar mil veces, y eso que a mí me conoce mucho.

Incluso yo a veces le decía: "No dejés que te peguen", porque me daba bronca ver cómo la ligaba y se quedaba muzarella. "No dejés que te peguen, Pedro", le decía. "Poneles una quema, meteles una buena plancha, a ver si así te van a entrar tan fuerte."

Y me decía que no, que es muy jodido pegar siendo delantero. Sí, andá a decirle al Pepe Sasía eso, andá a decirle al cordobés Willington que no se puede pegar siendo delantero. O al negro Pelé, sin ir más lejos, que tiene el récord de tipos quebrados. Andá a decirle al Pepe Sasía que a los delanteros les es más difícil pegar. El Pepe te metía cada hostiazo que te arrancaba la sabiola. Le bajaba cada plancha a los fulbá que te la voglio dire. Pero al Pedro qué le iba a pedir eso. Si ni cuando se armaban las roscas grandes se metía. Cuando se armaban esos bolonquis de todos contra todos o esos entreveros con el referí en el medio, que son, ¿sabe qué?, pa' repartir tupido, son una uva, él se quedaba a un costado, con los bracitos en la cintura, ni se acercaba. Y en esos entreveros no hay peligro ni de que te echen, ahí te meten esos puntines en los tobillos, o te tiran del pelo, te meten los dedos en los ojos o te african un cabezazo y vale todo. Nadie vio nada. Que siga la joda. Y no era que el Pedro no se metiera de cagón, ¿eh? Porque eso sí, de cagón nunca tuvo un carajo. Un tipo que se mete en el área como se mete el Pedro, oíme, a un tipo de ésos ni en pedo lo podés catalogar de cagón.

Pedro no se calentaba. Tenía eso. No se calentaba. No era un tipo que se podía calentar. Lo fajaban y se quedaba en el molde. Y la hinchada lo quería, sí, pero nada más. Cuando salía de los vestuarios después del partido, las palmaditas, "Bien, Pedro", "Buena, Pedrito". Pero ahí nomás. A veces algún cantito. O no lo puteaban demasiado cuando perdían. El Pedro siempre normal, en siete puntos, seis puntos, como diría el Flaco.

¿Sabés cuál era la cagada del Pedro? Yo lo estuve pensando. Era muy lógico. Mirá vos, era muy lógico. Nunca decía algo fuera de la lógica. Todo era, digamos, criterioso. Pensado. Lógico, todo era lógico. Me acuerdo que íbamos a jugar contra Boca, en Buenos Aires, y le preguntan qué pensaba del partido. Y él contesta que lo más probable era que perdiéramos. Que con un empate estábamos hechos. ¡Por supuesto que lo más probable era que perdiéramos! Si lo más probable cuando salís de visitante es que te hagan el hoyo, y no en cancha de Boca, en cualquiera.

Pero, viejo, qué sé yo, agrandate, decí: "les vamos a romper el culo", "les vamos a hacer tricota", qué sé yo. No te digo siempre, pero alguna vez, andá en ganador. No, el Pedro siempre con la justa: "La verdad que nos van a ganar". "Si sacamos un empate estamos hechos." "La lógica es que nos rompan el orto."

Claro, desde un punto de vista razonable, todo lo que él declaraba era cierto. No se le podía discutir. O cuando se perdía. Era lo mismo que cuando lo fajaban. Siempre estaba de acuerdo con el resultado. "Nos ganaron bien", "jugando así nosotros, era lógico que nos ganaran", "nos tendrían que haber hecho más goles". Nunca se enojaba. Era como cuando lo fajaban los defensores. Se la bancaba siempre. Nunca ibas a leer declaraciones de que les habían afanado el partido, que los habían cagado a patadas, que les habían cobrado un gol en offside. Nunca. ¡Te imaginás! Fue premio a la caballerosidad deportiva como mil veces.

Y cuando se armó la primera vez este fato con la mina esa, también. Porque tampoco el Pedro era un tipo que le podías buscar una fulería en su vida privada.

Padres macanudos, ningún problema con los viejos, y la Isabel, la noviecita de toda la vida. Y pará de contar. Ni jodas, ni calavereadas, ni un chancletazo por ahí. Nada. Fue cuando le inventaron el fato ese con la Mirna Clay, la cabaretera esa. ¡Mirá vos! Justamente al Pedro venirle a inventar que se encamaba con esa mina. Al Pedro, que la Isabelita lo tenía más marcado que los fulbás contrarios. Y además, ni falta hacía marcarlo, porque para eso era un nabo. Pero vos viste que hay periodistas que ya no saben qué carajo inventar y armaron todo el verso ese de que el Pedro andaba con la Mirna Clay. ¡El quilombo que se armó! ¡Para qué! El Pedro, ahí sí, fue a la revista, chilló, tiró la bronca y los ñatos de la revista pegaron marcha atrás y desmintieron todo. Que habían sido rumores, que eran todas mulas, en fin. La cosa que el Pedro se quedó tranquilo. Y fijate que ahí yo estuve a punto pero a punto de decirle algo, pero me callé la boca.

Dije: "Callate, Negro, que por ahí la embarrás", y me callé bien la boca. Yo los conozco mucho a los viejos, a la Isabelita, ¿sabés?, y preferí quedarme en el molde.

Pero mirá vos, pasa el tiempo, y esta otra revista empieza con la misma milonga. Con otra mina pero con la misma milonga. Ahora con la loca esta, la Ivonne Babette, pero con el mismo verso. Que los habían visto juntos, que parecía que el Pedrito se la movía, que qué sé yo. Para colmo la mina esta que debe ser más rápida... una luz la mina... agarró el bochín y empezó con que estaban perdidamente enamorados, que el Pedro era el único amor de su vida, en fin. Se ve que armaron el estofado a partir de esa foto que salió cuando el equipo tenía que viajar a Perú y les sacaron una foto en el aeropuerto cuando justo estaba la reventada esta que también viajaba en el mismo avión.

Para colmo la mina sale al lado del Pedro. Eran como mil en la delegación pero dio la puta casualidad que esta mina sale junto al Pedro. Y se ve que ahí armaron el estofado. Que a la mina le viene macanudo, mirá qué novedad.

Y ahí sí, lo agarré al Pedro y le dije: "Pedrito, no hagás declaraciones. No digás ni desmientas nada. Quedate chanta, haceme caso". Lo corrí un poco con el verso de que él no podía prestarse a ese escándalo, que él tenía que mantenerse por sobre toda esa suciedad, que no tenía que prestarse siquiera a hablar del asunto. Que ya bastante se había ensuciado antes con el balurdo anterior con la Mirna Clay. Y el Pedro me hizo caso. Lo llamaban de los diarios y él decía que no iba a hablar del asunto. Que no insistieran. Y los periodistas, que son lerdos también, se agarraron de eso que "el que calla otorga". Y dieron el caso como comprobado. Hasta diarios más serios hablaron del caso del Pedro con esta mina. Y la mina, ¡para qué te cuento!, inventó cualquier boludez para darle manija al asunto. Cuando el Pedro quiso parar la cosa, ya era demasiado grande y tuvo que quedarse en el molde.

Eso habrá durado un par de semanas. La Isabelita se enojó con el Pedro y casi lo manda a la mierda, los diarios dijeron que esa pelea confirmaba el enganche del Pedro con la Babette esta, en fin, un quilombo impresionante.

Al domingo siguiente, tenían que jugar en Buenos Aires un partido chivo contra Vélez. Y al Pedro lo marca Carpani, un hijo de mil putas que le pega hasta a la madre y este Carpani lo empieza a cargar. Le decía: "¡Qué mierda te vas a voltear vos a esa mina, si vos en tu vida te volteaste ninguna!", "ya que sos tan macho animate a entrar al área que te voy a romper la gamba en cuatro pedazos", esas cosas. Y le tocaba el culo. Al final el Pedro, mirá cómo estaría, le pegó semejante roscazo que le arruinó la jeta. Le puso una quema en medio de la trucha que lo sentó de culo en el punto del penal. ¡Te imaginás lo que fue eso! Que al terrible Carpani, el choma que se comía los pibes crudos, el patrón del área, le pusieran semejante hostia en la propia cancha de Vélez, en el Fortín de Villa Luro. Lo tuvieron que sacar en camilla porque quedó boludo como media hora. Y al Pedro, más bien, tarjeta roja y a los vestuarios. Por primera vez en la vida. Pero después me contaba, los de Vélez lo miraban pasar para las duchas y no decían nada, lo miraban nomás. Hasta hubo uno que le dio la mano.

Le dieron pocos partidos. Y volvió en cancha nuestra, contra la lepra. Y ahí se confirmó mi teoría. Era un mundo de gente. Muchos habían ido por el partido, pero muchos habían ido para verlo al Pedro. Y cuando entró... ¡se venía abajo la tribuna, mi viejo! "Y coja, y coja, y coja Pedro, coja", cantaban los negros. Era una locura. "Y pegue, y pegue, y pegue Pedro pegue." Cómo será que hasta el Pedro se emocionó y se apartó de los muchachos para saludar a la hinchada con los dos brazos en alto. Una locura. Ahí empezó a ser ídolo. Ahí empezó. Aunque no me lo reconozca porque nunca volvió a darme demasiada bola. Pero no podés ser ídolo si sos demasiado perfecto, viejo. Si no tenés ninguna fulería, si no te han cazado en ningún renuncio... ¿Cómo mierda la gente se va a sentir identificada con vos? ¿Qué tenés en común con los monos de la tribuna? No, mi viejo. Decí que el Pedrito se apioló tarde de cómo viene la mano.

MEMORIAS DE UN WING DERECHO

Y aquí estoy. Como siempre. Bien tirado contra la raya. Abriendo la cancha. Y eso no me lo enseñó nadie. Son cosas que uno ya sabe solo. Y meter centros o ponerle al arco como venga. Para eso son wines. No me vengan con eso de wing "ventilador" o wing "mentiroso" o las pelotas. Arriba y contra la raya.

Abriendo la cancha para que no se amontonen los fowards en el medio. Nada de andar bajando a ayudar al marcador de punta ni nada de eso. Si el marcador de punta no puede con el wing de él... ¿para qué m... juega de marcador de punta? Lo que pasa es que ahora cualquier mocoso te sale con esas teorías nuevas y nuevas formas de juego o te viene con la "holandesa" o la "brasileña" y otras estupideces.

¡Por favor! El fútbol es uno solo y a mí no me sacan de la formación clásica: el arquero bien parado en la raya y atento. Por ahí escucho decir que Gatti juega por toda el área o sale hasta el medio de la cancha... Y bueno, así le va. Yo al arquero lo quiero paradito en su arco y nada más. Para eso es arquero. Después una línea de tres. Después otra de cinco. Y arriba que nos dejen a nosotros tres. Más de veinte años hace que jugamos así y nos hemos podrido de hacer goles. De a siete hacemos. Yo ya debo llevar como seis mil ochocientos. Yo solo... ¡Después me dicen de Pelé! O arman tanto despelote porque Maradona hizo cien. Cien yo hago en una temporada. Y en verano, cuando los pibes se quedan en el club como hasta las dos de la matina, me atrevo a hacer cuarenta, cincuenta goles por semana. Cuarenta, cincuenta. Yo solo... Maradona... ¡Por favor! Y eso para no hablar del centrofoward nuestro. Debe llevar más de doce mil goles. Por debajo de las patas... Y... ¡el tipo está ahí!

Donde deben estar los centrofoward. En la boca del arco. En el área chica. Pelota que recibe, ¡pum!, adentro. A cobrar. Y ojo, que el nueve de los de Boca no es malo tampoco. Es el mismo estilo que el nuestro. Siempre ahí: en la troya. Adonde están los japoneses. ¡Nos ha amargado más de un partido, eh! Yo no he visto los goles que nos ha hecho pero escucho los gritos y el ruido de la pelota adentro del arco.

Le da con un fierro el guacho. Pero, claro, tiene dos wines que son dos salames. Por ahí si jugara al lado mío él también habría hecho como doce mil goles. ¡Si le habré servido goles al nueve! ¡Si le habré servido goles! Me acuerdo el día del debut. Le estoy hablando de hace veinticinco años, veinticinco años, un cuarto de siglo. Sacaron la lona que cubría la cancha y le juro que nos enceguecio la luz. Un solazo bárbaro. Yo casi no podía ver por el resplandor en las camisetas, especialmente en las nuestras. Claro, por el blanco. Las bandas rojas parecían fuego. No como ahora, que está saltado todo el esmalte y se ve el plomo. O el piso, del verde ya no queda casi nada. ¡Cómo está esta cancha! ¡Qué lástima! Qué poco cuidada está. Pero bueno, ese día fue algo inolvidable. Era domingo al mediodía y se ve que los muchachos estaban alborotados porque esa tarde jugaban River y Boca en el Monumental y ellos se habían reunido en el club para irse todos juntos en el camión para el partido. ¡Huy, lo que era ese día! Y claro, llegaron ahí y se encontraron con que la Comisión Directiva había comprado el metegol.

Yo había escuchado desde abajo de la lona que pensaban

inaugurarlo esa noche cuando los socios se juntaban en la sede social a comentar los partidos o tomarse un fernet antes de cenar. Pero... ¡qué!... apenas los muchachos vieron el metegol al lado de la cancha de básquet ni siquiera se molestaron en meterlo adentro.

¡Además, esto es pesado, eh! No sé cuántos kilos debe pesar esto, pero es pesado. Puro fierro, de las cosas que se hacían antes. Bueno, ahí nomás lo destaparon y se armó el partido. Yo calculo, calculo, que había de haber entre veinte y veinticinco personas viendo el partido. ¡No menos, eh! No menos. Una multitud. Y había apuestas y todo. Le digo que calculo que había esa gente porque yo ni miré para arriba, le juro, no me atrevía a levantar la vista del cagazo que tenía. Le juro. Uno escuchaba bramar esa tribuna y temblaba.

¡Qué cosa inolvidable! Nosotros, los tres de adelante, tuvimos suerte porque el tipo que nos manejaba se ve que sabía. Yo apenas sentí que me movía, dije: "Hoy vamos a andar bien". Porque también es importante el tipo que a uno le toque para manejarlo. Usted podrá tener condiciones, es más, podrá ser un fenómeno, pero si el que está afuera es un queso, va muerto. Y yo le digo, ahora, con experiencia, yo apenas noto cómo el tipo me mueve ya me doy cuenta si conoce o no. Es una cuestión de experiencia, nada más. No es que uno sea sabio. Escúcheme, usted ve un tipo cómo se para en la cancha y ya sabe cómo juega al fútbol. No tiene necesidad ni de verlo correr. ¡Por favor! Pero ese día se ve que el tipo conocía. No era ni improvisado ni uno que agarra la manija porque está aburrido y para matar el tiempo se juega un metegol. De ésos que usted trata de ayudarlos, de darles una mano pero al final el que queda como un patadura es usted. Cuando el culpable es el que tiene la manija. Y usted los escucha gritar: "¡Qué tronco es el siete ese! ¡Qué animal el wing!". Hay que aguantar cada cosa. ¡Por favor! Pero ese día no. Ese día tuve suerte, lo que es importante en un debut. Y más en un River-

Boca. Usted sabe bien cómo son estos partidos. Un clásico es un clásico, digan lo que digan ahora yo ya tengo como treinta mil clásicos jugados y así y todo, le digo, todavía cuando escucho el pique de la primera pelota en la mitad de la cancha me pongo nervioso. Parece mentira. Es que son partidos muy parejos. Somos equipos que nos conocemos mucho. Pero aquel día tuvimos suerte, por lo menos los de adelante. De la mitad de la cancha para adelante la rompimos, la hacíamos de trapo. "Tachola", me acuerdo que se llamaba el que tenía la manija. Me acuerdo porque le gritaban permanentemente y además porque durante cuatro años vuelta a vuelta venía al club y jugaba. ¡Cómo sabía ese tipo! Lo arruinó la bebida. Cuando llegaba en pedo yo me daba cuenta porque nos hacía hacer molinetes y cada cagada que ni le cuento. Un día me hizo hacer un molinete y yo cacé un chute que la pelota saltó del metegol e hizo sonar un vaso. Me quería hacer pagar a mí el desgraciado. Pero cuando estaba sobrio era un león. Y ese día la gasté. En la defensa no andábamos tan bien porque el que manejaba a los de atrás era un salame. Un paspado. Pero con los de adelante bastaba.

No hay mejor defensa que un buen ataque, mi amigo, eso lo sabe cualquiera. ¡Por favor! Ahora se meten todos abajo. Están locos. Tres pepas hice ese día. Y las otras tres se las serví al nueve, al morochón. Porque es morochón, ahora se le despintó el lope pero es morochón. Y no tenía bigotes. Lo que pasa es que algún mocoso se los pintó con birome para que se pareciera a Luque. Un gol, me acuerdo, un gol, la bola rebotó en el córner y se me vino. Íbamos perdiendo uno a cero, porque ¡ojo! habíamos arrancado perdiendo, y la hinchada bramaba. La puse debajo de la suela y casi la astillo. La empecé a pisar y me la traje despacito para el medio. El nueve se fue para la izquierda y el once también, para abrirme un buco. Yo la amasé y un par de veces amagué el puntazo, pero el fullback me tapaba el tiro y no veía ángulo para el taponazo. Le cuento que yo no le hago asco a patear y cuando veo luz le sacudo. A mí no me vengan con boludeces. Pero el rubio que me marcaba me tapaba bien. Entonces yo agarro y la engancho de nuevo para afuera, para mi lado, como para meterle un derechazo cruzado, al segundo palo, a la ratonera. ¡Si habré hecho goles así! Y cuando el rubio me sigue para taparme y el arquero cubre el primer palo, de revés nomás, cortita, la toco para el medio. Y el nueve, sin pararla, che, le puso semejante quema que abolló la chapa del fondo del arco. ¡Qué golazo! ¡Lo que fue eso! Yo lo había escuchado al Negro, lo había escuchado. Cuando yo me abrí para la derecha vi que la defensa se venía conmigo. Y lo escuché al Negro que me grita: "¡Ah!". Y se la toqué. Lo mató al Negro. Lo mató. La hacemos siempre a ésa. Diga que ya nos conocen. ¡Qué partido fue ése! Y para esta noche tenemos uno lindo. Si es que vienen los muchachos. Porque los escuché decir que iban a las maquinitas. Siempre hablan de las maquinitas. Vaya a saber qué es eso. Acá una vez al club trajeron una. Yo siempre escuchaba unos ruidos raros, unas cosas como "pluic", "plinc", "clun" y unas sacudidas. Unas luces. Pero después no lo sentí más. Dicen que se le jodió algo adentro a la máquina, algún fusible y nunca hay guita para comprarlo. Son máquinas delicadas. De ésas que hacen los yanquis. Por eso los muchachos siempre vuelven. Porque el fútbol es el fútbol. Ésa es la única verdad. ¡Qué me vienen con esas cosas! Son modas que se ponen de moda y después pasan. El fútbol es el fútbol, viejo. El fútbol. La única verdad.

¡Por favor!

LO QUE SE DICE JUGADOR AL FULBO

Sí, sí, claro, por supuesto, usté me menciona todos esos nombres y, lógico, yo no le voy a decir que no. Porque yo también los he visto, los he visto a todos. Usté me habla de Ramos Delgado, del peruano Meléndez y sí, por supuesto, no le voy a negar que han sido grandes zagueros, grandes jugadores.

Le digo más, yo le voy a nombrar algunos otros de los cuales por ahí no se habla tanto pero eran jugadores de gran calidad. Le nombro sin ir más lejos a un Valentino. No sé si usté se acordará de él. Un dos que jugaba en Argentinos Juniors: Valentino y Ditro. En ese gran equipo con Pando, Carceo... ¿eh?... Un jugador ténico, fino. O si no le nombro a Casares, la Chocha Casares, un morocho que jugaba en Central, que era un jugador de cuello duro, una niña jugando.

Claro... ¿qué pasa?... Que por ahí fueron jugadores que jugaron siempre en equipos chicos y usté sabe bien, no nos vamos a engañar, que la prensa porteña se ocupa siempre nada más que de los grandes, porque no nos vamos a engañar.

Pero... además de los nombres que usté dice, que yo le reconozco que han sido fulbá pero fulbá de calidá, yo le puedo nombrar otros... ¡mi amigo! Ésos sí que eran jugadores y se lo digo, usté perdone, con el derecho que me dan los años que uno lleva viendo fulbo. ¿Qué edad me dijo usté que tenía? Bueno, ya ve, le llevo como treinta pirulos, y entonces le puedo nombrar a jugadores como el Gallego Pérez, jugadores que le han dado lustre al fulbo nacional. Pero jugadores jugadores, lo que se dice jugadores que usté no los iba a ver reventando una pelota o tirándola afuera a la marchanta. Jugadores que usté los veía y daba gusto. No como estos animales que usté ve ahora, ¡hágame el favor!, que cobran lo que cobran y no saben dominar un fulbo, dígame la verdá. Me vienen a hablar de Perfumo, de Passarella... ¡Por favor! Son jugadores fuertes, sí, rápidos, pero que no me los va a comparar con un Pérez, con un Domingo de Guía, no me los va a comparar. Lo que pasa es que ahora aparece cualquier fulbá que pega un par de patadas y ya dicen que es "mariscal del área", "patrón del área"... déjeme de joder.

Ahora sí, eso sí, yo le reconozco que todos estos jugadores que usté me nombraba han sido fenómenos, grandes jugadores dentro de ese puesto, un puesto que es muy jodido porque usté sabe que si falla el dos es gol seguro. Y eso que en general estamos hablando de fulbás que fueron grandes jugadores en una época en que el fulbá se quedaba atrás y se la bancaba solo, nada de tener el seis al lado como ahora, que la llevan mucho más aliviada.

Yo le reconozco que todos éstos han sido grandes jugadores, pero si yo le tengo que nombrar un fulbá centro jugador al fulbo pero lo que se dice jugador al fulbo jugador al fulbo, lo que se entiende por jugador al fulbo, yo no lo dudo un momento: Palito Salvatierra.

Ya sé, ya sé, usté no lo habrá sentido nombrar porque, claro, yo le estoy hablando de unos quince años atrás y además de un jugador que nunca vino a jugar a Buenos Aires. Le digo más, nunca jugó en primera, nunca jugó profesionalmente, al menos no profesionalmente como lo que se entiende por eso. Pero, vaya usté todavía hoy a preguntar en algunos barrios de Rosario por Palito Salvatierra. Vaya y pregunte. ¡Y en barrios fulboleros eh! Barrios fulboleros fulboleros, que han dado al fulbo nacional montones de glorias nacionales.

Lo que pasa es que Palito nunca quiso firmar para ningún clú profesional, vaya a saber. Cada uno es dueño. Yo no soy de meterme en la vida privada de nadie. Y eso que yo a Palito lo conocía bastante, no personalmente, no éramos amigos porque no éramos del mismo barrrio. Él era de Saladillo y yo siempre viví en Tablada. Pero eso sí, le digo que hacían cola para llevárselo.

De Central lo iban a buscar todos los años. Incluso ya de grande. Veintidós, veintitrés años, lo seguían yendo a buscar para que firmara. De Ñul también. Y de Central Córdoba, bueno, de Central Córdoba ya lo tenían cansado pidiéndole que jugara para ellos. Claro, lo veían jugar en los noturnos, o en los torneos de la zona y se volvían locos de pensar que ese jugador no estuviera jugando en primera. Porque, le aseguro, de los que han estado jugando en primera ninguno, ninguno, le ata los botines a Palito Salvatierra. Una prestancia, una calidá, una elegancia, jugador de cabeza levantada, sereno, era... mire... un arcángel ese hombre en el área, para colmo rubio, alto, delgado. Y jugador ténico en partidos que no son para ser muy ténico que digamos, en partidos chivos, en clásicos de barrio, con las hinchadas de los equipos ahí nomás, al lado de la línea de fuera, muchos chupados, gente de andar calzada con bufosos, con púas. Cancha donde las líneas de la cancha estaban marcadas con zanjas, no con líneas de cal. Y donde él fuera se hacía respetar con policías a caballo que se la pasaban recorriendo todo el contorno de la cancha para que la gente no se metiera adentro.

Había que estar ahí adentro y aguantarse las puteadas. Y bueno, en esos partidos, en esos partidos, cuando ya los ánimos se han puesto espesos y usté ve que los delanteros entraban al área como para reventar al que se le pusiera adelante, venían los centros y Palito saltaba y cuando parecía que la iba a cabecear, la paraba con el pecho. ¡Ahí! ¡Ahí!, en medio del área, con mil tipos entrando a la carrera, ¡en el punto del penal! La paraba con el pecho porque no cabeceaba nunca, no le gustaba cabecear, no sé, no le gustaba. La paraba con el pecho, la ponía contra el piso y ahí empezaba, la pasaba para acá, para allá, hacía pasar a un tipo, a otro, en una baldosa, ¿eh?, en una baldosa, y salía, che, salía, el fulbo pegado al botín y sin mirarlo, mirando de lejos, medio como si no le importara, pero ya vichando a los delanteros para meter el pase. ¡Parecía que pensaba en otra cosa, mire! ¡Eso era lo que daba más bronca! Y metía el pase, treinta, cuarenta metros. ¿Se acuerda de Sacchi? ¡Una cosa así! ¡Nunca rifó una pelota, pero nunca nunca! Yo he visto morirse un viejo al lado mío pidiéndole que la tirara afuera, un partido contra Palermo.

¿Tirarse al suelo? ¿Tirarse al suelo Palito Salvatierra? ¡Ni soñar! Ni soñar. ¡Si casi no corría! Tranqueaba. Parecía que adivinaba a donde iba la pelota, le juro. Salían los pases y ya estaba él ahí. Simple, ¿vio? Fácil. Corría en puntas de pies, parecía que no tocaba el suelo. ¿Se acuerda de Messiano, el chino Messiano? ¿Ése que jugó en Central, que Pelé le rompió la nariz de un cabezazo? Bueno, así como Messiano. Palito corría en puntas de pies. Los muchachos decían que era para no despertar al arquero de su equipo. Porque, usté va a decir que yo le exagero, pero yo he visto dormir arqueros de equipos donde ha jugado Palito Salvatierra, yo los he visto dormir con mis propios ojos. Tipos recostados contra el palo y apoliyando, en esas tardes de calor, ¿vio? Apoliyar, apoliyar. ¡Si no llegaba una pelota! No llegaba una pelota.

Y le repito, en los años que yo lo vi jugar, se imagina que a donde sabíamos que había un torneo o un partido donde jugaba él ahí nos íbamos, no lo vi tirarse al suelo. No lo vi, no lo vi. Ni transpiraba. ¿Vio lo que son esas canchas? Pura tierra, cuando llueve es un barro que no se puede creer. No se ensuciaba el desgraciado, salía después del partido como había entrado, era increíble.

Mire, esto que le cuento le va a dar una idea de lo que era este jugador, para que vea que no le miento, porque es una anécdota que la conoce todo el mundo. Una vez había terminado una final en Bigand, en ese entonces lo habían llevado a Palito a San Martín de Bigand y mi hermano era tesorero ahí, del clú. Habíamos ganado la final... no sé... creo que contra Independiente de Chabás, y esa noche se hacía un baile para festejar el campeonato. Y al día siguiente me contaban, no sé cómo se habían enterado pero era verdá, porque era verdá, que parece que Palito se había levantado una mina en el baile. Se imagina, un tipo como él, un crá, y además pintón, muy pintón, alto, rubio, hacía un desastre entre las mujeres, las minas lo tenían loco. Y parece que cuando se va a encamar, esa noche, se saca la camiseta y abajo tenía la camiseta del equipo. ¡A la noche, todavía con la camiseta del equipo, la número dó! ¡De no creer! Pero le digo que era un tipo que ni transpiraba jugando, no se ensuciaba, que era un duque.

Claro, usté dirá: "Vaya a saber contra quién jugaba ese Salvatierra", no vaya a creer. No vaya a creer. No hay que engañarse. En esas zonas, en esas ligas, en esos torneos hay cada nene que se la cuento, jugadores estraordinarios, cada número nueve que ya lo querrían tener más de uno de los equipos de primera. Había un nueve que tenía la Academia, el Toro Medina, que era un fenómeno. Un tanque. Se lo quería llevar Huracán, lo fueron a buscar a Rosario y todo, pero al negro le gustaba el escabio. Estuvo unos meses en Huracán y después se volvió. ¿Sabe qué jugador era ése? Cuando tenía que jugar contra Palito se venía loco. No podía creer que este otro sin correr, sin pegarle una patada, le sacaba todas las pelotas. Loco se venía. No lo podía creer.

Y hace poco lo vi de nuevo a Palito. Íbamos por calle San Martín me acuerdo, en el auto de mi sobrino, el Chelo. Porque él tiene un tasi y a veces yo lo acompaño, para charlar un rato, hacerle compañía. Y me acuerdo que íbamos por San Martín y, ya de lejos, lo veo al Palito. Lo reconocí enseguida, se imagina verlo caminar nomás me di cuenta que era él, estaba un poco más gordo, no mucho pero un poco más gordo pero nomás de espalda me di cuenta que era él. Hacía años que no lo veía. Y le digo al Chelo que aminore un poco la marcha y bajo el vidrio de la ventanilla y cuando paso al lado le grito: "¡Hijo de puta!". Hijo de puta que el gol en contra que se hizo en un partido contra Cabildo no tiene nombre.

¡QUÉ LÁSTIMA, CATTAMARANCIO!

–Va a venir el centro desde la punta derecha, es un infierno el área 18, arde el cuadro de rigor, Magrín entre los tres palos, empujándose Sabioli con García Mainetti. ¡Cuidado muchachos, cuidado muchachos! Si los ve el árbitro se van los dos para los vestuarios. Entraña serio peligro este tiro libre, sube Tomé, sube Romano, ahí también va Julio Esteban Agudelo en procura del centro, no respeta la distancia Omar Grafigna. ¡Qué cosa con Grafigna, siempre lo mismo! ¡Vamos Grafigna, un poco más atrás! Va a lanzar desde el flanco derecho Juan Carlos Marconi, el áspero marcador de punta de River Plate, se demora la maniobra. ¡Cabrini!

–¡Almaceri termina con el ruido de su motor! ¡Almaceri 348, el anticorrosivo líquido amigo del motor de su coche! ¡No lo olvide! Búsquelo en...

–¡Un momento, Cabrini! Vino el centro, saltó un hombre, un cabezazo, rebota el esférico, sale del área, surge Peñalba, otro golpe de cabeza, va al suelo Tomé, nuevamente Peñalba, llega, cruza, pelea. ¡Un león, Peñalba! Salta Romano, cuidado, ahí está, le va a pegar... ¡Qué lástima, Cattamarancio!... Llegó, apuntó, midió, le metió un derechazo tremendo y la mandó apenas rozando una de las torres de iluminación, para ser más preciso la que da a espaldas de la Figueroa Alcorta.

—Se lo perdió Cattamarancio. Llegó muy bien a esa pelota alejada por Peñalba, le pegó de zurda y la tiró a las nubes. Lo habíamos dicho.

—Estaba el gol ahí.

—Estaba el gol.

—¡Qué bien, Peñalba! ¿No, Rodríguez Arias?

—Usted lo ha dicho, Ortiz Acosta. Excelente el uruguayo, un jugadorazo.

—¡Qué estampa, qué figura, qué manera de pararse en la cancha! ¿Sabe a quién me hace acordar, Rodríguez Arias? A aquel que fuera extraordinario fullback de Racing y nuestra selección... ahora su nombre no viene a mi memoria... ¿Cómo es que se llamaba? Que hacía pareja con Alejo Marcial Benítez, el "Sapo" Benítez, la misma forma de pararse, hasta el mismo peinado tiene, vea...

—¿Saúl Mariatti, dice usted?

—No, no, Cabrini. ¿Cómo era este muchacho? Que tantas veces luciera la blanquiceleste, averígüeme, Cabrini; le digo más, atajaba Delfín Adalberto Landi para la institución de Avellaneda en esa época...

—Le averiguo, Ortiz Acosta.

—Y actíveme la comunicación con Petrogrado, Cabrini. En pocos minutos tendremos contacto con la ciudad soviética de Petrogrado, allá en la fría tundra del gran país socialista. En pocos minutos, señores. ¡Se nubló sobre el Monumental de Núñez, qué feo se ha puesto el día, cayeron las sombras sobre el estadio de River, pero el público no deja por eso de vivir intensamente esta fiesta del deporte porque el fútbol es la pasión argentina dominguera que nos aleja al menos por un día de los problemas cotidianos, porque no sólo ya el hombre de la casa disfruta de este espectáculo sino que también las mujeres y los niños, la familia argentina plena goza de esta fiesta hebdomadaria y porque, ¡se animó el partido, Rodríguez Arias!

—Usted lo ha dicho, Ortiz Acosta. Se fue River arriba empujado por el temperamento, la fuerza y la petulancia de Sebastián Artemio Tomé.

—Con la pelota Ignacio Surbián, avanza el rubio mediovolante de la visita, cruza la línea demarcatoria de medio campo, pelotazo para el puntero derecho, no va a llegar, no va a llegar, no va a llegar y no llegó. No llegó Falduchi a esa pelota. Jugó un tiempo en Racing y luego pasó a Atlanta, si mal no recuerdo. El zaguero de la Academia cuyo nombre trato de recordar, luego de Racing pasó a militar en el conjunto bohemio, estoy casi seguro. Esa pelota se fue a la tribuna. Averígüeme, Cabrini. Otra vez River en el ataque, ahí va Giménez, lo busca a López, pared para Giménez, se metió, se metió... ¡Qué fuerte salió Bermúdez! Va muy fuerte el misionero, algún día va a lastimar a alguien. Trabó abajo, le sacudió el tobillo al chico de la banda roja, muy fuerte, muy fuerte el cuevero de San Lorenzo. Es para tarjeta.

—No tiene necesidad Bermúdez, es un buen jugador. Lo habíamos dicho.

—Yo no sé qué le pasa a ese chico. Se enloquece en el campo de juego. Y es un muy buen muchacho fuera de la cancha. De buena familia, buenos padres, hogar bien constituido, madre comprensiva. Pero no sé, adentro se transforma... ¡Cabrini!

—¡A correr, a saltar, a Monigote no le van a ganar! Ropa para niños Monigote, la línea que lo aguanta todo. Otro producto diez puntos de la afamada marca.

—¡Un momento, Cabrini, que se va a ejecutar el tiro libre y hay sumo riesgo para la valla defendida por Guillermo Rubén Magrín, el muchacho de Tres Arroyos! Se forma la barrera con dos, tres, seis hombres, imponente esa barrera, una verdadera muralla, el balón descansa aparentemente tranquilo a unos... veintitrés metros del arco en línea casi recta al entrecejo del golquíper azulgrana.

—Lindo tiro para García Mainetti.

—Para García Mainetti o Giménez. Los dos le pegan bien. Por favor, Cabrini, averígüeme. Este zaguero de Racing que le digo, también formó pareja con Anastasio Rico, un tres que pasó por Boca y que luego brillara tantos años en el fútbol colombiano.

—¿Pablo Eleuterio Mercante?

—No, Mercante no, no. ¿Cómo se llamaba este muchacho? ¿Ya está la comunicación con Petrogrado? ¿Ya la tenemos?

—Todavía no, Ortiz Acosta.

—Va a tirar García Mainetti, hay peligro, hay peligro, aroma de gol en el estadio, atención, atención... ¿Cómo se llamaba este muchacho que jugaba con Alejo Benítez? Me parece estar viéndolo, alto, rubio, venía de Excursionistas. ¿No tenemos la comunicación con Petrogrado? Todavía no la tenemos, están haciendo esfuerzos los muchachos de la estación terrena de Balcarce, gracias, muchachos, no es responsabilidad de ellos, hay peligro en este disparo, es problema de la estación receptora de Quito, Ecuador o tal vez del radioenlace de Ciudad del Cabo... ¿Ya lo tenemos, Cabrini?

—Un momento, Ortiz Acosta, nos informan desde...

—¡La pelota pegó en el palo, rebota, se salvó San Lorenzo, un bombazo, entra López, remata, pega en un hombre, cuidado, puede ser...! ¡Qué lástima, Cattamarancio! Llegó a la carrera ante ese rebote corto, le pegó de volea como venía y estremeció el Autotrol de un pelotazo...

—Entró bien Cattamarancio con el olfato clásico de los goleadores, se apuró a darle, le pegó con un fierro y abolló el cartel indicador.

—Lesionado Peñalba, Ortiz Acosta.

—Lesionado Peñalba, lesionado Peñalba. Quedó en el suelo Peñalba, atención, esto puede ser importante, hombre fundamental en el esquema de San Lorenzo, está en el suelo, se toma la pierna...

—Pierna derecha...

—Pierna derecha, puede ser aductor, o gemelo, vamos a ver, averígüeme Cabrini, juego detenido, esperemos que no sea nada, corren los auxiliares. Este muchacho que hacía pareja con Alejo Benítez, luego de revistar en Atlanta, pasó al Cúcuta de Colombia cuando era técnico Isidro Mendoza, el "Colorado" Mendoza. ¿Usted no lo recuerda, Rodríguez Arias?

—¿El Pardo Sabiña?

—No. No. Éste era rubio, alto, buen físico. ¿Cómo se llamaba este muchacho? Parece mentira, pequeñas trampas que nos hace la memoria, sigue el juego, ataca San Lorenzo, se viene Grafigna, creo que el apellido empezaba con "hache", un apellido polaco o algo así, se tiró a la punta, busca el desborde Manuel Carrizo, muy veloz, la tiró para adelante y a correr, si la alcanza hay peligro, cuidado, cuidado... ¿Tenemos la comunicación con Petrogrado, ya la tenemos? ¡Tenemos la comunicación con Petrogrado, adelante don Urbano Javier Ochoa, desde Petrogrado, adelante don Urbano Javier Ochoa!

—...

—¿Qué pasa?... Algo pasa... No se oye... ¿Se cortó?

—¿Ortiz Acosta?... Sí... ¿Ortiz Acosta?

—¡Don Urbano Javier Ochoa, Ortiz Acosta le habla desde el estadio de River, están jugando River y San Lorenzo, quince minutos del segundo período y empatan sin goles, señor Ochoa!

—Muy bien... Yo estoy muy bien, pero...

—El pueblo argentino quiere saber, señor Ochoa, quiere que nos cuente, cómo ha sido hasta el momento ese raid que usted está llevando a cabo a lomo de dos caballos argentinos, dos caballitos argentinos como fueran ya hace muchos años Gato y Mancha, frescos aún en la memoria y el orgullo de todos nosotros. Y que nos cuente además, señor Ochoa, cómo ha sido ese viaje que tras cruzar el Estrecho de Bering lo ha llevado a la tundra soviética, señor Ochoa...

—Bueno, Ortiz Acosta, yo estoy...

—Los argentinos, quiero adelantarle, señor Ochoa, y perdone que lo interrumpa, estamos muy pero muy orgullosos y asombrados de que en esta época de los vuelos interespaciales y las comunicaciones maravillosas que nos unen con todos los confines más remotos del planeta, un hombre, un gaucho nuestro, se lance a la aventura de unir San Antonio de Areco con Stalingrado...

—Bueno, señor Ortiz Acosta, yo...

—Un momento, amigo Ochoa, un momento, acá lo dejo con Peñalba, recio pero leal cuevero de San Lorenzo de Almagro, quien en estos momentos se encuentra lesionado al costado del campo de juego y a quien ya, ya, nuestro colaborador, Miguel Horacio Cabrini, le coloca los auriculares y lo deja conversando con usted. Explíquele a él las características de esos dos maravillosos caballos argentinos que lo están llevando a usted por todos los rincones del mundo proclamando a los hombres de buena voluntad el firme e indoblegable temple de los jinetes de nuestra tierra.

—Cómo no, señor Ortiz Acosta, pero yo...

—¿Cómo le va, señor Ochoa?

—Bien, bien, yo querría...

—Bueno, acá el partido se ha puesto un poco duro, yo recibí un golpe en la canilla, creo que fue al trabar con el ocho de ellos, no hubo mala intención, son cosas que suceden en el ardor del juego...

—Sí, por supuesto, amigo... ehh...

—Peñalba, Eber Virgilio Peñalba.

—Sí, amigo Peñalba, yo no tengo el gusto de haberlo visto jugar a usted porque cuando yo salí de San Antonio de Areco, hace ya de esto unos...

—¡Ochoa! ¡Don Urbano! Ortiz Acosta le habla... ¿Está muy frío allá?

—¿Acá? Bueno, señor Ortiz Acosta, el problema en estos momentos no es tanto el frío, usted sabe que...

—Porque yo recuerdo que cuando fuimos con la selección argentina, hace unos años, hacía realmente mucho pero mucho frío...

—Bueno, sí, es cierto, señor Ortiz Acosta, pero...

—Lo dejo de nuevo con Peñalba, señor Ochoa, explíquele a él, por favor, el efecto que ha causado ese clima tan duro, tan difícil de sobrellevar, en los dos caballitos argentinos que le están posibilitando a usted ingresar por la puerta grande de la historia de la hípica nacional.

—¿Cómo le va, señor Ochoa?

—Bien, amigo Peñalba, como le decía al amigo...

—No. No habla Peñalba, yo soy Escudero, el masajista de San Lorenzo. Peñalba ha vuelto a jugar y me pasó los auriculares...

—Mucho gusto, señor Escudero, yo...

—¡Don Urbano, don Urbano! Ortiz Acosta lo interrumpe, dígame usted con esa proverbial memoria del criollo de nuestra tierra que lo hace recordar hasta los más mínimos detalles ya sean históricos o geográficos, y ahí está el ejemplo siempre presente de los baqueanos, yo le quería preguntar, don Urbano, si usted no recuerda el nombre de aquel zaguero que hiciera pareja con Alejo Marcial Benítez en Racing, que luego fuera transferido a Atlanta, allá por el año...

—Bueno, amigo Ortiz Acosta, para serle sincero yo...

—Tal vez estoy abusando de su sapiencia, don Urbano...

—No, lo que pasa es que yo quería contarle algo que...

—¡A ver...! ¡Un momentito, don Urbano, un momentito! Creo que ya tenemos comunicación con Tonopah, en el Estado de Nevada, Estados Unidos de Norteamérica. Creo que ya la tenemos. Un momentito... ¡Sí, sí, adelante señor Santiago Collar desde Tonopah, Estados Unidos de Norteamérica, adelante!

—Buenas tardes, Ortiz Acosta.

—¡Buenas tardes, buenas tardes, amigo Collar, aunque para ustedes, calculo debe ser ya de noche en el gran país del Norte! ¡Señor Collar, lo voy a poner en contacto con un gaucho argentino, un criollo de ley, que en estos momentos está cumpliendo un raid, una verdadera hazaña a lomo de dos caballos argentinos y que habla con usted desde la ciudad de Petrogrado en Rusia!

—Cómo no, señor Ortiz Acosta, será un placer para mí y además...

—Atención en Petrogrado, don Urbano Javier Ochoa, lo dejo conversando con el señor Santiago Collar, un relevante ingeniero argentino que se encuentra trabajando en los yacimientos carboníferos de Tonopah, Nevada, ciento cincuenta metros bajo tierra. El ingeniero Collar es presidente de la "Peña Argentina Amigos de Radio Laboral", agrupación formada totalmente por mineros compatriotas nuestros que están trabajando allá en esas formidables vetas carboníferas y que se reúnen religiosamente, don Urbano, para escuchar los encuentros de fútbol que Radio Laboral les hace llegar hasta las oscuras profundidades del socavón. ¡Adelante, adelante ustedes, señor Santiago Collar, desde Tonopah!

—¿Cómo le va, señor Ochoa? Es para mí una gran emoción...

—Perdón. Escudero lo escucha, señor Collar, el masajista de San Lorenzo.

—Mucho gusto, señor Escudero, bueno, sería interesante si yo pudiera hablar con el señor Ochoa, allá en Rusia...

—¡Adelante, señor Ochoa desde Petrogrado, adelante!

—Bueno, amigo Ortiz Acosta, lo que yo quería comentarle desde acá, desde Petrogrado, es que está sucediendo algo extraño. La gente acá está muy asustada, ha habido varias explosiones atómicas, han caído misiles sobre muchas ciudades rusas, se habla de un ataque nuclear norteamericano, y a decir verdad, señor Ortiz Acosta, yo también estoy bastante asustado, mis animales están nerviosos, no se sabe bien qué pasa...

–¡Qué pena, don Urbano, qué pena, qué pena que nos da todo esto que usted nos cuenta, realmente nos aflige como argentinos, esa situación que usted está viviendo ante la intemperancia que reina en algunas regiones del mundo por las cuales usted está transitando como verdadero símbolo de paz, don Urbano! ¡Qué pena que ocurran estas cosas, gente que no sabe disfrutar un domingo en paz, tranquilamente!

–Sí, amigo Ortiz Acosta, se dice que el aire está contaminado...

–¡Un momentito, un momentito, don Urbano, que acá avanza River, puede haber peligro, se va en contraataque el conjunto de la banda roja, entró al área Menegussi, midió, tiró, la pelota cruza frente a los palos, llega el once, cuidado...! ¡Qué lástima, Cattamarancio! Solo frente a los palos la quiso reventar y en lugar de tocarla la fusiló sobre la bandeja alta...

–Es de no creer, Ortiz Acosta. Con todo el arco a su disposición, el wing izquierdo millonario la tiró a cualquier parte. Lo habíamos dicho.

–¡No quiera creer usted el gol que perdió Cattamarancio, amigo Collar, allá en Estados Unidos! ¡Adelante usted!

–Gracias, Ortiz Acosta, yo quería aprovechar la posibilidad que tan gentilmente nos brinda su emisora, porque aquí a mi lado se encuentra ni más ni menos que el presidente de los Estados Unidos de Norteamérica. Acá está sucediendo algo terrible, señor Ortiz Acosta, ha habido un ataque nuclear soviético, muchas de las grandes ciudades están destruidas, el presidente de los Estados Unidos, junto a algunos otros hombres de gobierno, se ha refugiado acá, junto a nosotros, bajo tierra, y me piden, dado que todos los otros medios de comunicación parecen estar inutilizados, si aprovechando la presencia de don Urbano en Rusia, no se podría hablar con Moscú y resolver esto, que parece haber sido un gran error.

—Por supuesto, no habrá problemas, señor Collar. Dígale al presidente que espere un momentito, enseguida estamos con él... ¡Cabrini!

—¡Un resplandor de frescura en la garganta, Marcador, el masticable que se anotó un golazo en el gusto del hincha argentino! ¡Marcador quita la sed, quita las ganas de fumar, baja la presión arterial!

—Enseguida estamos con el ingeniero Collar y el presidente de los Estados Unidos, apenas venga este tiro de esquina, una de las últimas posibilidades de triunfo para la divisa azulgrana. ¡Qué pena, qué pena esto que nos cuentan tanto el ingeniero Collar como don Urbano Javier Ochoa desde el exterior! ¡Cómo hubiésemos querido no tener que escuchar estas cosas, estas muestras de intemperancia! ¡Tal vez así sepamos apreciar un poco más, señores, lo que estamos viviendo acá, en cancha de River, una verdadera fiesta popular en un marco de corrección y tranquilidad que no siempre sabemos valorar en la medida que se merece...!

—¡Señor Ortiz Acosta, señor Ortiz Acosta! ¡Collar lo llama, por favor, Ortiz Acosta...!

—Un momentito, amigo Collar, un momentito, viene el córner, ya lo vamos a conectar con Rusia, veremos la posibilidad de contactar a ambos presidentes, sería muy interesante una charla entre los presidentes de ambas instituciones, no sabemos si habrá tiempo porque acá sigue el partido a ritmo vertiginoso y la acendrada rivalidad de este clásico de todos los tiempos es un tema excluyente de cualquier otro, máxime cuando se trata de hechos tan desagradables como los que nos han contado, va a venir el córner, atención, en todo caso grabamos la emisión desde los Estados Unidos y la pasamos mañana en nuestra polémica de los lunes, entra Marcilla...

—¡Ortiz Acosta, Ortiz Acosta!

—Sube también Julio Jorge Tolesco, hay un micrófono de campo abierto, es la última oportunidad quizá para San Lorenzo, vamos muchachos, se está poniendo muy fea la tarde, el cielo se ha puesto de un extraño color verde, es raro esto, señores, el cielo de un color verde, un verde que nos hace acordar que tenemos un llamado desde cancha de Ferro, atención Ferro, cuando venga el córner estamos con ustedes, viene el córner, entra Tolesco, salta Cattamarancio...

SEMBLANZAS DEPORTIVAS

A Héctor Casiano Gómez lo vi por primera vez una tarde de octubre de 1972 cuando se presentó en el gimnasio de don Isidro Cabrillón. Gómez llegaba de San Juan, era pupilo de Antonio Flores, y venía precedido de un espectacular triunfo sobre Ramón "Cazote" Álvarez por la vía rápida.

Yo sólo sabía de él que era un estilista, que caminaba muy bien el ring, y que le llamaban "El Terremoto de Caucete". Luego supe que le llamaban así no tanto por los efectos que conseguía sobre sus rivales, sino más bien por la alarmante facilidad con que se le agrietaba el cutis y por un notorio temblor que lo estremecía cuando pisaba los cuadriláteros. Me acuerdo que ese día, yo había ido a reportear a Malvarez, Héctor Casiano Gómez me pareció un muchacho introvertido hasta el mutismo total, tímido e incluso huidizo. No me sorprendió esto, ya que he vivido entre boxeadores y sé que las características que detecté en Gómez son moneda corriente entre los púgiles, más aún entre aquellos que se encuentran de pronto en una ciudad monstruosa como Buenos Aires.

Me sorprendió, eso sí, la pureza de sus rasgos. No tenía facciones de boxeador. Era algo aindiado, sí, medio tape, pero su nariz era fina y los pómulos marcados no denotaban signos de castigo.

Días después lo encontré de nuevo en el gimnasio y pude

113

entablar conversación. Gómez se estaba entrenando duro porque debía enfrentarse con el recio pegador pampeano Eleuterio "Piñón" Almada que venía de darle un susto al mismísimo Pipino Cuevas. En efecto, peleando contra él, en el Palmero Stadium de Panamá, Almada había tenido una conmoción cerebral de tal calibre que los médicos pensaron que se moría. El mismo Pipino acudió a verlo durante la primera semana de internación para verificar si reaccionaba.

Para Gómez ésa era la primera prueba de fuego en la Capital y por lo tanto se estaba dando con todo en el gimnasio para rendir al máximo en su debut, en el Luna. Lo catalogué como un muchacho provinciano de físico muy trabajado, veloz de piernas, certero para sacar el gancho de izquierda y algo descuidado en defensa. Dos veces lo vi ir al suelo durante su entrenamiento, una contra un sparring que se lo tomó demasiado en serio y la otra, que me pareció más grave, en un round de sombra.

Gómez casi no hablaba, respondía con monosílabos y solamente que se le interesara mucho abordando el tema del box, hilvanaba frases más o menos armadas. Pero no era tonto. Todo lo contrario, era lúcido y agudo. Sólo conocí otro púgil tan tímido como Héctor Casiano Gómez: el recordado Ludovico Silvano Cuchaffiola, el bien denominado "Caniche de Belgrano R".

Las conferencias de prensa con el inolvidable Cuchaffiola eran imposibles ya que irremediablemente dejaba que hablase su manager o bien se ocultaba debajo de la mesa. Hubo peleas en las que debió ser subido al ring entre cuatro porque se empecinaba en refugiarse bajo el cuadrilátero.

Gómez no llegaba a eso, pero sus palabras salían de repente tras considerables lapsos de silencio, a borbotones, como explosiones pequeñas. Eso lo hacía parecer algo salvaje, o agresivo, pero tengo la obligación de dejar sentado que era tan sólo un muchacho humilde con un enorme temor ante la notoriedad que lo acechaba.

Tampoco colaboraba a su facilidad de palabra el hecho de llevar a toda hora puesto el protector bucal. Era pupilo de Antonio Flores y ya sabemos que Antonio lo instigaba día y noche para que se mantuviese atento, conocedor de la cierta dispersión mental que siempre campeaba en su pupilo.

De cualquier forma, en el gimnasio, Gómez se veía fuerte y decidido.

Sin ser un gran pegador metía justo, era un buen tiempista y se cuidaba casi hasta la obsesión.

Cuando gané su confianza le pregunté la causa de ese temblor que solía atacarlo cuando subía al ring y que, en parte, le había traído aparejado el mote de "Terremoto". Me dijo que era por el frío. Se reconocía muy friolento y la Federación le había negado el permiso para combatir en camiseta de frisa. Era una explicación difícil de entender por el público, me contaba su hermano Catriel, que atribuía aquel temblor a un miedo irrefrenable y le gritaba toda sarta de barbaridades. Héctor Casiano se había negado, no obstante, a combatir con algodón en los oídos, pues temía no escuchar el conteo del árbitro y levantarse antes de los diez segundos.

Me sonó sincero y creo recordar que aposté por él en su pelea contra "Piñón" Almada. No vi la pelea. Tuve que viajar a los Estados Unidos para ver a Foreman y a la vuelta me enteré que Gómez había perdido por escándalo. Al segundo zurdazo que le había metido Almada, el crédito sanjuanino había doblado las rodillas yendo a la lona por toda la cuenta. Me contaron también que eso había sido en el primer round y que la gente casi quema el estadio. Fui a verlo al pibe y lo encontré, como siempre, en el gimnasio. Cuando terminó su entrenamiento, en un bar cercano, me contó.

—Las mujeres —me dijo— siempre traen problemas, señor Blanco.

El tema era, por supuesto, complejo y nos quedamos dos horas más en esa misma mesa del bar, lapso en que Gómez no volvió a abrir la boca. Pero, haciendo memoria, recordé que, en efecto, antes de la pelea con Almada, el pupilo de Antonio Flores se había mostrado con escasa concentración, erraba muchos golpes cuando hacía bolsa y tres veces había estado a punto de estrangularse saltando la soga. Sin duda, un problema afectivo lo perturbaba.

Un mes después de aquella charla "El Terremoto de Caucete" volvió al ring y batió por puntos a Pedro Daniel Alfredo Rafael Mutantia en pelea pactada a doce vueltas. Mutantia era un medio mediano combativo y fuerte que confiaba toda su fortuna a un arma poderosa: su particular halitosis que invariablemente despoblaba las primeras filas del ringside. De nada le valió esto con Gómez que lo vapuleó sin piedad durante toda la pelea.

Don Efraín Patiño, apoderado de Mutantia, me confió luego que no se decidió a arrojar la toalla ya que era una toalla que su pupilo había robado del hotel donde concentraban y hubiese quedado en descubierto.

Su paternal devoción por salvaguardar la imagen de su apoderado lo llevó a la paradoja de soportar el agravio de la tribuna que lo trató de "asesino". Pequeños secretos del box al que sólo tenemos acceso aquéllos que estamos en el métier del recio deporte de los puños.

La gente comenzó a recobrar la confianza en Héctor Casiano Gómez, y cuando en marzo de 1974 mandó a la lona al guatemalteco Silvio Piristillo "Cangrejo" Gómez La Serna, la prensa comenzó a pedir a gritos la revancha con Almada.

Y la revancha se anunció, con bombos y platillos, para el sábado 14 de abril, en el cuadrilátero del Luna. El anuncio se hizo en una conferencia de prensa y Eleuterio Almada acudió a ella disfrazado de oso carolina, en un grotesco intento de convertir aquello en un show tipo Cassius Clay. Por fortuna Gómez no se prestó a ello, no sólo porque tenía una conmovedora dignidad provinciana sino además porque el traje de dama antigua le hacía un feo chingue en la cintura. De cualquier modo, la etapa previa a la pelea transcurrió en un ambiente de declaraciones rimbombantes (casi siempre de parte de Almada) pronósticos descabellados del periodismo y apuestas que iban "in crescendo". Por supuesto todo eso termina a la hora de la verdad en los momentos previos a la pelea. Fue allí, faltaban unos quince minutos para subir al ring, que fui a saludar a Gómez. Lo encontré sorpresivamente solo en su camarín, sentado en una camilla, con la bata sobre los hombros.

—Éste es un compromiso muy duro para mí —me confió—, debo borrar la mala impresión que dejé en la pelea anterior.

—Aún no me explico —le dije— cómo Almada pudo ganarte. No tiene potencia en ninguno de los puños.

Almada era famoso por la tibieza de sus golpes, y por algo su bata lucía una propaganda de margarina. El apodo "Piñón", que podía llamar a engaño, lo traía de su pasado como ciclista.

—Almada no me ganó, Blanco —me dijo Gómez—. Me ocurrió algo difícil de explicar.

Recuerdo que se quedó en silencio y yo temí que fuera el comienzo de uno de sus largos mutismos. Pero no. Tras una breve pausa continuó.

—Yo había conocido una mujer. Y creo que me enamoré de ella. —En esta parte se puso colorado, con el habitual pudor del hombre de pelea que debe hablar de cosas del corazón—. Una mujer buena, comprensiva, que me quería por lo que yo valgo, y no porque yo fuera un tipo famoso. ¡Al fin una mujer de verdad y no una de esas locas que me andan rondando!

—¿Hacía mucho que la conocía cuando peleó por primera vez con Almada?

—Tres horas. Cuando tomé el ómnibus ese día para venir al Luna, ella se sentó al lado mío. Comenzamos a charlar, intimamos, y nació una corriente de simpatía. Por acompañarla hasta su casa me pasé como quince cuadras. Por eso fue que Almada, en esa pelea, hizo el primer round solo, yo no había llegado todavía. Cómo será de malo que hizo ese round solo y lo empató. Pero cuando llegué, en el segundo, yo tenía la cabeza en otra parte. Pensaba en esa mujer con la que habíamos quedado en vernos. En eso Almada me metió un zurdazo y me pasó algo raro: se me borró de la memoria la dirección y el teléfono de esa chica, de María. Me quedé como idiota. No atiné a hacer nada, desesperado como estaba por recordar la dirección. Allí fue que Almada me entró con otro zurdazo y me noqueó.

Yo miraba al "Terremoto de Caucete" con real sorpresa.

—¿No has vuelto a recordar esa dirección? —le pregunté.

Gómez meneó la cabeza, mordiéndose los labios.

—No —dijo—, y mejor así. Es mejor no mezclar las mujeres con el boxeo.

Pero estaba lastimado y lo vi decaído cuando vinieron a avisarle que debía subir al ring.

Lo acompañé, junto con Antonio Flores y Victoriano Prunedo (el glorioso Negro Prunedo, vencedor de Equinoccio Parvulario Zapietro) y pude oír los insultos y las burlas feroces con que lo recibió la tribuna. Pero Gómez no les hacía caso. Escuchó con atención las indicaciones de don Antonio Flores, que había descubierto el punto débil de Almada: usaba lentes de contacto y ya llevaba perdidas tres peleas por no encontrar una de sus lentillas volada por un mamporro antes de la cuenta definitiva.

Yo me fui hasta mi butaca, tenía sitio en la cuarta fila, y desde allí vi un primer round cauteloso de ambos gladiadores. El segundo comenzó con ventajas para Gómez, pero faltando pocos segundos para terminar, Almada le acertó con un zurdazo largo y algo en comba que tomó al sanjuanino malparado y le sacudió la cabeza. El público rugía cuando terminó el round y Gómez volvió a su rincón tambaleante. Pero lo que más enardeció a la multitud fue que "El Terremoto de Caucete" no se sentó en su banquito. Ante la mirada asombrada de todos, cruzó las cuerdas, bajó del ring y se encaminó resueltamente hacia mí pidiendo permiso entre las filas. Cuando estuvo a mi lado me dijo: "Blanco, el golpe que me dio Almada me hizo recordar algo: el ómnibus en que conocí a María era el 71. Ahora lo recuerdo. Ahora lo recuerdo".

A pesar de que me lo dijo al oído, noté que estaba eufórico. Dio unas monedas al acomodador que lo había seguido y se volvió al ring.

El tercer round fue apoteósico porque Gómez, con la guardia muy baja, se prestó al cambio de golpes y en algunos cruces ambos estuvieron a punto de ir a la lona. Todos pensaban que Gómez estaba buscando su reivindicación, la gloria de conquistar nuevamente su fama de guapo, pero sólo yo sabía la verdadera razón de su ofrenda. Sobre el fmal de los tres minutos, en la más pura escuela de Nicolino Locche, Gómez adelantó su mentón desnudo hacia Almada. El hook fulmíneo de éste le hizo volar el protector bucal y el gong salvó al sanjuanino del fuera de combate. De nuevo bajó de su rincón y, zigzagueando, llegó hasta mi butaca.

—Bajamos en Paseo Colón y Alem —me dijo algo balbuceante—, Paseo Colón y Alem. En el próximo round, quizás una buena trompada en la sien me haga acordar de la dirección exacta.

Quise recomendarle que se cuidase pero ya volvía hacia el ring.

Recogió unas monedas, que le tiraba el público, para darle al acomodador que había vuelto a acompañarlo y se lanzó a la hecatombe del cuarto asalto.

Juro que nunca vi algo similar. Varias veces ambos púgiles resbalaron en la sangre que bañaba la lona y los puñetazos restallaban sobrecogiendo al público que no cesaba de alentarlos. Casi sobre el final, Gómez bajó su puño derecho y por allí entró un directo potentísimo que le hizo crujir la mandíbula. Lo vi sonreír. Muchos pensaron que era una reacción refleja subestimando un impacto que le había dolido. Yo sabía que era porque había recordado algo nuevo.

Llegó al rincón gateando y bajó del ring. Los aplausos caían como catarata de los cuatro costados del estadio y ya Gómez, con su guapeza suicida, había recuperado el respeto y la admiración del público. Pero cuando se acercó a mí, me espanté ante la visión de su cara maltrecha. Casi no tenía nariz y respiraba por el orificio que el tabique nasal había perforado en la carne.

—¡Ella vive en calle Venezuela! —me dijo gozoso, tocando mi pecho con la punta del guante y rociándome con sangre.

Volvió hacia la lucha, pidiendo permiso a los pacientes espectadores que se hallaban sentados a mi lado y que debían encogerse en sus asientos cada vez que Gómez venía.

Por poco también tuvo que pelearse el sanjuanino con el acomodador que le reclamaba monedas que Gómez ya no tenía.

Yo sabía que aquél sería el último round. "El Terremoto de Caucete" salió hacia adelante como una tromba y se trenzó con Almada en un intercambio de golpes fragoroso, perverso y espectacular. De repente Gómez se detuvo en el medio del cuadrilátero y abrió ambos brazos, ofertando la mandíbula a su rival. Parecía un torero, de rodillas sobre la arena, poniendo el pecho ante la ciega furia del estadio. Se hizo un instante de silencio aterrador roto luego por el estampido del puño izquierdo de Almada reventando contra el ojo derecho de Gómez. Cayó como si le hubiesen pegado un tiro en la cabeza.

Media hora después pude llegar hasta su camarín. Gómez recién reaccionaba y su vista estaba recuperando firmeza. Apenas me vio llegar vino hacia mí. Me tomó del hombro y acercó esa máscara de horror que era su cara a mi rostro.

—Venezuela 1430 —me dijo—. Segundo piso, departamento 8.

Yo esbocé una sonrisa, sin saber qué decir.

—Vamos —me dijo. Se puso unos pantalones largos sobre los de combate y me arrastró a la calle. No sé cómo podía, tras esa orgía de sangre, trotar como lo hizo. Llegamos a la dirección buscada y Gómez me pidió que yo llamase el portero eléctrico. Él estaba muy nervioso y además los guantes le impedían manipular con comodidad.

Alguien nos abrió la puerta de abajo y subimos por el ascensor. Gómez se empeñaba en alisarse la bata y acomodarse el pelo. Nos abrió una mujer joven y bastante atractiva que, por el brillo en los ojos de Gómez, supe que era María. Miró a Gómez con extrañeza.

—Soy Héctor Casiano —dijo éste, turbado.

—Perdone —contestó la mujer, molesta—. Pero no lo conozco.

—Nos conocimos en el ómnibus —explicó el sanjuanino—. Hace un tiempo. ¿No me recuerda?

La mujer miró el rostro de Gómez con detención. Recorrió la geografía modificada en busca de unos rasgos que ya no eran los mismos. Había que admitir que la atracción varonil de aquella nariz fina y la armoniosa curva de las orejas ya no existían.

—No lo conozco —dijo la mujer. Y cerró la puerta.

Nos miramos un momento con Gómez. Yo hice ademán de tocar el timbre nuevamente, pero él me detuvo el brazo. Bajamos de nuevo por el ascensor.

—Hágame un favor —me dijo—. Sáqueme los guantes.

No sin esfuerzo le quité esos guantes de quince onzas. Después él, sin mi ayuda, se sacó las vendas.

SUEÑO DE BARRIO

El comisario Marconi se apretó los ojos con los dedos de la mano derecha, y luego esgrimió un gesto de calma.

—Un momento, un momento —pidió—. Empecemos de nuevo. Usted, Pendino, soñó...

Pendino se llevó una mano al pecho, asintió con la cabeza y buscó el tono menos trémulo para su voz.

—Yo soñé... que mantenía relaciones... digamos, íntimas, con la señorita —señaló con el mentón a Celina. Celina rompió a llorar, entrecortadamente.

—¡Te voy a matar, desgraciado...! —un agente tuvo que aferrar por el brazo al señor Bustamante, que pugnaba por lanzarse sobre Pendino.

—Usted no va a matar a nadie —elevó la voz el comisario—. Siéntese. Déjelo hablar acá... al hombre. Si no lo deja hablar...

—¡Es un depravado, un degenerado! —desde su asiento, Bustamante no se doblegaba. Tampoco Celina dejaba de llorar y ahora se había refugiado en los brazos de la madre.

—Siga, Pendino. Cuente... cómo fue...

—Yo estaba en el club, en el sueño yo estaba en el club y me acuerdo que llegaba el Ricardo. No tenía bien la cara del Ricardo, pero yo sabía que era el Ricardo...

—¿Quién es el Ricardo? —cortó el comisario.

—Un amigo de ahí, del club.

—¿Dónde vive?

—A la vuelta del club, al lado del almacén.

—¿El almacén de don Aldo?

—Sí.

El comisario estiró el mentón hacia el escribiente, para que no pasase por alto el detalle.

—Siga.

—Y no sé qué era que estaban haciendo en el club, estaban arreglando una pared, no sé. Había unas bolsas y Elio, el bufetero, las llevaba para adentro. Después llegaba el Colorado, que es otro amigo, pero eso era más raro porque yo sabía que era el Colorado pero la cara no era del Colorado, era como más gordo, así... —Pendino infló un poco los mofletes y simuló una papada con las manos—. Y estábamos ahí, y creo que el Colorado nos pedía que lleváramos una de las bolsas esas de porlan o qué sé yo, hasta la casa de él porque él tenía que escribirle una carta a una tía de Jujuy para decirle que estaban por construir una pieza en el fondo.

El comisario hizo un gesto de asentimiento con la cabeza. Encontraba el relato interesante.

—¿Después?

—Después —forzó su memoria Pendino— ...no sé, no me acuerdo muy muy bien esa parte se me borra... No sé, no sé... Pero después aparecía, acá... la señorita...

El clima había retornado su consistencia tensa.

—Siga, siga —lo alentó el comisario.

—Tenía puesta una pollera roja, corta, bastante corta, Y una remera azul sin mangas, bien ajustada... Y me acuerdo que empezábamos a hablar y ella me decía que tenía que ir a buscar algo a la piecita del utilero...

—Momento —interrumpió el comisario—. ¿Ahí todavía estaban ese Ricardo y el otro, el Colorado?

–No, no. En esa parte ya no estaban. Además ya no estábamos en el salón del club, ahí donde le dije que estaban las bolsas esas. Estábamos en el club pero en una especie de pieza más grande, con unas mesas y unos pizarrones. Pero era el club porque afuera se veía la cancha de básquet.

–¿O sea que no había nadie viéndolos, ningún testigo?

–No... –pensó Pendino–. No... Tenía que haber gente en el club, porque en el sueño era de tarde, pero en ese momento ahí en ese salón que le digo no había nadie.

El comisario hizo un gesto con la mano, para que siguiera.

–Entonces... –continuó Pendino– ella... me decía que fuéramos hasta la piecita del utilero, que la acompañara... Ahí sí, salíamos al patio y había gente pero no sé quiénes eran. Pero eran mujeres, como si fueran de la comisión de damas. Y me acuerdo que para ir a la piecita teníamos que cruzar una especie de biblioteca, que eso es raro porque el club no tiene biblioteca pero yo después estaba pensando que debe ser porque yo el día antes había estado en lo de mi hermano, el Luis, y lo estuve ayudando a arreglar unos libros en la casa. Debe ser por eso, porque el club no tiene biblioteca, tiene un saloncito que al principio habían dicho que sería como un salón de lectura pero que después ya lo usaban para cualquier cosa y ahora se usa más que nada para jugar a las cartas... ¿vio?... No por dinero. Por pasar el rato.

–Siga, siga –urgió el comisario. Pendino frunció el ceño, pensando.

–Pasábamos por esa especie de biblioteca y ella... la señorita Celina me acuerdo que por ahí se daba vuelta y me decía: "¿Qué hacés?, apurate". Me decía "apurate". Y ella caminaba adelante mío... tenía una pollera ajustada...

Los sollozos hipantes de Celina volvieron a escucharse. La madre apretó aun más el abrazo. El comisario Marconi autorizó a seguir a Pendino.

—Después, después... entrábamos a ese lugar, a la piecita del utilero... Y... bueno... ahí... bueno, lo que más o menos le conté.

—Explíqueme, Pendino —reclamó el comisario—. Cuéntelo de nuevo. Su situación es muy delicada, Pendino.

—Bueno, ahí, en la piecita... —bajó un tono la voz— ...tuvimos el... contacto carnal.

El sollozo de Celina se hizo llanto desgarrado.

—¡Miente, miente desgraciado, degenerado! —lo tuvieron que contener al señor Bustamante—. ¡Que cuente de verdad cómo fue!

—Señor Pendino, señor Pendino... —procuró retomar el relato el comisario—. Por lo que usted cuenta, debemos deducir que no hubo resistencia de la señorita, que no hubo violencia, que... —Pendino meneaba lenta pero firmemente la cabeza curvando las comisuras de sus labios hacia abajo.

—Ninguna, señor comisario, ninguna. Al contrario, le diría...

—¡Hijo de puta! —dos agentes tuvieron que contener ahora a Bustamante.— ¡Hijo de puta! ¡Decir eso de mi hija, de mi hija! ¡Él la forzó a ir a la piecita del utilero y allí la violó como vaya a saber a cuántas otras! ¡Degenerado! ¡Sátiro!

El comisario pareció no hacer caso de la efervescencia de Bustamante, quien, contenido ahora por dos agentes, era obligado a sentarse.

—Entonces... —pareció querer resumir el comisario Marconi—, según usted no hubo violencia. Al contrario, hubo cierta provocación de parte de la senorita... —señaló con la palma de su mano derecha hacia arriba a Celina, la cabeza de ésta casi totalmente oculta en el regazo de su madre; se apreciaba el sacudirse de los hombros.

—¡Usted no puede decir eso, comisario! —tronó Bustamante. Ahora la palma de la mano derecha sonó como un disparo al dar contra el escritorio.

—¡Yo no lo digo, señor Bustamante! ¡Yo no lo digo! ¡Estoy tratando de dejar... —fue reduciendo el nivel de su voz, consciente de haberse, quizás, excedido— ...en claro las opiniones de ambas partes, eso es lo que estoy tratando! Y ésta es la opinión del acusado. No la mía. Es la opinión del acusado. Nada más.

—¡Es que no habría ni siquiera que oírlo! —terció, inopinadamente dura, la madre de Celina—. ¡Es un asco... Yo no sé si no tienen madre o no sé qué!

—Perdón, comisario —la voz medida pero clara del sumariante reclamó la atención de Marconi—. ¿El señor dijo: "pollera roja..."?

—Pollera roja... —se apresuró a contestar por el comisario, Pendino—. Una pollera roja, corta —se pasó el dedo índice por sobre los muslos— y remera azul, sin mangas.

—¿Tiene esa ropa su hija? —indagó Marconi. La madre de Celina le sostuvo la mirada un momento, como si lo reconociese, la boca ligeramente abierta.

—Sí. Sí la tiene. Pero la usa muy poco. Y menos de noche. Yo no se lo permitiría nunca.

—Ajá, ajá —se fregó la barbilla el comisario en tanto se ponía de pie dirigiéndose hacia la silla donde se inquietaba Pendino—. Sin embargo, hay algo, Pendino... hay algo que no lo veo demasiado claro. Algo que no está... digamos...

—¿Qué? —procuró sonsacar Pendino.

—Lo que ocurre, lo que ocurre cuando usted y la señorita entran en el lugar del hecho. En esa pieza.

—La piecita del utilero.

—Ahí —refrendó Marconi—. Ahí. Hay cosas que no están claras. Faltan detalles.

—Yo ya le conté —se excusó Pendino.

—Sí —aceptó el comisario—. Pero no. No. —Había caminado hasta el centro del despacho, observando el techo con manchas húmedas y luego se había vuelto nuevamente hacia el acusado–. Trate de recordar cómo fue todo el asunto al entrar. Por ejemplo, quién cerró la puerta, cómo la cerró... Saber eso es muy importante, Pendino, para evaluar las posteriores intenciones.

–¿Usted dice lo que me dijo la señorita? –aventuró Pendino–. ¿Ahí, cuando entramos a la piecita? Bueno...

–Yo digo, más que nada, lo que hizo usted, al entrar a la piecita esa...

–Del utilero.

–Del utilero. Cómo fue que cerró la puerta, con qué la atrancó, si participó de este hecho la señorita...

Pendino se rascó la punta de la nariz.

–Usted dice si la señorita me ayudó –preguntó, confuso. Pero ya el comisario había girado hacia el resto de los presentes.

–Porque hay un lenguaje de los gestos, también –explicó, didáctico–. Un lenguaje expresivo, que puede ayudar la labor profesional de un policía. No es sólo un lenguaje verbal el que cuenta. ¿Soy claro?

Todos asintieron con la cabeza. El comisario, satisfecho, se volvió hacia Pendino.

–Usted entra a la piecita... –le brindó el comienzo.

–Del utilero.

–Usted entra a la piecita del utilero, junto a la señorita. Muy bien. Abre la puerta. ¿Usted abre la puerta?

Pendino pensó un poco, conocedor de que se adentraba en un terreno riesgoso.

–No –dijo–. La señorita. Porque, acuérdese que ella iba adelante. Un poco, era ella la que me guiaba. Yo le dije que ella se daba vuelta y me decía: "Apurate". "Apurate", me decía. Ella iba adelante. Y ella abría la puerta de la piecita...

–Del utilero.

–Eso. Ella abría y entrábamos. Y ahí... –se encogió de hombros Pendino–. Bueno...

El comisario se cruzó de brazos.

—¿Quién cerraba la puerta ? —preguntó. Pendino lo miró. Luego hizo girar su mano derecha frente a sus ojos, graficando una suerte de nebulosa.

—Bueno —vaciló—. Esa parte un poco se me borra...

—¿Quién cerraba la puerta? —insistió Marconi.

—Hay partes en que... ¿vio?...

—Trate de recordar, Pendino —el tono del comisario fluctuó entre lo persuasivo y lo amenazador—. Su situación es muy delicada. Le conviene recordar.

—¡Yo! —se esclareció Pendino—. Yo cerraba la puerta. Porque venía atrás. ¿Vio?

—¿Cómo la cerraba?

Pendino pareció sorprenderse.

—Bueno... —sonrió. El comisario lo instó a pararse, con un gesto.

—Póngase de pie, Pendino —señaló luego un punto en el piso del despacho, un metro escaso delante suyo—. Venga acá adelante.

Pendino caminó hasta allí, con resquemor.

—Muy bien. Muy bien —aprobó el comisario—. Ahora me va a repetir, fielmente paso a paso, lo que usted hizo en el sueño, cuando entra en la piecita...

—Del utilero.

—Del utilero. Vamos a hacer una reconstrucción del sueño. Es uno de los recursos... —el comisario instruyó a la audiencia— ...que más pueden esclarecer una investigación. Haga de cuenta que ahí... —señaló a Pendino un vago recuadro en el aire—, ahí, está la puerta. Muy bien. Usted entra —Pendino accionó el imaginario picaporte.

—Sí —dijo—. Pasa la señorita. Y paso yo... —se detuvo un instante a pensar—. Entonces... Había una mesa, me acuerdo.

—¿Una mesa? —frunció el ceño Marconi—. Una mesa —buscó con los ojos–. Sumariante, dele la mesa al señor.

El sumariante tuvo un gesto de duda.

—Dele la mesa al señor —urgió el comisario. El sumariante levantó con esfuerzo la máquina de escribir, y la depositó sobre sus rodillas mientras Marconi ponía la mesa frente a Pendino–. Ya tiene la mesa. ¿Ve? Ningún problema. Así usted se va haciendo una composición de lugar más clara. Y nosotros también, por supuesto. Ya tiene la mesa.

Pendino se alisaba una ceja con la punta de los dedos.

—Después había... —rememoró—. Usted vio que los sueños no son muy claros a veces. Pero había botellas, botellas amontonadas por el piso. Como botellas viejas, ¿no?

El comisario dejó escapar un silbido inaudible.

—Botellas —repitió, pensativo—. ¡Pérez! —llamó. De la habitación vecina apareció un agente delgado, de bigotes–. Vaya al cuartito de atrás y tráigame algunas botellas.

—¿A esta hora, comisario? —se asombró el agente.

—¡Al cuartito de atrás, Pérez! —se enojó Marconi—. Botellas vacías, las que encuentre.

El agente Pérez salió, presuroso, y el comisario se volvió hacia Pendino, restregándose las manos.

—Ya tiene las botellas —se ufanó—. Vio usted cómo vamos armando el lugar de los hechos. Ya ve que no es tan difícil. Y este procedimiento clarifica las cosas. ¿Qué más había?

—Había una heladera industrial —no vaciló Pendino—. De ésas de cuatro cuerpos.

El comisario lo miró, perplejo.

—Una heladera industrial... —repitió, con la esperanza de haber escuchado mal.

—Sí. Vieja.

Marconi giró sobre sí mismo, cruzó sus manos sobre los glúteos y masculló, ofuscado.

—¿De dónde saco yo una heladera industrial? —Luego tornó a enfrentarse con Pendino.— ¿Cómo va a haber una heladera industrial en un cuarto de utilería, Pendino?

Éste se encogió de hombros.

—Había —dijo—. No sé. De eso me acuerdo claro. Había una heladera industrial.

—¿Qué clase de sueños tiene usted? —gritó Marconi—. ¿Para qué necesita un club como ése una heladera así? Un club, un club de... de morondanga... ¡Sueña a lo grande usted!

—Y... —se disculpó Pendino— ya bastante me privo en la vida real, no me voy a andar privando en los sueños...

—Bueno... —admitió el comisario—. Bueno. Déjelo ahí...

—Además —se exaltó Pendino—, yo por el club hago cualquier cosa.

—¡Sí! ¡Ya vemos las cosas que hace! —brincó el señor Bustamante—. ¡Ya vemos!

Con un gesto perentorio, el comisario indicó a Bustamante su asiento. Luego volvió a ocuparse de Pendino.

—Déjelo ahí —repitió—. Déjelo ahí.

Por un minuto sólo se escuchó el desparejo golpeteo de la máquina de escribir en precario equilibrio sobre las rodillas del sumariante. Marconi caminó hasta un ángulo del despacho.

—Bueno —dijo, poniéndose de frente a la pared—, hagamos de cuenta que acá, está la heladera. —Se mantuvo un momento con los brazos bien abiertos, también las piernas, en un patético intento por estructurar frente a la imaginación de los presentes la sólida mole del artefacto—. Acá. No nos vamos a detener por eso. Siga, Pendino. Acá está la heladera.

—¿Dónde las pongo? —la voz del agente Pérez, apareciendo con una media docena de botellas vacías, interrumpió la explicación de Marconi. El comisario miró a Pendino.

—¿Dónde estaban? —le dijo—. Trate de recordar.

—Al lado de la heladera.

—Déjelas al lado de la heladera —ordenó Marconi a Pérez, desentendiéndose de inmediato del asunto para volver al acusado—. Muy bien. ¿Qué pasa, entonces?

Pendino se oprimió las fosas nasales, como abortando un estornudo, sin prestar atención a Pérez, quien, con ojos de alarma, seguía las indicaciones que, con gestos o miradas, le brindaban los demás.

Cuando Pérez depositó las botellas vacías en el piso, casi en el rincón, Pendino continuó el relato.

—Me acuerdo que la señorita —dijo— se sentaba en una silla...

—Una silla —reflexionó el comisario, paseando su vista por el salón hasta detenerla sobre el sumariante. Éste apresuró la redacción del informe, procurando ignorar la mirada de su superior.

—Sumariante —reclamó Marconi—. Dele la silla al acusado.

—El sumariante lo miró con expresión de ruego—. La silla, Bermúdez, sí. Su silla —ratificó Marconi—, désela.

El agente Pérez ayudó al sumariante, preocupado éste en sostener la máquina de escribir, como a un niño, entre los brazos. La silla quedó ubicada junto a Pendino.

—Muy bien —aprobó Marconi—. La señorita se sentaba en la silla.

—Sí —dijo Pendino.

—Señorita Bustamante —llamó el comisario mirando a Celina—. ¿Usted no... —el gesto de la mano la invitaba a ocupar la silla. Pero los padres de la muchacha fueron un solo grito.

—¡No! —la madre cubrió a Celina con su cuerpo—. ¡Ni loca voy a permitir que mi hija vuelva a caer en...

—¡No le va a tocar un pelo a la nena! —se impuso la voz del señor Bustamante.

Marconi pidió calma con ambas manos. Reconocía su error de apreciación.

—De acuerdo —aceptó—, de acuerdo. Es razonable... es razonable... Este...

Observó con detención al sumariante. Parecía que estaba pensando. Pero en realidad estaba eligiendo.

—Bermúdez, deje la máquina. Haga la parte de la señorita.

Un fugaz hálito de espanto atravesó los ojos del sumariante.

—¿Yo, comisario? —balbuceó.

—Sí. Rápido. Siéntese en la silla. Vamos. Es una formalidad, Bustamante. No interfiera la investigación.

El sumariante abandonó la máquina de escribir en el suelo y tomó asiento.

—Muy bien, Pendino —prosiguió Marconi—. ¿Qué pasa después?

—Bueno... ehhh... —rememoró Pendino—. Yo me acuerdo que la señorita me hablaba. Me hablaba, me conversaba...

—Pero... ¿Qué le decía?

—No recuerdo —frunció la cara Pendino—. De eso no me acuerdo. Pero era una cosa... este... amable. ¿No? Simpática... ¿Cómo decirle?

—Bueno, bueno, no tiene importancia —subestimó el comisario—. Vamos más que nada a las acciones. A ver, Bermúdez, hable... Háblele acá al acusado.

—¿Yo? —se puso una mano en el pecho el sumariante.

—Sí. Usted le está hablando a Pendino. Han entrado a la piecita, posiblemente con propósitos poco claros. Pendino ha cerrado la puerta y usted se ha sentado en la silla y le habla...

Bustamante, envarado en su asiento, las manos sobre las rodillas, se mordisqueaba el labio superior. Volvió a mirar al comisario.

—¿Qué le digo? —preguntó.

—No sé, Bermúdez. No sé —se impacientó Marconi—. Pero hable...

—Bueno... eh... –pareció decidirse el sumariante–. En el día...

—¡Bermúdez! ¡Bermúdez¹ –lo cortó, estentórea, la voz de Marconi–. ¿Usted piensa que una señorita va a estar sentada así? ¿Usted vio cómo está sentado, Bermúdez? ¿Vio cómo está sentado?

El sumariante paseó una mirada trémula sobre su propio cuerpo, contraído y erecto.

—¿Piensa que una senorita se sentaría así? –castigó Marconi. Bermúdez negó con la cabeza para de inmediato estudiar la postura que, dignamente, procuraba mantener Celina en su asiento. Procedió entonces a copiarla lo mejor posible, entrecruzando algo las piernas, estirando un pie, llevando una mano a la cintura, adelantando apenas un hombro, girando unos grados el mentón.

—Vamos, Bermúdez –lo alentó Marconi, colaborando incluso a que Bermúdez encontrase su posición sobre la silla, insinuándole con un leve empujón la curva de un muslo, presionando apenas con sus dedos bajo un codo–. Colabore un poco más. Métase más en la cosa. Vamos. Vamos. Usted está hablando... Hable...

El comisario se alejó de la silla del sumariante hasta ubicarse junto a Celina y sus padres. Todavía Bermúdez la buscó una vez más, con la mirada. Marconi le hizo un gesto aprobatorio con la cabeza y con el dedo índice de su mano derecha oscilando frente a su boca escenificó la acción del hablar.

—Hoy, a 25 días del... –comenzó Bermúdez en voz muy baja.

—Más fuerte, Bermúdez –se ofuscó el comisario–. No se le escucha. ¿Ustedes lo escuchan? –consultó a los demás. Todos negaron con la cabeza–. No lo escuchan, Bermúdez.

El sumariante carraspeó, adoptó una expresión enérgica e intentó de nuevo.

—Hoy, a 25 días del mes de agosto, hacen acto de presencia

en esta comisaría, los señores Emérito Nicolás de León, argentino, soltero de 28 años, y Efraín Francisco López, paraguayo, obrero de la construcción, quienes...

—¡Bermúdez! ¡Bermúdez! —el comisario estaba junto a la silla del sumariante, tomado al respaldo y procurando calmarse—. Atiéndame. Atiéndame, Bermúdez. ¿Qué está diciendo, qué está diciendo? —Había acercado su rostro al del sumariante y adoptado un tono persuasivo—. ¿Usted piensa que una señorita que se ha dirigido a un local cerrado en compañía de un masculino con propósitos no del todo esclarecidos, puede hablarle así? ¿Usted cree, usted cree? ¿Le parece posible, Bermúdez? Razone, Bermúdez, métase en la cosa. Métase en la personalidad de esa mujer...

—Es que no sé qué decir... —se disculpó el sumariante.

—Invente, Bermúdez. Improvise. Improvise —se irguió Marconi. Caminó un par de pasos, nervioso—. Tan ocurrente que es cuando tiene que pedir permisos para salir. Improvise, Bermúdez.

Marconi se dirigió hacia los demás, en voz algo más baja, pidiendo calma con sus manos.

—Está nervioso —explicó—. Está un poco nervioso. Hay que darle un poquito de tiempo. —Luego volvió junto a su subordinado—. Concéntrese, Bermúdez, concéntrese —pidió—. Cuando empezó a hablar lo tenía, pero después lo perdió, lo perdió al personaje... Vamos... Vamos... Están en la piecita, usted se ha sentado y le habla al señor Pendino.

En puntas de pie, Marconi se alejó de Bermúdez, hasta situarse junto a Celina y sus padres. Bermúdez, levemente dilatados los ojos, abismado, permanecía en silencio.

—Me cubre con su máscara la noche —comenzó, de pronto. Su voz había tomado un matiz ronco y profundo—, de otro modo verías mis mejillas enrojecer por lo que me has oído. Cuánto hubiera querido contenerme, cuánto me gustaría desmentirme, pero le digo adiós al disimulo... —giró su torso quedando enfrentado a Pendino, quien, quizás alarmado, se echó levemente hacia atrás–. Dulce Romeo, si me quieres, dímelo sinceramente, pero, si tú piensas que me ganaste demasiado pronto –allí se puso de pie velozmente Bermúdez, lo que comprimió aun más el clima ya denso de la escena– fruncíré el ceño y te diré que no –se había apoyado en la mesa– y seré cruel para que tú me ruegues –giraba por detrás de su propia silla– aunque de otra manera el mundo entero no podría obligarme a rechazarte –y se enfrentaba ahora con Pendino. Éste lanzó una mirada rápida hacia el comisario, azorado, tanteando la posibilidad de una ayuda de parte de Marconi. Pero Marconi seguía extasiado los pasos de su subalterno, un puño crispado junto a su mejilla, el otro cerrado junto a su cintura, una expresión casi de gozoso dolor en el rostro.

–Bello Montesco, te amo demasiado y –continuó Bermúdez, su cara peligrosamente cerca de la de Pendino– tal vez por ello me hallarás ligera, pero te daré pruebas, caballero –el tono de Bermúdez había ido "in crescendo", era ahora amenazante frente al gesto espantado de Pendino–, de ser más verdadera que otras muchas que por astucia se demuestran tímidas –las últimas palabras habían sido gritos en la voz de Bermúdez–. Más reservada hubiera sido, es cierto, pero yo no sabía que escuchabas mi pasión verdadera –se apartó de repente de Pendino–. Ahora perdóname –casi sollozó– y no atribuyas a liviano amor lo que te descubrió la oscura noche –las últimas palabras casi no se escucharon, porque Bermúdez había caído como fulminado por un rayo y ahora lloraba con desconsuelo tremendo, aferrado a una pata de la mesa, sacudido por convulsiones, estremeciendo definitivamente a los presentes, quienes, con lágrimas en los ojos, se miraban unos a otros, se abrazaban entre sí o gesticulaban aprobatoriamente. El comisario Marconi había depositado un beso en la frente del agente Pérez y luego, secándose los ojos con el dorso de la mano, se acercó a reconfortar a los demás. Incluso Pérez, hombre por lo general austero en la administración de sus emociones, procuraba disimular sus lágrimas enjugándolas con un pedazo de franela destinado habitualmente a la limpieza del arma de la repartición.

—Bravo. Bravo, Bermúdez. Bravo —se acercó Marconi hasta su subalterno, que permanecía aún prendido a la pata de la mesa, contraído, llorando presa de una crispación manifiesta.

—Relaje, Bermúdez, relaje —sugirió Marconi, en tanto procuraba levantarlo.

Pero Bermúdez se revolvía ante el contacto de las manos del comisario, como un niño encaprichado por algo. Finalmente el sumariante se fue calmando, se aflojaron sus músculos y pudo así Marconi ayudarlo a ponerse de pie, levantarlo sostenido por las axilas y depositarlo sobre la silla, donde procedió a acomodarle la corbata, alisarle el cabello y reconfortarlo con leves palmaditas en las mejillas, en tanto Bermúdez continuaba hipando, sofocando cortos y nuevos accesos de llanto, aspirando profundamente para recomponer su respiración.

Cuando la tensión del momento hubo pasado, Marconi se dirigió a Pendino.

—¿Qué hace usted, entonces? —preguntó—. ¿Cómo sigue el sueño?

—Bueno... recuerdo que la señorita —Pendino hizo un gesto tímido señalando a Bermúdez—, por ahí, se levantaba y se apoyaba en la mesa. Y me miraba... digamos...

—A ver, Bermúdez —pidió el comisario—. Acérquese a la mesa.

Bermúdez miró a Marconi con ojos mansos. Se recompuso luego, y, dócil, se puso de pie para apoyarse en la mesa. La orden de Marconi, por otra parte, había sido cuidadosa, casi afable.

—Lo miraba —refrendó el comisario la apreciación de Pendino—. ¿Cómo lo miraba?

—Y...

—Provocativamente —propuso Marconi.

—Eso —con la afirmativa de Pendino, casi automáticamente, Bermúdez adoptó una pose sugerente, cercana a lo lascivo sin caer en ello.

—Ehh... —vaciló Pendino. Luego avanzó dos pasos hacia Bermúdez—. Yo me le acercaba...

—¡Señor comisario! —reclamó el padre de Celina poniéndose de pie—. Creo que esto es muy peligroso. Este tipo es un... un... degenerado sexual y puede...

—¡Siéntese, señor Bustamante! —ordenó Marconi—. Esto es un procedimiento policial.

—Yo me acercaba a ella —retomó el relato Pendino aproximándose dubitativamente al sumariante— y... —miró al comisario como pidiendo su aprobación— comenzaba a acariciarle los cabellos. —Fue allí que el padre de Celina cayó sobre Pendino como un gato montés, aferrándole los brazos.

—¡No la toque a la nena! —rugió. La madre de Celina acompañó la carga de su marido, pero optó por abrazar, cubrir prácticamente con su cuerpo el cuerpo del sumariante.

—¡No se atreva a tocarle un pelo! —aulló, trágica—. ¡No se atreva!

Siguió un momento de total confusión, al que sólo la energía de Pérez y la corpulencia de Marconi lograron poner fin.

—¡Comisario! —reprochó la señora de Bustamante, que había abandonado al sumariante para colgarse de las solapas de Marconi—. ¡Usted no puede permitir esto! ¡Encerrar a mi Celinita con ese degenerado!

—Cálmese, señora —rogó Marconi—. Cálmese. No es su hija. Es nada más que una reconstrucción. Y no es su hija. —El comisario condujo a la señora hasta su asiento y luego volvió junto al sumariante quien, trémulo ante el desorden, se hallaba aferrado al borde de la mesa.

–Usted vio –continuó explicando Marconi a la madre de Celina– que yo la suplanté por el sumariante Bermúdez. Él hubiese sabido defenderse.

Bermúdez había vuelto sus ojos hacia el comisario, ante el contacto de la mano de éste sobre su hombro.

–No juegue con mis sentimientos, comisario –le pidió.

–Usted bien sabe, Bermúdez –musitó Marconi, casi confidencial– que nunca hemos llevado una reconstrucción de un abuso sexual hasta sus últimas instancias.

Marconi se volvió hacia Celina y sus padres. Pidió calma con las manos.

–Reconozco –dijo– que tal vez sea algo prematuro realizar una reconstrucción estando tan fresco el recuerdo del sueño. Dejaremos que se enfríen los ánimos. No siempre salen bien. Pero recuerdo el caso de la reconstrucción de un crimen hecho al aire libre, que tuvimos que repetirla como quince veces. A pedido del público. Fue un verdadero éxito. Por eso yo recurro habitualmente a ellas.

Bermúdez se había apresurado a devolver la mesa y la silla a sus sitios originales, tornando la máquina de escribir a su lugar. De al lado de la máquina tomó entonces el comisario Marconi una carpeta rosa.

–Pero siempre hay otras alternativas a las que se puede recurrir –informó Marconi, en tanto hojeaba morosamente los folios–. Veamos... señora de Quesada... ¡Señora de Quesada, por favor! –llamó. Desde uno de los bancos situados junto a la puerta de entrada al despacho, se acercó una mujer flaca. Un agente le acercó una silla.

–Mire, señor comisario –inició apenas se hubo sentado, sin descruzar los dedos donde apretaba un monedero ajado y sucio– ...como yo le contaba acá a la señora...

—Un momento, por favor —interrumpió Marconi—. Dele sus datos al sumariante.

La mujer recitó su nombre, estado y domicilio.

—Bueno, mire, señor comisario —retomó de inmediato—, como yo le contaba acá a la señora apenas me enteré de... todo este asunto... Yo anoche fui con mi marido a cenar al comedor del club. Nosotros casi nunca salimos con mi marido, pero anoche justo se dio de que yo tuve que ir al centro a la tarde y se me hizo tarde para volver, entonces cuando volvió mi marido le dije que por qué no íbamos a comer algo ligero al club para no tener que ponerme a cocinar y todo eso, lavar platos y demás. Bué, y cuando fuimos al club me acuerdo perfectamente que ese señor... —señaló a Pendino— estaba con otros dos amigos en otra mesa, en una mesa de más allá, más cerca de la mesa de billar. Y me acuerdo patente que yo le comenté a mi marido, le dije: "Mirá, viejo, qué manera de tomar vino esos muchachos, qué manera de tomar vino".

Pendino se revolvió, nervioso, en su asiento.

—Porque le aseguro, comisario —prosiguió la mujer—, que yo no soy de fijarme en lo que hacen los demás, por mí que cada uno haga lo que quiera pero era increíble lo que tomaban esos muchachos. Increíble. ¡Las botellas de vino sobre la mesa! Tanto que mi marido, que mire que para que mi marido hable, mi marido me acuerdo que me dijo: "Es cierto". Hasta él se asombró, que no se asombra de nada, con eso le digo todo.

El comisario hizo girar lentamente un lápiz que sostenía con ambas manos sujetándolo por los extremos. Miró a Pendino. Enarcó las cejas, inquisitorialmente.

—¿Es cierto eso?

Pendino se cruzó de brazos, echó el cuerpo hasta recostarse contra el respaldo, estiró la pierna derecha, meneó la cabeza desestimando y agitó luego la mano izquierda en el aire como mostrando en la mano un papel inexistente.

—Ehhh... ¿Qué habremos tomado?... —continuó buscando la frase justa—. ¿Qué sabe esta... señora? ¿Qué...? ¿Estaba llevando la contabilidad de lo que nosotros tomábamos acaso?

—Mire, joven... —la señora de Quesada echó el cuerpo hacia adelante, la nariz como una proa y depositó la punta de los dedos de su mano derecha sobre su tórax— ...si yo digo eso es porque...

—Déjeme de joder. —Pendino viró su cuerpo hacia el otro lado, hizo un gesto de fastidio con la mano—. Mire, déjeme...

—Yo no le estaba llevando la contabilidad... —explicó la señora de Quesada, rectificó ella también la dirección de su torso quedando enfrentada al comisario Marconi, al observar que Pendino le daba prácticamente la espalda—, yo no le estaba llevando la contabilidad, señor comisario, pero yo estaba de frente a la mesa de los señores y por eso lo veía perfectamente, no era que yo los estuviera vigilando ni nada, pero estaba de frente...

—Hablan al reverendo pedo... —masculló como para sí, y mirando hacia otro lado Pendino, aún cruzado de brazos.

—...y entonces por eso los veía —se hizo la que no lo oía la mujer— y me impresionó, porque le juro que me impresionó, comisario, la cantidad de botellas de vino que tenían en la mesa...

—...vieja de mierda, se la pasan al pedo en la casa y... —continuó como en un rezo, Pendino.

—Por eso es que se lo puedo decir... —lejos de amilanarse, se hizo más enérgica la voz de la mujer— con toda seguridad, señor comisario. Y si no lo cree, está mi esposo que no me deja mentir, y que si no vino es porque está en el trabajo, pero mañana o esta noche, si usted quiere que venga, él viene porque él también lo vio, señor comisario.

Marconi le hizo un gesto como para demostrarle que su testimonio ya era suficiente.

—¡Son borrachos, comisario, son borrachos! —se envalentonó el señor Bustamante—. Son borrachos que cuando toman de más hacen cosas como la que hizo este hijo de puta. ¡Porque otra cosa no se le puede llamar a este hijo de puta! ¡Si todos los conocen en el club, a él y a sus amigos, todos ya lo conocen bien, muy bien lo conocen!

—Siéntese, Bustamante —ordenó Marconi.

—Es que es así, comisario —aprovechó para brindar apoyo la madre de Celina—. Yo también ahora me acuerdo de que a mí me habían contado de este grupito... esta patotita... —acentuó las sílabas con desprecio.

—¿Qué patotita, qué patotita? —se ofuscó Pendino.

—Esta patotita —siguió ella— que se juntaban en el club, y tomaban vino y se la pasan jugando al billar, y diciéndole cosas a las mujeres, que no se puede ir tranquila a...

—Pero... ¿Quién le dijo eso, quién cuenta eso? —Pendino se solivantó como para ponerse de pie, se contuvo luego, pero buscó la mirada de Marconi que justificara su indignación.

—Cállese, señora —aprobó Marconi—. Eso es algo que veremos en otro momento.

—Se ponen borrachos y después tienen esos sueños... —alcanzó a decir la madre de Celina.

—¡Y de algo estoy seguro! —saltó como un resorte el señor Bustamante, como si hubiese estado aprovechando el momento en que se descuidasen sus custodios para lanzar su proclama—. ¡Mi hija no se dejó! ¡Mi hija no se dejó como cuenta este delincuente! ¡Él la violó, la forzó!

Lo obligaron a sentarse por la fuerza.

—¡Él la violó! —insistió, no obstante. Celina, uniéndose al clima sensibilizado, lloró más estruendosamente.

—Mírela, comisario, mírela —gimoteó su madre, con lágrimas en los ojos, perdido ya en apariencia el frágil control que parecía mantener, acunando entre sus brazos, como si fuese una nenita, a Celina–. ¡Mírela, una Magdalena mi pobre hija! Y este... criminal... diciendo que ella hizo lo que hizo. Pregúntele a cualquiera, comisario, pregúntele a cualquiera, a la maestra que Celinita tuvo en la primaria, a las compañeras que tuvo hasta el año pasado en la secundaria, pregúnteles si Celinita es capaz de hacer una cosa así, ¡pregúntele a cualquiera!

–Señora –la palabra de Marconi solicitaba calma. La madre de Celina aspiró sonoramente, sacudió un poco la cabeza y con el labio inferior buscó sorber una lágrima que le había caído por la mejilla. Se hizo un incómodo silencio.

–¿Cómo se enteró usted... del hecho? –preguntó Marconi a la madre de Celina.

–Esta mañana –contestó por ella el señor Bustamante.

–Esta mañana, señor comisario –confirmó ella–. En la verdulería, cuando yo fui ya todo el mundo hablaba de eso –no pudo contenerse y rompió a llorar–. ¡Todo el mundo, todo el mundo! –articuló entre sollozos–. Todo el barrio enterado de lo de la nena! ¡La vergüenza, señor comisario, la vergüenza!

–¿Quién se lo dijo? –Marconi practicó su más frío tono profesional.

–Doña Pola, la de la esquina –la mujer pareció calmarse–. Parece que lo primero que había hecho esta mañana este... este delincuente... fue contárselo a todo el mundo, a todos sus amigos en el club. Doña Pola me contaba que se reían a carcajadas... los inmundos... Este delincuente les contaba a lo gritos en el buffet del club y todos se reían...

La madre de Celina hundió el rostro sobre el cabello de su hija y continuó llorando, en silencio. El señor Bustamante hizo un movimiento como para incorporarse a consolar a su mujer, pero se contuvo. La señora de Quesada oscilaba su cabeza en un movimiento de negación y pestañeaba repetidamente alejando las lágrimas. Por primera vez, Pendino mostraba los ojos muy abiertos, asustado. Marconi levantó ambas manos y cuando ya parecía que iba a golpear duramente sobre su escritorio, las bajó con lentitud y depositó las palmas de plano sobre la madera.

—Sargento —llamó—. Lleve al matrimonio Bustamante y a su hija afuera. Que no se vayan todavía. Usted, señora de Quesada, puede retirarse.

El comisario se puso de pie y todos lo imitaron.

Pendino pasó por su lado, tomado de un brazo por un agente.

—Le juro, comisario, que ella me provocó. En el sueño estaba bien clarito.

Marconi asintió con la cabeza y luego, con el mentón, le marcó el camino a seguir.

El sargento Ramírez se acercó, encendiendo un cigarrillo.

—Está jodida la situación de este pibe —le dijo Marconi, mirándolo.

—Parece, ¿no?

Marconi se quedó con las manos en los bolsillos mirando las baldosas del patio.

—Es que uno dice, ¿no? —comentó el sargento—. Pero también las minas andan ahora con cada ropa que... bueno... después el desgraciado es el tipo.

Marconi enarcó las cejas, pensativo.

—¿Qué hay que esperar ahora? —preguntó el sargento.

—El informe del médico. Las manchas en... —dudó Marconi— ...en los calzoncillos de Pendino no se pueden comprobar porque él hizo desaparecer la prenda. Pero siempre pueden quedar manchas en las sábanas, o en la cama. Es la que se está estudiando.

—Si es que hubo polución —arriesgó el sargento.

—Por supuesto, por supuesto. Si la hubo o no la hubo, eso puede cambiar mucho la cosa, Ramírez.

—Si se consumó la cosa.

—Ajá.

Ramírez tomó la carpeta que estaba sobre el escritorio y se fue para adentro.

El comisario Marconi siguió con las manos en los bolsillos, la vista perdida en el piso del patio, hurgándose los dientes con la lengua.

—Está jodida la cosa —murmuró.

EL EXTRAÑO CASO DE LADY ELWOOD

El inspector Havilland detuvo su Austin al costado del camino que conducía a Middleford y quedó pensativo. No había dicho a nadie dónde pasaría sus quince días de vacaciones y la idea de retomar el camino hacia Londres se le instaló sólidamente en la cabeza.

Él tan sólo había prometido comunicarse cada tres días con Scotland Yard, en prevención de algún suceso inesperado, como el retorno del Destripador de Yorkshire, un ataque nuclear soviético o la fuga de un oso del zoológico. Esa franquicia de manejar a su gusto el contacto con sus superiores tan sólo se le concedía a hombres como Emerald L. Havilland, el más eficaz sabueso de las fuerzas de seguridad británicas. "El Detective Invicto" como bien lo había llamado la prensa tras su espectacular esclarecimiento del caso del robo del pony predilecto del Príncipe Andrew.

En tanto viraba lentamente el volante, una sonrisa, apretada en torno al cigarro que sostenían sus labios, ensanchó el rostro adusto del inspector: recordaba claramente la densa, profunda, prometedora mirada que le había dispensado Lady Elwood desde lo alto de su palco, días atrás, durante el concierto que brindó la Royal Philharmonic Orchestra.

Una hora después, el inspector Havilland, protegiendo su boca y su nariz bajo el abrigo de la bufanda con los colores del

Tottenham Hotspur, golpeaba suavemente con su puño enguantado a las puertas de la mansión de Lady Elwood, la riquísima viuda de Sir Lewis Norton.

Tras unos minutos de espera Havilland repitió el llamado. Finalmente, con la curiosidad propia de la profesión, giró el picaporte comprobando que la pesada puerta estaba abierta. Antes de entrar observó hacia la calle. Nadie lo había visto. El viento y la lluvia eran dos azotes flagelando Newcastle Street.

Recorrió un par de salones desiertos y luego comenzó a subir una ancha escalera de madera. En una de las habitaciones superiores halló a Lady Elwood. Estaba sobre la alfombra, caída al lado de su cama en posición poco ortodoxa, y presentaba dos heridas profundas en la espalda.

Havilland husmeó el aire y luego tomó la medida que separaba la cómoda de la perilla de la luz. Fue hasta el cenicero y recogió dentro de un sobre las colillas de cigarrillos. Se paró en medio de la habitación, cruzado de brazos y mirando hacia los cerrados ventanales. Meneó la cabeza y silbó suave.

—Paul —musitó—. Finalmente lo hizo.

Recordaba el rostro joven e ingenuo de Paul Elwood, sobrino de la viuda, y las habladurías que de él y su tía se contaban en ciertos cenáculos.

—No debe haber abandonado el país aún —dedujo Havilland—. Tomará el ferry hacia Francia.

Anotó en una pequeña libreta la medida entre la cama y el ropero y constató que la puerta de éste estaba entornada. La abrió. Allí dentro, prácticamente sentado sobre el piso de madera, algo oculto por la profusión de tapados y pieles, se hallaba el cadáver de Paul Carpentier, estrangulado por una corbata de seda italiana azul, con diminutos puntos rojos.

Havilland se pellizcó los labios y cerró el ropero. Miró su libreta de apuntes y golpeteó con la base de su lapicera sobre la tapa de la libreta.

—Mannix —silabeó—. Gus Mannix.

No escapaban a su memoria proverbial los rasgos acentuados de Gus Mannix, profesor de piano de Paul, a quien algunas revistas proclives al escándalo sindicaban como antiguo enamorado de Lady Elwood.

—Los celos —musitó Havilland— son malos consejeros.

Se encaminó hacia el baño. Allí podría detectar huellas dactilares del impetuoso profesor Mannix. Havilland no pudo disimular un rictus de contrariedad cuando, junto a la bañera, semitapado por la cortina plástica encontró el cuerpo del eximio pianista. Entre ceja y ceja, algo más arriba de la congelada expresión de asombro que dibujaban sus ojos, mostraba el orificio pequeño pero nítido de una bala calibre 22.

El inspector aspiró hondo y tomó la medida entre el lavabo y el grifo de agua caliente.

—Estoy ante la obra de un loco —dictaminó—, Jerry Fergusson.

Nunca había podido olvidar la mirada extraviada del jardinero mientras le explicaba su extraña teoría sobre la doble personalidad de las azaleas y la influencia que ejercían las monocotiledóneas sobre las decisiones del Vaticano. Tampoco nunca había olvidado que Jerry Fergusson le había confiado que atendía los jardines de Lady Elwood.

—Sé muy bien dónde estará oculto —se dijo. Sorteando el cadáver de la acaudalada viuda, se dirigió al teléfono. No tenía tono. Observó que se hallaba desconectado. Agachándose tras el cable atisbó bajo la cama.

Allí, con la cabeza destrozada por un atizador de la estufa de leños, vio a Jerry Fergusson, el jardinero.

Havilland se frotó suavemente las yemas de los dedos. Frunció los labios y aprobó un par de veces enérgicamente con su cabeza.

Colocó nuevamente el auricular del teléfono en su horquilla. Luego retornó las colillas que había sacado, a sus ceniceros. Cortó la hoja con anotaciones de su libreta y la arrojó al inodoro, accionando luego el turbión de agua.

Se arrebujó entonces en su bufanda, bajó el ala de su sombrero, salió de la casa cerrando con cuidado la puerta y subiendo al Austin retomó el camino hacia Middleford.

MI PERSONAJE INOLVIDABLE

Los dos hombres aparecieron en el borde del claro, con paso vacilante, cuidadoso.

Parecía que les costaba abandonar la sombra de la floresta para internarse bajo el sol rotundo que iluminaba el mullido colchón de agujas de pino que cubría el descampado. El de más adelante daba la impresión, incluso, de estar encandilado.

Yo me hallaba, recuerdo, casi veinte metros más abajo, en la orilla misma del arroyo, cuando me di vuelta para tomar una nueva lombriz, y pude verlos. Tras un primer momento de duda, el de más adelante avanzó un par de pasos sin reparar en mí. Contradictoriamente, se quitó la gastada gorra, se enjugó con el brazo la transpiración de la frente, miró hacia las copas de los árboles y luego continuó avanzando hacia el centro del claro. Tras él, cauteloso, avanzó el otro. Conformaban una pareja divertida. El primero, en apariencia el conductor a juzgar por su actitud de liderazgo, era de baja estatura, nervudo, flaco, consumido, con una barba de tres días y con una edad cercana a los cincuenta años. Vestía ropas humildes, amplios pantalones marrones con la cintura casi sobre el tórax, sostenidos por unos tiradores raídos que arrugaban la desteñida camisa leñadora sobre las clavículas marcadas. Llevaba ahora la gorra en la mano y colgando del brazo izquierdo, un saco oscuro.

Pero el que más atrajo mi atención fue el otro. Era un hombre inmenso, macizo, de cabeza pequeña y paso torpe. Siguió a su amigo bamboleándose hacia el centro del claro, y, en verdad, parecía un oso. Lo que más lo asemejaba a un plantígrado eran los brazos robustos, desmesuradamente largos y peludos. Estaba vestido con un enterizo jardinero sucio y rotoso y le cubría la cabeza un gorro de lana tejida en blanco y rojo.

El más pequeño de los hombres se detuvo un instante estudiando un tronco de árbol caído en el medio del claro, y el otro hizo lo mismo, tres pasos más atrás.

El más pequeño señaló el tronco y marchó hacia él, cosa que imitó el otro. El pequeño se sentó en el tronco. El hombrón se quedó parado como esperando el asentimiento de su guía para hacer lo mismo. El guía hizo un corto y enérgico movimiento de cabeza, aprobando. Recién entonces el otro, se sentó.

Tal vez hubiesen podido pasar horas o días, sin que aquellas dos extrañas criaturas cayeran en cuenta de mi presencia no tan distante; bastaba echar una mirada hacia la estrecha corriente de agua para verme, pero yo no estaba dispuesto a dejar transcurrir demasiado tiempo.

Era el comienzo del otoño y yo hacía ya ocho meses que me encontraba en aquella región boscosa de las montañas del oeste de Yellowhead, estudiando la caprichosa corriente migratoria de las mariposas del lino, en su rumbo hacia las Canarias. Sentía por lo tanto ganas de charlar con alguien y comenzaba a resultarme incómoda mi posición con el torso hacia los recién llegados en tanto las puntas de mis botas apuntaban hacia la ribera opuesta del arroyo.

Era 1948 y yo aún no me había separado de Berly. Recogiendo el sedal de mi línea, enrollando prolijamente las lombrices sobrantes, me encaminé hacia los hombres y creo que tomaron nota de mi presencia cuando casi ya estaba sobre ellos.

Contra lo que me suponía, no expresaron sorpresa ni temor. Se los veía gente de condición humilde, casi linyeras, y esa clase de personas suele observar una actitud de recelo, o agresividad ante desconocidos que los sorprenden en propiedades ajenas. Consciente de ello yo practiqué la mejor de mis sonrisas al presentarme.

—Hola —dije—, yo soy el profesor Philip Roy Hickey y estoy pescando bocarras saltonas.

Ambos me miraron. Se habían repartido un inmenso emparedado de queso y tocino y el que parecía el patrón sostenía sobre sus rodillas el grasoso papel en el cual, seguramente, venía envuelta aquella vianda.

—Es una buena época para la bocarra —expliqué—. Bajan por...

El hombrecito tragó bizarramente, se puso de pie, y tras limpiar su mano derecha sobre el lustroso pantalón, me la extendió.

—Barry Sullivan —dijo—. Éste es Groggly —me informó señalando al otro. El otro, como turbado, no se levantó. Continuó apresando su porción de emparedado con ambas manazas y practicó una corta pero cordial inclinación de cabeza.

—Tome usted asiento —invitó el llamado Sullivan, sentándose—. Estábamos almorzando.

—Muy bien, muy bien —aprobé, con el énfasis que pone uno cuando no tiene demasiado que decir. Me senté en el extremo del tronco, depositando con prolijidad mi caña de pesca sobre las agujas de pino.

—Disculpe usted que no lo convidemos —se compungió Sullivan, levantando un poco el emparedado para explicitarse mejor—, pero es lo último que nos queda hasta llegar a Kelowna. Allí compraremos algo más. ¿No es así, Groggly?

Groggly pareció sorprenderse ante la pregunta pero de inmediato, y sin dejar de masticar, afirmó de nuevo con la cabeza con más entusiasmo del necesario.

—¿Kelowna? —me interesé–. ¿En qué irán hasta allí?

—Caminando. O tal vez consigamos un tren los últimos kilómetros.

—¿Caminando? —me sorprendí–. ¡Pero eso es muy lejos! Les tomará más de un mes ir andando.

Sullivan se rascó la nariz con el dorso de su mano, sin soltar el emparedado.

—Eso calculo. Pero no tenemos mayor apuro. ¿Es el 2 de agosto que tenemos que estar allí para la pelea, no, Groggly?

Esta vez la pregunta no tomó por sorpresa a Groggly. Cesó de producir chapoteos masticatorios, quitó un residuo de mantequilla de sus labios y cuando parecía que iba a hablar, volvió a afirmar enérgicamente con su cabeza.

—¿Pelea? ¿Es que van a una pelea?

—Yo no. Él —dijo Sullivan, y señaló a Groggly.

—¿Es boxeador? —pregunté a Sullivan, casi en secreto. Sullivan me guiñó un ojo.

—De los mejores —dijo. Quedamos en silencio. Sullivan terminó de comer, sacó un sucio pañuelo del bolsillo trasero de su pantalón, limpiándose la boca y las manos. Luego tomó el papel en que había recogido las migas sobre sus rodillas, lo hizo un bollo y contuvo su intención de arrojarlo al piso. Tal vez consideró que podía ensuciar un territorio privado. Lo metió finalmente en un viejo bolsón de loneta que había dejado junto al tronco.

—De paso —retomó el tema— mientras vamos hacia Kelowna, Groggly aprovechará para fortalecer sus piernas. ¿No es cierto, Groggly? —Groggly se encogió de hombros. Sullivan dejó de hurgar un momento en el bolsón y volviéndose hacia mí, me dijo, casi confidencialmente–: Su juego de piernas es un desastre.

Por sobre el hombro de Sullivan, mi vista se cruzó con la de Groggly.

Enarcó las cejas como diciendo " ¡Qué vamos a hacerle!", en un gesto de complicidad que me regocijó.

—Tú no crees, no me haces caso... —Sullivan había sacado un papel doblado rectangularmente del bolsón, y ahora, algo apartado del tronco, ya de pie, señalaba a Groggly con tono admonitorio— ...pero esa bestia de Pierce te destrozará si no mejoras. Tú piensas que es como cualquiera de los pelmazos con que te has enfrentado, pero te equivocas. Ese Pierce es un boxeador en toda la línea y te romperá el hocico en dos minutos si no te lo tomas en serio.

Groggly mantenía una expresión compungida, meneando levemente la cabeza, como contrariado. Eructó de pronto, sin ocultarlo.

—Y tienes que insistir en perfeccionar tu directo de derecha —prosiguió Sullivan—. Lo arrojas muy abierto, muy anunciado, muy... —mientras braceaba en el aire buscó el adjetivo adecuado— ...Pierce te meterá diez zurdazos antes de que puedas tan sólo tocarlo con un golpe de ésos.

Groggly lo miraba con atención, luego se rascó la cabezota, ladeando el sucio gorro de lana. Sullivan aprovechó para volver a sentarse a mi lado.

—Debo tratarlo con cierto rigor —me dijo, prácticamente al oído—. Es un buen chico, pero algo duro de entendederas —comenzó a desdoblar el papel que había extraído del bolsón—. No parece darse cuenta de la importancia de la próxima pelea. Pero así como lo ve, torpe, como somnoliento, cuando sube al ring se transforma, es una verdadera fiera. Y su hook de derecha es mortífero. Pregúnteselo a Frankie "Melaza" Bellwood, si no lo cree. Le digo más, el 2 de agosto, si tiene usted dólares guardados en algún lugar, no vacile en ponerlos todos a mano de mi pupilo. Me lo agradecerá.

El énfasis y la convicción que había en la voz de aquel hombrecito enjuto hicieron que mis ojos se mantuvieran clavados en los suyos, aun después de que él hubiese terminado de hablar. Tuvo que agitar un par de veces el papel en el aire para que yo comprendiese que lo mantenía desplegado frente a mí, para que yo lo viese. Miré aquel ajado rectángulo de papel, que no era otra cosa que un afiche donde se leía: "Groggly, el oso boxeador. Aguante tres rounds con él, y ganará el derecho a asistir gratis a todas sus presentaciones".

Recién entonces contemplé con extrañeza a Groggly, sentado en la otra punta del tronco. No había dudas. A pesar de la confusión que pudiesen generar sus ropas civilizadas, sus inmensos zapatones gastados, su gorra de lana, o su rojo pañuelo al cuello, no podía negarse que se trataba, rotundamente, de un oso. Su cara totalmente cubierta de pelo pardo, sus redondas y desmesuradas orejas, su trompa culminada por un hocico negro y húmedo, sus manazas peludas y provistas de oscuras zarpas mal cuidadas, hablaban por sí solas.

—Yo lo trato con cierto rigor, es cierto —interrumpió mi observación Sullivan, confidencial— porque todo atleta necesita entrenamiento, concentración y esfuerzo, pero debo reconocer que nunca he conocido un oso como Groggly, tan inteligente, tan sensitivo, tan dúctil.

Yo continuaba mirando al oso, absorto.

—Y le digo más —me confió Sullivan, echando el cuerpo un poco hacia atrás rebuscando en un bolsillo delantero del pantalón con sus manitas nervudas que semejaban patas de gallina—, si he metido a Groggly en esto del boxeo es porque, lamentablemente, necesitamos dinero para que prosiga sus estudios. Pero Groggly puede desempeñarse de otra cosa, le digo que es muy sensible —una colilla de cigarro algo doblada apareció en la mano derecha de Sullivan. La enderezó con cuidado—. Mi idea... —prosiguió— es que Groggly haga dos o tres peleas más, nada más, y luego, con el dinero ganado, perfeccionarlo en otras disciplinas.

Se detuvo un momento buscando algún lugar cercano donde prender una cerilla que había aparecido mágicamente en su mano. Se agachó hacia atrás del tronco para frotarla contra una piedra. Reapareció con la cerilla encendida.

—Yo tampoco quiero... —me dijo— que los golpes lo atonten. Yo sé lo que tengo. —Parecía que iba a encender el pedazo de cigarro ya en su boca, pero detenía el movimiento para hablarme, como ofuscado—. Y sé lo que es el boxeo. Es un buen negocio para hacer dinero grande en poco tiempo, pero luego, basta, a otra cosa. —Dio la impresión de que daría lumbre a su pitillo de una vez por todas, pero volvió a la carga—: Si uno se entusiasma con las bolsas, o con el éxito, o con las dos cosas, cuando quiere acordarse se ha convertido en el manager de un idiota. De un imbécil. Y eso yo no lo quiero para Groggly... —ahora sí, encendió el pitillo, sacudió en el aire la cerilla furiosamente antes de que le quemase los dedos, aspiró una bocanada como si le fuese en ello la vida, cruzó las piernas y echó el cuerpo hacia adelante cruzando los brazos sobre las rodillas. Hizo un gesto con la cabeza hacia el oso.

—¿Usted no sabe cómo baila? —dijo, con una sonrisa sobradora en los labios.

No esperó mi respuesta. Tomó el bolso y tras buscar unos minutos allí dentro, sacó una armónica. Los ojos de Groggly, que habían seguido los movimientos de su conductor, brillaron.

—Los padres de Groggly —me explicó Sullivan en tanto limpiaba con el revés del cuello de su camisa los bordes de la armónica— eran armenios. Seguramente los turcos los cazaron y los llevaron a Estambul. Allí bailaban al ritmo de panderetas para los turistas, frente a la Mezquita Azul. Groggly se crió en ese ambiente, de artistas, de intelectuales.

Sin más, Sullivan se llevó la armónica a los labios y atacó con "Era la chica más linda del valle de Walla Walla". Groggly no se hizo rogar; de repente ágil, caminó hacia el centro del claro y dejó oscilar su pesado cuerpo con el ritmo de la música folk. Puedo afirmar, sin temor a caer en la sensiblería, que me emocioné. Groggly golpeaba el suelo con las plantas de sus pies planos, batía palmas, sacudía las caderas y mezclaba, junto a los saltarines movimientos propios de un bailarín del sur del Yukón, las suaves cadencias típicas de las corrientes europeas. No tengo dudas de que hubiese deslumbrado en los mejores salones del Este. Cuando Sullivan dejó de tocar, transpirado por el esfuerzo de sacudirse y taconear sobre el suelo al ritmo de la música, yo irrumpí a aplaudir locamente y dar bramidos de gozo. Groggly desprovisto del encantamiento de la música se mostraba visiblemente turbado, bamboleando su cabezota, bajo mi mirada.

—Es maravilloso. Sencillamente maravilloso —dije a Sullivan. Éste estaba empeñado en introducir la armónica en el confuso contenido de su bolso.

—Aún no ha visto usted todo —me adelantó, cómplice. Sin duda mi exaltada reacción ante la danza de Groggly le había insuflado confianza como para franquearse ante un casi extraño. Devuelta ya la armónica a su lugar de origen, Sullivan abrió una de las alforjas laterales del sufrido bolsón y sacó un rollo de cartulinas, no muy grande, bastante achatado y maltrecho por lo inadecuado del transporte. "Más afiches", pensé yo. Pero me equivoqué. Sullivan, tras quitar una banda elástica que mantenía la precaria condición cilíndrica del rollo, alisó torpemente las hojas y las extendió frente a mí. Eran pinturas a la acuarela. Me acerqué para apreciarlas en más detalle.

—¿No me dirá usted...? —vacilé contemplando el gesto socarrón de Sullivan que se asomaba por detrás de las pinturas. Sullivan afirmó con la cabeza.

—Groggly —dijo.

Era difícil de creer. Se trataba de una media docena de cromos que mostraban paisajes de zonas lacustres, tratados con manchas sueltas, ligeras, ubicadas con certeza y casi, debí reconocer, con maestría. Creí detectar ciertas reminiscencias de Monet o alguna influencia puntillista de Renoir, pero me abismó una clara comprensión de los planteos no figurativos de escuelas como la húngara, o la flamenca.

Golpeé mis manos en señal de franca admiración.

—Escúcheme, Sullivan... —intenté explicar, retrocediendo unos pasos para aquilatar un juego de manchas totalmente abstracto, pero por completo alejado de concepciones ingenuas que uno hubiese supuesto en aquella criatura primaria—. Escúcheme...

—¿Hay una influencia europea, no? —se ufanó Sullivan—. Una... —hizo girar la mano frente a la cartulina desplegada, sin encontrar la definición.

—Precisamente, húngara, algo magyar, estaba pensando —acordé.

—No hay que descartar un pasado gitano en Groggly —profundizó Sullivan.

—Es cierto, es cierto... —admití, alucinado—. ¡Hey, Groggly...! —giré la cabeza buscándolo. Groggly se hallaba casi en los confines del claro, simulando buscar grosellas entre las coníferas, pero en realidad no soportaba la tensión de que alguien mirase sus obras.

—¡Hey, Groggly! —insistí, elevando uno de mis pulgares en el aire—. ¡Esto es muy bueno, muchacho, muy bueno!

Groggly hizo un ademán con una de sus manazas en el aire, como restándole importancia al asunto. Pero de nuevo el bamboleo de su cabezota me indicó que el orgullo se desparramaba por su cuerpo extenso.

Antes de que yo pudiese terminar de ver un espléndido retrato al óleo de una osa, Sullivan volvió a enrollar las cartulinas, con movimientos rápidos las comprimió bajo la presión de la banda elástica que había mantenido sujeta entre sus labios apretados, y luego las devolvió al bolsón.

—No las vendemos —anunció, como si yo le hubiese solicitado algo—. Mucha gente me las ha pedido, pero me he negado a vender. Por ahora. No quiero apresurar la obra de Groggly. Además... —se inclinó hacia mí, confidente—, me han ofrecido una exposición en Seattle. Una de las mejores galerías de allá...

—¡No me diga!

Sullivan se encogió de hombros.

—No le he dicho todavía nada a Groggly. No quiero que nada distraiga su atención antes de la pelea.

—Lógico. Lógico —aprobé.

Cuarto de hora después, luego de que Sullivan se hubiese interesado vagamente por el trámite favorable o no de mi pesca, aquella singular pareja decidió reiniciar la marcha. Recuerdo que estreché la mano de Sullivan, les deseé suerte y no pude menos que darle un abrazo a Groggly. Cuando lo miré a los ojos, capté en las pupilas ambarinas del plantígrado un inequívoco signo de esclarecimiento.

Se marcharon.

**

Durante algún tiempo, unos años quizá, pensé en aquel fortuito encuentro en los bosques de las montañas del Oeste. Sentía curiosidad por la suerte que habrían corrido en los años posteriores a nuestra brevísima relación en aquel claro de la floresta. Cavilé, largamente, sobre qué destino habría tenido todo aquel enorme caudal sensitivo de Groggly.

Con el tiempo, aquella obsesión me fue abandonando, a pesar de que nunca olvidé por completo a esos dos particulares personajes.

Estuve en Europa, presenté mi tesis en la Universidad de Tempe, Arizona, e incluso retomé mi vida en común con Berly.

Una mañana de primavera en 1968 acudí a la casa central de la Exxon Petrol Inc. con asiento en Washington. Era un día muy especial para mí, pues marchaba en busca de mi beca. La Exxon Petrol había tenido la fina atención de concederme una de las apenas siete con que año a año distingue a quienes se hayan destacado en el campo de la investigación o el arte.

Debí subir, acompañado de dos solícitas secretarias, mediante un meteórico ascensor, hasta el piso 49 de aquel gigantesco edificio de acero y cristal donde se encerraba la memoria operativa de la monstruosa compañía petrolífera. En una reluciente y enorme mesa rodeada de casi todos los ejecutivos de la empresa me entregaron la beca.

—Deberá disculpar usted al presidente de la empresa —se excusó uno de los circunspectos señores—. No vendrá a saludarlo, pues me temo que se halla muy ocupado en este momento.

Yo resté importancia a esa omisión.

—Pero, aguarde un momento... —me contuvo, ya estábamos retirándonos, solícito, el hombre—. Tal vez pueda usted, aunque sea, estrecharle la mano.

Caminó hacia una pesada puerta de roble, la abrió con la confianza que le daba su alto rango y penetró en una enorme oficina. Dejó la puerta abierta y entonces pude ver todo con claridad. Tras un vasto escritorio, de pie, de impecable camisa celeste con corbata al tono, sosteniendo un tubo de teléfono con una mano y con la otra, una gruesa carpeta, estaba Groggly. A pesar de la distancia que me separaba de él, no tuve problemas en reconocer su cabezota cubierta de pelo pardo, ahora más pulcro, ni sus ásperas zarpas oscuras, ahora más refinadas. Se lo notaba más erguido, también. Vi cómo el hombre que me había guiado se acercaba a él, cuchicheaba algo en su oído, y vi cómo Groggly hizo un gesto negativo con su cabeza apartando apenas el auricular de su mejilla. Sacudió un poco también la carpeta que tenía en la mano, como refrendando su negativa. Mientras el ejecutivo volvía hacia mí con una sonrisa de disculpa, sin embargo, Groggly, desde su escritorio me hizo un corto saludo elevando su mano con la carpeta.

Salí del edificio bastante conmocionado y creo que incluso había olvidado ya la beca que descansaba segura en mi bolsillo.

Pensaba en esta maravillosa tierra que brinda oportunidades a todos. Pensaba hasta dónde puede llegar la capacidad y la determinación de alguien que se propone llegar.

Tuve también un pensamiento intrigado hacia la suerte corrida por Sullivan, pero eso fue recién cuando llegué a mi casa.

UNA VIDA SALVAJE

*(Abundar en detalles sobre el controvertido escritor y drama-
turgo Percy Erdmann nos suena a innecesario. Más que nada luego del sonado conflicto que mantuvo con Wellers Books,
la editorial que habitualmente publicaba sus obras, y que lo
llevó a golpear salvajemente a Rita Nicholas, jefa de progra-
mática a la sazón. El suceso terminó con Erdmann en un ca-
labozo durante una semana y con la Nicholas en un hospital
privado de Reno por más de dos meses. Por si esto no refres-
cara la mente de los lectores, cabría hacer referencia al publicitado accidente sufrido por Erdmann años atrás cuando se
estrelló con un ala delta contra uno de los soportes del Brooklyn Bridge, o el escándalo periodístico que levantó su reportaje en el* San Francisco Chronicle *a Eremian Oswald Four-
cett, líder del movimiento homosexual de Califomia, donde
Erdmann lo acusó públicamente de haber mantenido relaciones con mujeres.*

*Suponemos que este pequeño prólogo basta para ubicar al
lector frente al nuevo trabajo del resistido y talentoso Percy
Erdmann que a continuación publicamos.)*

El Editor

Cuando me avisaron que habían metido entre rejas a Budd Anderson reconozco que me sorprendí. Lo habían detenido mientras vendía drogas en estado de ebriedad. Yo no sabía que Budd fuese un alcohólico, siempre había tenido la idea de que se trataba sólo de un necrófilo. Le conocía también ciertas inclinaciones sexuales perversas como cuando se le comprobó haber abusado de tres niñas de siete, cinco y cuatro años, respectivamente. Al menos en esa ocasión, dijo aquella vez su abogado defensor, Budd demostró que no sentía inclinaciones homosexuales.

Yo había conocido a Budd cuando aquel asunto de necrofilia, pero no quisiera extenderme sobre el tema en procura de ahorrarles un mal momento a mis lectores, porque la cosa se desarrolló en una morgue, y algunos detalles que vi allí, especialmente con el cadáver de una anciana pordiosera, me llevaron a refugiarme durante catorce años en el duro respaldo del alcohol.

Recuerdo que esa vez hablé un largo rato con él, acodados los dos en una camilla de autopsia. Me pareció simplemente un bastardo, una persona enferma, sin ninguna brillantez, con la única particularidad de experimentar una excitación libidinosa ante el mero paso de una carroza fúnebre.

Me confesó que veía una corona de flores y se masturbaba. Que había llegado a intentar extorsionar a un abogado de Texas mediante una fotografía, que Budd mismo había tomado, donde se veía el cadáver de la suegra del abogado en cuestión mientras era maquillado en la funeraria. Para Budd aquello era un hecho de un altísimo contenido morboso que podría sumir en la vergüenza a su víctima destrozando su carrera en las leyes. Sólo obtuvo por respuesta una carta con una soberbia puteada de parte del jurisconsulto y una sugerencia para que publicase la foto en el *house-organ* de las mortuorias Medgar.

Pero mi segundo encuentro con Budd Anderson me llamó a la reflexión. Fue un año después; yo cubría policiales para el *California Daily,* cuando a Budd lo metieron en chirona por exhibir sus atributos masculinos frente a una cámara de televisión que alimentaba el circuito cerrado de control de una de las grandes tiendas Sears, en New York. Obtuve permiso para entrevistar a Budd en la cárcel y lo hallé aún luciendo el viejo y sucio piloto gris que abrió de par en par frente a la cámara televisiva a los efectos de llevar hasta los televidentes toda la verdad sobre las dimensiones de su miembro viril. En esa oportunidad, Budd logró que yo variase mi opinión sobre su persona. Tenía un enfoque romántico y casi melancólico con respecto a la función del exhibicionista en la sociedad moderna. Sostenía que un piloto como el que él empleaba para cubrir sus atributos era el que lucía habitualmente Humphrey Bogart, e insistía en que el éxito de Bogie con las mujeres obedecía a que también él cada tanto abría esa prenda de vestir frente a las puertas de los internados de señoritas...

Comencé a entrever en Budd una personalidad rica en aristas contrastantes, hecha en dolorosa experiencia de las calles de Brooklyn y esencialmente ciclotímica. Esa propensión a las oscilaciones violentas en su estado anímico era lo que lo llevaba desde el oscuro abismo en que lo sumía el ácido lisérgico hasta los plácidos picos de ensoñación que le brindaba la pintura. Aspiraba, me confesó, el letárgico aroma de la pintura sintética y se sentía en el mejor de los mundos.

—Recuerdo que fue un día en que me había dado con "Suncolour" 23 verde-Tahití —me dijo en aquel entonces— cuando se me ocurrió lo del esmalte fluorescente. Yo ya había hecho tres exhibiciones frente a las puertas de un internado de señoritas de Iowa, cerca de Parque Hudson. A la hora de la salida de las muchachas yo me aparecía desde atrás de un roble, con todo al aire. Pero tú sabes cómo es el invierno de Iowa, oscurece muy temprano. Algunas de las niñas ni siquiera alcanzaban a verme. "Más fuerte", gritaban o reprobaban lo mío con silbidos. Creo que me sentí muy mal por mucho tiempo. Fue cuando se me ocurrió lo de la pintura fluorescente. Me la pinté de amarillo vivo y forré el interior de mi piloto con un paño negro. Cuando aparecí aquella noche frente al colegio, fui un éxito. Aplaudían, gritaban "Que salga el autor" y juro que los abucheos fueron mucho menores. Cómo estaría de emocionado que no vi cuando llegaba la policía. Estuve un año preso y casi dos yendo día por medio a un hospital para curarme la intoxicación de la piel que me produjo la pintura. El bastardo que me la vendió me había jurado que no tenía contraindicaciones y que no podía hacerme daño. Y eso que yo le expliqué bien para qué la quería. Incluso él llegó a pintar un trozo de manguera estriada para que yo apreciase más o menos cuál podía ser el resultado final del trabajo. Quedé muy mal. Allí comencé a darme cuenta de que las exhibiciones estaban terminando para mí.

Estuve visitando a Budd durante un par de semanas en su celda y puedo decir que logré romper su barrera de desconfianza, y es más, creo que gané un cierto grado de amistad en ese hombre huraño y hostil.

Quizá fue por eso que se alegró de verme el 23 de agosto de 1978, cuando el juez federal Simpson dictaminó que Anderson debería esperar en la celda 865 de la penitenciaría de Boston su definitiva condena. Anderson me sorprendió cuando me dijo que lo más probable era que lo mandasen a la cámara de gas. Le informé que el alcoholismo no era causal para que a un ciudadano lo condenasen a muerte a menos que hubiese dejado de pagar una cuenta excesivamente elevada en su bar predilecto.

—No es por eso, Percy —me dijo—, me quieren echar el fardo del asesinato de una prostituta de Cleveland que apareció estrangulada con un alambre de púa en una alcantarilla de Maine.

—¿Cómo es eso? —le pregunté.

—Es así, Percy. Alguien me la tiene jurada. A mí me habían encarcelado en Texas, pero como allí no hay pena de muerte, el malnacido del diputado Bendson ha logrado trasladarme acá. Eso es lo que me da mala espina.

Yo conozco a Harry Bendson, pues estuvimos juntos a bordo del *Enterprise* en el año 1948. En ese glorioso casco hicimos el trayecto desde los astilleros Hampton, Hampton & Hampton Navy S.A. hasta el agua, doscientos metros sobrecogedores con un declive que llenó de pavor a todos los que nos hallábamos en cubierta durante esa botadura. Recuerdo que fue Bendson el que me alcanzó un pañuelo cuando yo vomité sobre las condecoraciones del almirante Nimitz.

Con motivo de lo que me había contado Anderson visité a Bendson.

—No es sólo eso, Percy —me dijo—. Anderson, el miércoles 29 de junio de 1969, robó un coche. Completamente ebrio chocó contra un carro de bomberos. Hubo seis muertos. Y cuatro heridos que desaparecieron al caer sus cuerpos a la bahía. El choque fue en el puente de San Francisco.

—¡Y cómo saben que estaban heridos?

—Porque viajaban con Anderson. Había robado una ambulancia.

—¿Una ambulancia?

—Sí, pensaba alquilar sus camillas para parejas. Siempre lo hacía. Cobraba por hora y por kilómetro.

—¿Cómo sabes que hacía eso?

—Ya lo habían detenido una vez en Cannel. Un impotente había pagado cien dólares a Anderson para acostarse con una prostituta dentro de la ambulancia con la condición de que Anderson pusiese ese vehículo a más de 180 kilómetros por hora. Parece que tan sólo la velocidad podía excitarlo al punto de concretar sus relaciones sexuales. Según contó Anderson esa terapia dio resultado aquel día y ese tipo y él lo festejaron haciendo sonar la sirena de la ambulancia por todo el balneario. Fueron a la cárcel en menos de lo que canta un gallo.

Allí fue que comprendí que Anderson me mentía soberanamente. Bajo su aparente aflicción y arrepentimiento, Budd me usaba para que yo pasase información errónea a los jueces. Para entonces yo ya estaba decidido a que Budd Anderson bien merecía convertirse en el personaje central de una novela mía de índole testimonial. Incluso su lamentable vida, sus curiosas y en muchos casos repugnantes experiencias, configuraban por sí solas un argumento más que interesante para un libro, sin que tuviese que poner yo más que mi oficio de periodista y mi talento.

Comencé a ir a la prisión, todos los días, unas cuatro horas. Logré un pase de parte de Milton Federik, el alcaide de la penitenciaría. Federik es uno de los hombres que más saben de prisiones en el mundo, no debemos olvidar que pasó sus primeros catorce años en un reformatorio. Para ese entonces Budd ya había sido condenado a muerte. Pero una gran discusión se había suscitado con referencia a aquella sentencia. Mientras los demócratas aullaban por llevar lo antes posible a Budd a la cámara de gas, los republicanos comandados por Ernie Forrester sostenían que Budd debía ser ajusticiado en la silla eléctrica. Yo aún sostengo que la General Electric tenía mucho que ver en esta última propuesta.

Para ese entonces Budd había logrado publicar en un diario de Pennsylvania un poema suyo titulado "Hojas de hierba" y en el que muchos se empecinaron en ver un escandaloso plagio de la obra del mismo nombre de Walt Whitman.

Pero a mí nadie me mueve de mi convicción de que hay un

par de estrofas que son diferentes. El tumulto que provocó aquella publicación poética de Anderson atrajo la atención de otros gobiernos.

Francia e Inglaterra se interesaron por el caso. Francia solicitó la prioridad para guillotinar a Budd mientras el gobierno inglés pedía turno a Washington para colgarlo. Fueron los momentos de máximo esplendor en la mísera vida de Budd. La penitenciaría se llenó de periodistas, amigos y simples curiosos, Se le dieron ciertas licencias de las que otros reclusos no gozaban. Por día tenía tres horas para recibir visitas. Le habían puesto una mesa en el salón destinado a esos efectos e incluso Budd podía preparar, en la cocina del penal, comidas no muy complicadas para sus invitados.

Yo mismo lo ayudaba en ocasiones y recuerdo que cuando fue a verlo Johnny Matthis les preparé mi famoso pavo trufado con salsa húngara. Debo decir que me salió excelente aunque corre a mi favor el hecho de que yo hubiese agotado las instancias con tal de que Johnny mantuviese su boca ocupada en algo y no cantase.

Con los periodistas, el penal se reservó un derecho que fue muy discutido por la prensa: se cobraban las entrevistas. Federik, el alcaide, aducía que ese dinero estaba destinado a mejoras en los servicios para los reclusos, lo que originó un motín entre los guardiacárceles. Tomaron a varios presos como rehenes y amenazaron con soltarlos si esas ganancias no iban también para la construcción de un frontón de pelota. Federik solucionó la cosa duplicando el precio de las entrevistas, lo que provocó el boicot de algunos medios de prensa. Desde ese momento fue que Budd comenzó a ser mal visto en la prisión por los otros convictos. Me confesó que temía no llegar con vida al día de su ejecución. Pero lo que ocurrió fue mucho más salvaje: una noche entraron a saco en su celda doce reclusos y lo vejaron sin piedad alguna. Estaban en eso cuando acertó a pasar por allí un piquete de custodia integrado por cinco guardias: los vejadores sumaron, entonces, diecisiete.

Aquel suceso tomó a Budd más reservado y taciturno. Quedó con un cierto recelo por las aglomeraciones y ya no repartía globos entre sus visitantes. Sin embargo, no disminuyeron en tiempo ni en calidad sus charlas conmigo. Yo llegaba a pasarme hasta cinco horas por día en su celda grabando y tomando apuntes.

Un día, vino a visitarnos Paul Newman y nos dijo que estaba encabezando junto a Jane Fonda un movimiento para sacar a Budd de la cárcel. Habían reunido pruebas de que las acusaciones de asesinato que sobre él pesaban eran fraguadas y que todo no era más que una gran farsa para tapar el oprobioso caso de la venta de cereales a la Unión Soviética. Juro que en ese momento no creí nada de lo que Paul nos dijo. Yo lo conocía bien, fui su copiloto en Saytona, y lo sé un hombre serio, pero para ese entonces había aprendido yo lo empecinado que es nuestro sistema judicial cuando huele la sangre de una presa.

Un abogado joven de Ohio ya había intentado apelar por Budd y terminó suicidándose de un balazo en la boca. Otros cuatro jóvenes negros que habían iniciado una recolección de firmas protestando por la condena de Anderson terminaron en forma más atroz: bailando ritmo "salsa" en un conjunto que recorría las Antillas.

Sin embargo, el milagro se produjo: un dos de octubre de 1980, le dieron la libertad. Hace de eso ya dos meses, y parece empeñado en recomenzar una nueva vida, rodeado de gente con ideas puras y pujantes: se ha unido a un cuerpo de jóvenes neonazis que lo han alejado totalmente del alcohol.

El libro de Percy Erdmann está a punto de lanzarse al

mercado norteamericano. Su autor, no obstante, no ha podido aún abandonar el presidio de Memphis ya que una intrincada burocracia lo retiene ahí pese a los esfuerzos de sus abogados. Budd Anderson suele visitarlo, de tanto en tanto. (N. del E.)

UN HOMBRE EN SOLEDAD

La primera vez en mi vida que escuché el nombre de Bruno Gentile fue en boca del jefe de redacción, cuando me llamó a su despacho con mucha urgencia.

Ahora estoy caminando por un espigón de maderas semipodridas, acompañado de Laborde (el fotógrafo que me han asignado) y Olivio Funes, el hombre que nos pasó la información. Comprendo que no podremos seguir la marcha. A nuestro frente hay un río anchuroso y marrón. Corre de izquierda a derecha, en sentido contrario a las agujas de un reloj. Funes me informa: se trata del Paraná.

(El Paraná se origina en Brasil, donde toma el nombre de río Grande, recibe las aguas del Paranaíba y recorre la depresión continental hasta la llanura argentina. Se le ha intentado dar variados usos, pero se explota, más que nada, en una de sus ventajas más reconocidas: la navegación.)

Mis temores ante la interrupción de nuestra búsqueda periodística se disipan: Funes ha contratado un viejo velero que, con velamen desplegado, nos aguarda al final del espigón. El mismo Funes nos presenta al responsable de la nave, un rudo marino, en cuya piel se nota la corrosión producida por la sal de muchos mares. Hay partes, como sus dientes, donde se adivina el hueso.

—Dumas —nos dice Funes, en tanto el marino me extiende

una mano rugosa y pesada como una tortuga. El capitán se quita el guante que cubre su diestra y del guante cae una catarata de agua que ha estado allí, apresada, vaya a saber desde qué tormenta tropical.

–Mi nombre es Dumas –me repite el navegante mientras apresa mi mano–. Igual que el inmortal navegante solitario. ¿Lo recuerda?

Sin duda detecta en mi rostro un gesto de aflicción.

–Lo veo emocionarse ante ese nombre –me dice.

–No –le aclaro–. Es que me está destrozando los dedos.

El marino, abandona el varonil saludo, confuso.

–Es que mi mano está acostumbrada a pilotear en las tempestades –se disculpa. Y oculta su diestra, como avergonzado, bajo el capote parafinado que cubre su cuerpo. Sin embargo, alcanzo a observar un tatuaje casi en la muñeca.

–¿Qué significa ese extraño tatuaje? –le pregunto. Veo que Dumas se conmociona. Está turbado. Aspira hondo y retrocede un par de pasos. Funes se me acerca.

–Se pone muy mal cuando se lo mencionan –me avisa. Pero ya Dumas se acerca de nuevo hacia mí y creo ver empañadas sus pupilas.

–A usted no puedo engañarlo –me dice–. Es una calcomanía que robé a mi hijo menor. Venía con unos caramelos masticables.

Funes se ha conmovido. Toma a Dumas por el hombro y comenta:

–No quise dejar nada librado al azar. Dumas es un viejo lobo de río. Déjele su tarjeta, Dumas –le recomienda luego al marino.

–Tengo mil anécdotas para su revista, señor Tardelli –me informa éste–. Sucesos marineros que me estremezco de sólo recordarlos. Déjeme que le cuente la vez que encallamos en el remanso Valerio.

El tiempo, ese tirano, nos apremia.

—Perdóneme, Dumas —lo corto—. Tengo apuro en partir. Disponga las maniobras para zarpar. Usted es el capitán.

—En realidad —confiesa— yo soy maestro jardinero. Me volqué a la náutica por esas cosas del destino.

—¿Por qué abandonó su vocación por los jardines de infantes?

—Detesto a los niños.

A pesar de eso, Dumas se muestra como un eficiente capitán. El velero reluce de proa a popa. Se lo hago notar.

—Todas las noches —me informa Dumas— quito las velas y se las llevo a mi madre para que las lave.

—Debe ser una tarea muy pesada para ella —me aflijo.

—Le gusta. Y nada de lavarropas. Las lava en la batea. Tabla y jabón pinche, la pobre santa. Lo que la cansa es estrujarla. Especialmente la cangreja y el petifoque. Ayer dijo que después de estrujarlas sentía algo acalambrados los brazos. Acá —se oprime el antebrazo—. Ya no es la de antes.

Noto que lo emociona el recuerdo de su madre. Le cambio de conversación.

—¿Tendremos buen viento hoy?

Dumas se moja con los labios el índice de la mano derecha y lo eleva.

—No hay viento —me notifica. Debe tener una gran sensibilidad, ya que lleva los guantes puestos—. Pero hay refucilos. Está por levantarse tormenta.

Aquello me inquieta. Los relámpagos continúan en medio de una calma notable. La típica calma que precede a los meteoros. Me han hablado de las tempestades litoraleñas. Y por algo registra ciertos tonos desgarrantes la voz de Ramona Galarza.

Nos hemos calmado. No eran relámpagos. Era Laborde, el fotógrafo, probando la recarga del flash. Laborde, en realidad, no es fotógrafo. Es director de cine. Trabaja de fotógrafo momentáneamente desde hace seis años. Su verdadero trabajo es la filmación de cortometrajes. Debido a los elevados precios de la película virgen su último trabajo fue un cortometraje corto. Un análisis revisionista de la obra de Einstein desde la óptica de la crítica ecológica. Dos minutos y medio que no tienen desperdicio. Justamente lo escucho hablando con Funes cuando Funes dice:

—Me gustaría ver alguna vez esa película cuando tenga dos minutos y medio libres. Mi tiempo no me alcanza, ciertamente. Yo soy contacto de ventas y jefe de relaciones públicas de la editorial en Rosario. Pero en realidad, soy modelo. Por eso le pido que, cuando comience a sacar fotos, me avise. Tengo un solo perfil favorable y me lleva un tiempo recordar cuál es. Tal vez a su revista podría interesarle contar con un *dossier* de fotografías mías.

Veo que Laborde le contesta afirmativamente con la cabeza y prosigue limpiando sus filtros. Ya nos hemos puesto en marcha y Funes ahora se acerca a mí.

—¿Qué es lo que sabe sobre Bruno Gentile ?

El informe de Naveira Sosa fue breve y conciso.

—Atendeme bien, flaquito —me dijo apenas me hube acomodado en el sillón frente a su escritorio—. Acabamos de recibir un anónimo de Funes, nuestro hombre de ventas y relaciones públicas en Rosario.

—¿Cómo saben que es de él? —le pregunté.

—Porque lo escribió en el dorso de una tarjeta suya. Tenés que rajar urgente para allá. Ahora mismo. Pero de eso... ni una palabra a nadie. Puede ser nota de tapa. Ahora te averiguo qué fotógrafo te puede acompañar. Te vas ya. Tenemos que adelantarnos a la competencia. Si podés, esta noche mismo estás de vuelta. Si no podemos meterlo en tapa por lo menos lo metemos en el pliego color.

—¿En tapa? —me asusté—. ¿De qué se trata?

Naveira Sosa hizo un gesto desdeñoso con la mano.

—Por lo menos para saber cómo ir vestido —insistí.

—Andá vestido. Andá vestido —me tranquilizó—. No puedo adelantarte mucho. Sólo puedo darte un nombre: Bruno Gentile.

En eso entró Ferreyra con un diagrama en la mano.

—El pliego color cierra a las siete —dijo. Naveira Sosa se agarró la cabeza, se alisó los pocos cabellos rubios que le quedan, echándose riesgosamente hacia atrás en su sillón giratorio. Se tutea con el peligro.

—Bueno, bueno —pareció conformarse—. Ya veré cómo hago. ¡Qué cosa! ¡No sé por qué no seguí con la cría de gallinas, que es lo único que me gusta!

Yo salí a escape para Aeroparque. Estoy acostumbrado a este tipo de notas. Pero estoy en esto porque necesito dinero. En realidad yo soy escritor. Desde hace ocho años tengo terminada una novela de 576 páginas. Sólo me falta escribirla. Pero está pensada hasta en su tipografía. Conseguí el prólogo de Sabato.

Cuando terminé de contársela me dijo que sería interesante que también consiguiera quien me escribiese el epílogo.

Oigo un gran estrépito. Todos caemos en cubierta. "¡Atención al amarre!", escucho que grita Dumas.

Ya estamos en tierra. Laborde ha comenzado a tomar fotos. Funes logra salir en algunas.

—Dumas —le digo al capitán—. Sería bueno que usted nos acompañara. Necesitaremos un hombre con su sentido de la orientación.

—Lo lamento pero será imposible —se conduele el marino—. Es increíble cómo me mareo en tierra.

Me suena sincero. Lo veo a punto de vomitar.

—Sí —agrega—. Pienso que es el movimiento de rotación del planeta lo que me perturba.

—Espérenos acá, entonces —lo reconforto—. De cualquier modo, su trabajo ha sido perfecto.

—Es la experiencia, señor Tardelli —Tardelli es mi apellido—. No debe olvidar que yo hice la conscripción en el "Nautilus".

Nos vamos. Antes, Funes le deja a Dumas su tarjeta.

Nos hemos detenido en un claro de la vegetación generosa de la isla. El claro tiene la particularidad de que, dentro de su perímetro, hay menos maleza. Converso con Funes.

—¿Qué se supone que debemos hacer ahora? —le pregunto.

—Debemos contactarnos con el "Nutria" Ochoa.

—¿Quién es el "Nutria" Ochoa?

—Un trampero. Un hombre de una habilidad excepcional en la caza de la vizcacha.

—¿Y por qué le dicen el "Nutria"? —me asombro.

—Será para desconcertar a las vizcachas.

—¿Y cómo vamos a hacer para encontrarlo?

—Ya va a aparecer —suena seguro Funes—. Es un hombre que no se mueve de la provincia de Santa Fe.

—¿Él sabe algo sobre Bruno Gentile?

—Sí.

—O sea que encontrarlo es nuestro próximo paso.

—Sí.

No soy muy optimista al respecto. Decido que sigamos caminando. Pero debo reconocer que la suerte no me abandona. Pasos más allá, mi pie derecho es atrapado por una trampa carpinchera. Siento que se me lacera la carne de la pantorrilla. Mis acompañantes corren a ayudarme. Trato de no gritar, pero los alaridos que se escuchan no pueden provenir de otra persona que no sea yo. De cualquier manera, una voz nos paraliza.

—¡Quietos todos!

Nos damos vuelta. A unos quince metros, emergiendo de la picada que venimos transitando, vemos a un hombre vestido humildemente. De sus ropas penden todo tipo de trampas y hasta tiene anzuelos ensartados en sus mangas raídas. Nos apunta con una caña de pescar, como si fuese un rifle, y a su lado, amenazante, se halla una nutria, inmóvil.

El primero en reaccionar es Laborde, con esa inconsciencia propia de los fotógrafos. Saca su credencial y se adelanta hacia el aparecido.

—¡Somo periodistas! —le grita.

—¡No se acerque! —ordena el hombre, haciendo girar el *reel* de su caña como quien apestilla un arma de fuego.

—¡Periodistas! —reitera Laborde.

—Si quieren comprar vizcacha, el descuento para periodistas ya no corre —lo desalienta el otro—. ¡Y no se me acerque!

—Nos está apuntando usted con su caña —le señala Funes.

—Con una caña soy más peligroso que con un rifle. Con dos cañas no me detiene ni un batallón. Y con un porrón entero puedo hacer cualquier desastre —nos advierte el trampero.

—Sólo queremos hacerle algunas preguntas —procura tranquilizarlo Funes. Es obvio que estamos ante el legendario "Nutria" Ochoa. El "Nutria" baja la caña y se adelanta.

—¿Es para alguna encuesta? —pregunta.

Laborde se retrasa temeroso. Señala la nutria.

—¿No hace nada ese animal? —lo oigo preguntar.

—¿Esta nutria? —casi se burla Ochoa—. En los cuarenta años que la tengo nunca ha tocado a nadie.

—¿Cuarenta años? —pregunto—. ¿Cuánto viven esos animales?

—Unos veinte años. Pero así embalsamadas duran como doscientos.

Ahora sí, noto la sospechosa inmovilidad del animal.

—Queremos hacerle algunas preguntas —intento calmar al hombre—. Nada más. Pero antes sáqueme esto. Usted es trampero y debe saber cómo se abre.

Ochoa reduce su actitud belicosa. Se acerca estudiando el cepo que me tiene atrapado por la pierna.

—No soy trampero —me aclara—. Soy cantor. Tuve que dedicarme a la caza de la vizcacha por cosas de la vida. Pero en verdad soy cantor.

—¿Y qué cantaba? —pregunta Laborde. Ochoa alza su mirada hacia él y veo en sus ojos una densa neblina.

—Una canción —dice—. Pero hace mucho. Ya no recuerdo la letra. Ni la música. Pero si usted quiere se la puedo bailar.

El dolor en la pierna me resulta difícil de soportar.

—No, gracias —lo disuado, cuando ya Ochoa amaga un paso de baile. Vuelve a acuclillarse y me quita la trampa.

—Me arruinó usted una trampa —me reprocha—. ¿No se comió también el cebo?

—¿Conoce a Bruno Gentile? —lo interpelo.

—Sí. Lo conozco.

—Lo estamos buscando.

—A esta hora lo pueden encontrar. Deben ser... —Ochoa se rasca la barbilla y mira el cielo— ...las dos y veinticinco.

—¿Cómo hace para saberlo?

Ochoa señala hacia arriba.

—Porque allá va el vuelo de Aerolíneas que sale a las y veinte desde Fisherton.

Comprendo que debo aprovechar la locuacidad de Ochoa. Le acerco el micrófono de mi grabador.

—¿Qué sabe de Bruno Gentile? —lo acucio.

—Aléjeme ese micrófono.

—¿Por qué?

—Porque cuando veo un micrófono me dan ganas de cantar —su cara es una máscara de aflicción—. ¡Y no me acuerdo la letra! Yo soy cantor, ¿sabe? Una vez me llamaron para...

—Sabemos que es cantor. ¿Qué sabe usted de Bruno Gentile?

Ochoa gira y contempla el paso incesante de las aguas. Entrecierra los ojos y recuerda:

—Yo fui el primero que supe de la presencia de Bruno Gentile en esta isla. Estaba pescando en el Charigüé y saqué un armado chancho de este porte —grafica con sus manos un tamaño desmesurado—. Eso no es nada raro en mí, que tengo una relación especial con los armados chancho. Lo raro es que el pescado estaba pintado. Pintado con pintura.

—¿Pintado? —nos asombramos.

—Pintado de todos colores. A franjas. Era hermoso. Pero no servía para comer. Recuerdo que me quedé pasmado. ¡Y mire que yo he visto pescados! Una vez saqué una bruja del agua que tenía lentes, usted no me lo va a creer. Pero nunca había sacado un pescado pintado así. Y cuando entro a mirar a mi alrededor, estaba todo pintado, los árboles, las piedras, las hojas de las plantas, los animalitos pequeños. Todo. Comprendí que había llegado un pintor a la isla.

Se queda callado un instante. Luego se toca el pecho con sus dedos cortajeados.

—Yo, el "Nutria" Ochoa, fui el primero que supe que un hombre de la ciudad había venido a vivir a la isla solamente para pintar.

—¿Y dónde podemos encontrar a Bruno Gentile? —lo urjo, rompiendo el encantamiento en que se halla.

—A Bruno Gentile lo pueden encontrar... —señala vagamente. Oímos ladridos, lejanos—. ¡Perros! —se inquieta Ochoa—. ¡Perros de policía!

—¿Cómo sabe que son de policía? —pregunta Funes.

—Porque me vienen siguiendo.

—¿Por qué? —le pregunto a Ochoa—. ¿Está fuera de la ley? ¿Es un cazador furtivo?

—No —me dice, recogiendo su nutria embalsamada—. Es por lo del Casino de Paraná.

—¿Cómo?

—Apenas vendo unas cuantas vizcachas me voy al casino de Paraná. Ahí hago trampas con las cartas. Trampas en el juego. Por eso dicen que soy trampero —los perros se escuchan más cercanos—. Tengo que dejarlos...

Ochoa comienza a correr hacia la espesura. Se da vuelta, de pronto.

—A su revista le convendría una nota sobre un cantor... —me grita. Funes lo alcanza y le extiende algo.

—Le dejo mi tarjeta —le aclara—. No perdamos el contacto. Si necesito animar alguna fiesta, lo llamo.

—¿Dónde vive Bruno Gentile? —la misión periodística me enerva.

—¡Vayan al quincho del sauce! —nos grita—. ¡Ahí el mozo les va a decir!

Y desaparece entre las malezas.

Estamos frente al quincho. Es indudable que se trata de una parrilla. Hay varias mesitas en un patio de tierra. No vemos a nadie. Pero las ventanas y la puerta de la precaria casa que está junto a la enramada se hallan abiertas. Laborde pone sus cámaras y filtros sobre una mesa. Nos sentamos. Algunas gallinas huyen y un perro se acerca, curioso. Funes, que viene retrasado por el cansancio, se apoya en la mesa y ésta, desnivelada, se inclina. Caen algunas cosas al suelo. El perro se come un filtro de Laborde, el amarillo. Llega un mozo con una panera. Viene apurado.

—Buenos días —nos dice, cordial. Saca uno de los panes de la panera y lo coloca debajo de una de las patas de la mesa, para nivelarla—. El pan no es de hoy. Les soy sincero... —se franquea.

—¿Qué podemos tomar? —le pregunto.

—Hay vino blanco. Fresquito —el mozo levanta la panera y con un trapo rejilla limpia la mesa. Sus movimientos son enérgicos. Tira al suelo una cámara de Laborde. El perro se devora el *zoom*.

—Vino blanco, entonces —ordena Funes. Se nota que conoce de bebidas.

El mozo espanta las moscas pegando furiosos servilletazos sobre la mesa, que suenan como estampidos. El medidor de luz de Laborde estalla bajo uno de los impactos. Luego el camarero se aleja hacia la casa.

—Mozo —lo llamo—, quisiéramos invitarlo a tomar un trago con nosotros. Si usted quiere...

El hombre nos mira, emocionado.

—Es un honor —sonríe—. Traigo un pingüino de blanco y cuatro vasos, entonces.

—No —le digo—. Traiga un vaso y cuatro pingüinos de blanco.

Advierto que se sorprende, pero cumple la orden. Trae el pedido, se sienta en la punta de la mesa. Distribuye los pingüinos y me alcanza el vaso. Yo se lo devuelvo y se lo lleno.

—Queremos encontrar a Bruno Gentile —le digo.

—¿Hoy mismo quieren encontrarlo?

—Hoy mismo.

El hombre bebe su vino antes de contestar. Funes, Laborde y yo, al mismo tiempo con nuestros respectivos pingüinos, volvemos a llenar su vaso hasta rebalsarlo.

—Me parece difícil —dice el mozo. Y advierto un tono socarrón.

—¿Por qué? —pregunto.

—Es la primera vez en mi vida que escucho nombrar a Bruno Gentile.

Cruzo una mirada con Funes. Funes asiente con la cabeza. Saco mi billetera.

—¿Acepta tarjetas de crédito? —aventuro. Los viáticos que me pasa la editorial son irrisorios.

—No operamos —dice el mozo.

Le hago un cheque y, por debajo de la mesa, intento alcanzárselo. El perro atento, se lo come. Debo suscribir otro. Esta vez el mozo lo recibe. Lo pliega prolijamente y se lo coloca tras la oreja, como un cigarro. Luego, apura su vino. Volvemos a llenarle el vaso, los tres al mismo tiempo.

—Cuando yo empecé a llevarle pescado a don Bruno —comienza a relatar— él hacía poco que se había instalado en la isla...

—¿Usted también es pescador? —pregunta Funes.

—No —dice el mozo—. Yo soy poeta, para decirle la verdad. Estoy en esto hasta que pueda terminar de pagar la casa de fin de semana que me compré en el centro de Rosario. Pero en verdad, soy poeta. Tal vez por eso don Bruno accedió a explicarme su obra. A él le encantaba pintar naturalezas muertas. Pero también le gustaba mucho ese sistema de pegar cosas sobre la tela...

—El collage —lo auxilio.

—Eso. El collage. Tomaba los pescados que yo le llevaba y los pegaba en sus naturalezas muertas. Incluso a veces, las cosas de los pescados sobresalían de la tela. Hacia afuera. Eso les daba un impresionante realismo. Sus bodegones eran subyugantes. Decía que... ¿Cómo era que me decía?

(Transcripción del diálogo sostenido entre el mozo de la parrilla con Bruno Gentile según el relato del primero de los nombrados)

Bruno Gentile: La mía no es una pintura perdurable. Pero gusta. No tanto a los críticos como a los sibaritas. Y ni que decir a los gatos. Hay días en que no me dejan trabajar agolpándose frente a mi puerta. No sé, los animales tienen una percepción especial para el hecho artístico.

Mozo: ¿Qué hacía usted en Rosario, don Bruno?

Bruno Gentile: Estaba en la gastronomía. Tenía un elegante restaurante. Pero yo soy pintor. De joven pintaba todo el día. Pero la pintura para mí no era un fin. Era un medio. Un vehículo.

Mozo: Un vehículo de expresión...

Bruno Gentile: No. Un vehículo. Fileteaba colectivos.

Mozo: Un medio de transporte.

Bruno Gentile: Sí. Para mí la pintura era una pasión, una llama. Una vocación loca. Pero tuve que hacer un paréntesis en mi obra.

Mozo: ¿Mucho tiempo?

Bruno Gentile: Cuarenta años. Al casarme debí abandonar la pintura y dedicarme de lleno al restaurante. Fue lo que me exigió mi esposa, mi socio, y algunos críticos de arte. Pero yo fui muy sincero con mi mujer. Le dije que yo me casaba con una condición: que a los sesenta años abandonaba la gastronomía y volvía a la pintura. Se lo dije antes de la boda, por supuesto.

Mozo: ¿Qué dijo ella?

Bruno Gentile: Me dijo que no era momento de discutirlo, porque ya empezaba la marcha nupcial. Comprendí que no quería hablar del tema. No volvimos a tocar el asunto.

Mozo: ¿Y qué lo decidió a venirse a la isla?

Bruno Gentile: Un día que cayó en mis manos un libro sobre la vida de Gauguin. Yo estaba sentado, mirando televisión, y me golpeó en el pecho un libro. Lo tomé, lo observé y desde aquel día la filosofía de aquel maravilloso pintor comenzó a influenciarme.

Mozo: ¿Le gustaba a usted el estilo de Gauguin?

Bruno Gentile: No. Porque, de joven, a mí se me podía considerar un pintor ingenuo. ¡Con decirle que pensaba que iba a vender alguna de mis obras! Lo que me influenció de Gauguin fue su decisión de irse a vivir a Tahití a los cuarenta y siete años.

Mozo: ¿Qué pasó cuando comunicó a su familia que se venía a la isla, al cumplir usted sesenta años?

Bruno Gentile: Mi mujer lo tomó muy bien. Me confesó que ella temía que yo me hubiese olvidado de mi promesa.

Comprendí, entonces, que ella había sido la que me había acercado el libro de Gauguin. Mi hijo Raúl, cirujano plástico, entendió que era muy ventajoso que hubiese llegado a mis manos un libro de Gauguin y no de Van Gogh. Consideró que de haber sido un libro de Van Gogh yo me hubiese cortado una oreja y estuvo cinco horas explicándome intervenciones quirúrgicas y suturas en orejas seccionadas. Fue una charla muy interesante.

—No es mucho más lo que puedo contarles —concluye el mozo.

Noto ciertos signos de ebriedad en su conducta.

—De todas maneras —le digo— yo quisiera hablar con don Bruno, tomarle fotos.

El hombre me observa con mirada vidriosa. Niega con la cabeza y el movimiento lo desequilibra hasta derrumbarlo de la silla.

—Será difícil, será difícil —previene—. Yo creo que con esto que he contado usted puede armar una buena nota. Usted es periodista.

—Yo no soy periodista —debo corregirlo—. Soy escritor. Sólo hace ocho años que estoy en esto. Así y todo puedo darme cuenta que ésta es una nota sensacional. De tapa. "Bruno Gentile, el Novio del Paraná." El magnate de la gastronomía que prefirió la soledad de la pintura en la isla. ¡Pero necesito hablar con él, tomarle fotos, verlo!

El mozo se ha conmovido ante mi alocución.

—¿Ahora mismo? —consulta.

—¡Ya! Esta noche tengo que estar en Buenos Aires, para el cierre.

—Me parece difícil —repite. Se ha logrado encaramar nuevamente en su silla.

—¿Por qué? —lo acucio. Junto con Laborde y Funes llenamos hasta rebalsar el vaso de nuestro informante. Sobre la mesa hay una convocatoria de pingüinos.

—Porque Bruno Gentile —se anima— cambió mucho. Yo les conté que él se la pasaba pintando todo el día. Incluso llegó a hacer una muestra.

Se bebe el vino de dos tragos. Ahora es él quien pide que le llenemos el vaso.

—¿En qué galería? —pregunta Funes. El hombre se niega a hablar si no le reponemos la bebida. Llenamos su vaso atropelladamente.

—¡Qué galería? —desdeña—. Si ni alero tenía ese rancho. Adentro nomás. Eso fue una serie de pinturas con los pescados pegados. Pero con el tiempo...

El mozo vacila. Lo apuro.

—¿Con el tiempo, qué?

—Con el tiempo yo noté que cambiaba la actitud de Bruno hacia los pescados que yo le llevaba para sus obras. Una vez me encargó una boga de diez kilos porque venían unos críticos de pintura de Rosario. Me dijo que quería hacer un mural. Yo, que nunca había visto un crítico de pintura, en esa ocasión me acerqué para sacarme la curiosidad. Le seré sincero, estuve espiando desde atrás de unos árboles. Y vi a don Bruno y sus invitados comiéndose la boga asada a la parrilla. Desde ese entonces don Bruno cambió mucho.

—¿En qué, por ejemplo? —pregunto.

—Bueno. Antes, como les contaba, se la pasaba pintando el día entero. Ahora duerme la siesta como hasta las cinco.

—¿Duerme la siesta? —Funes se asombra.

—Por eso les digo que va a ser difícil que puedan verlo. Porque debe estar durmiendo.

—Pero —me asalta la duda—, ¿vive cerca de acá?

—Acá —el mozo señala hacia la casa—. Es el dueño de este restaurante.

Ahora veo con claridad. Sobre la puerta hay un gran cartel de chapa donde se lee: "Parrilla Gauguin —de Bruno Gentile— Pescados" . Laborde, Funes y yo nos levantamos, asombrados. Alguien sale por la puerta de la casa. Sin duda, es Bruno Gentile. Aún está en pantalón pijama.

—Siéntense, siéntense —nos dice, mientras se acerca—. No se molesten, por favor.

Se sienta en la mesa, junto a nosotros. Laborde logra sacarle fotos.

El mozo se aleja, zigzagueante, y trae una porción de pescado para su patrón.

(Vívido testimonio del último diálogo con Bruno Gentile)

Bruno Gentile: Esa vez que hice esa boga a la parrilla para los críticos de pintura, me di cuenta dónde estaba el negocio. Una buena parrilla de pescados, acá, en la isla. Llamada "Gauguin". Es el mejor homenaje que pude hacerle al gran maestro.

Periodista: ¿Ponerle su nombre?

Bruno Gentile: No. El mejor homenaje que pude hacerle al gran maestro fue abandonar la pintura. Comprendí que no era mi vocación. Uno no abandona la pasión de su vida por cuarenta años. Mi verdadera vocación es la gastronomía. ¿Quieren más surubí?

Le digo que no. Tenemos que volvernos a Buenos Aires. El sacerdocio de nuestra profesión nos exige un ritmo demoledor.

—Vida agitada la de los periodistas —reconoce Bruno Gentile, levantándose—. ¿Usted es periodista profesional, no?

—Sí. Sí. Soy periodista —concluyo. Bruno me brinda su mano.

—Claro, por eso le pedí a Funes que los contactara. Una nota en su revista será una gran promoción para mi parrilla.

—Es cierto —admito. Miro a Funes. Éste, confuso, se acerca al mozo y le deja su tarjeta. Hace lo mismo con Bruno.

—Vamos, Laborde —ordeno—, vamos. El capitán Dumas debe estar preocupado.

—Acá, Zoilo —Bruno señala al mozo— los va a llevar hasta el velero. Síganlo a él.

Seguimos al mozo por la playa. No nos resulta fácil, pues va haciendo eses. Pero pronto tomamos su ritmo.

Testimonios I

"PRIMERO, NO EXPERIMENTÉ NINGUNA SENSACIÓN"

Yo caí en la droga a los dieciocho años. Mentiría si digo que por ese entonces tenía algún problema familiar complicado, o sensaciones de disconformidad o rebeldía. Pero sentía, sí, muchas veces cuando estaba en mi casa con mi familia, con mis padres, una sensación de ahogo, de falta de aire.

Recuerdo que fue mi hermano mayor, Miguel, el que me inició en la cosa, y sinceramente, no sé si condenarlo o no, por esa causa. Éramos muy unidos con Miguel y yo sé positivamente, que todo lo que él hacía por mí lo hacía por mi bien.

Una tarde de lluvia yo estaba en mi habitación y sentía de nuevo esa particular sensación de asfixia. Yo creo, lo he creído siempre, que la especial sobreprotección a la que me sometían mis padres por ser el más chico, no influía en eso. Todos los límites, todas las prohibiciones, toda la enfermiza atención que, especialmente mi madre, depositaba sobre mí, no influía en mi casi permanente ahogo. La cuestión es que Miguel se asomó por la puerta de mi pieza y me llamó. "Vení", me dijo, y me llevó para su pieza. Cuando entramos, cerró la puerta y fue hasta uno de los cajones de su cómoda, lo recuerdo bien. Buscó bajo unos papeles, algunas carpetas (Miguel guardaba recortes de carreras de caballos, siempre le gustaron) y sacó un pequeño gotero plástico, color verde claro tapado con una tapa blanca estriada. "Date con esto", me indicó, mientras me lo alcanzaba. Yo, algo desconfiado, fui al baño y me largué un buen chorro en la fosa derecha de la nariz y enseguida otro en la fosa izquierda. Primero no experimenté ninguna sensación. Quedé, eso sí, con la cara hacia arriba, mirando el techo, cerca de un minuto. No pasaba nada. Cuando bajé la vista hasta enfrentarla con el espejo del botiquín, una gota resbaló desde la nariz casi hasta la boca. Pero el resto de la dosis ya se había metido hacia adentro.

Fui a mi habitación algo desilusionado, lo reconozco, y me senté a esperar. Puse música. No pasaba nada. Seguía sintiéndome embotado, algo me presionaba los tímpanos desde adentro y respiraba dificultosamente por la boca. Mientras esperaba leí las pequeñas letras negras impresas en el gotero: "Lidil adultos", decía. Me dio bronca. Me acosté en mi cama y me zampé dos buenos chorros de nuevo. Cerré los ojos y esperé. Me acuerdo que había puesto "Pirámide" de Pink Floyd. Y de repente, sucedió.

Algo se perforó, en algún lugar de la membrana mucosa comenzó a abrirse un agujero, un canal y por primera vez después de largos días una porción de aire helado me refrescó la garganta. Creo que fue una de las sensaciones más hermosas de mi vida, y eso que yo viví el Mundial.

Me mantuve en éxtasis, tirado en la cama y sólo me levanté para dar vuelta el long-play de Pink Floyd un par de veces. Me daba la impresión que los pulmones podían llegar a reventar, y hasta el cerebro se me antojaba despejado y lúcido, cosa extraña, dado que ésas no parecen ser sus características habituales, según mi padre. Y fue mi padre el que entró en la habitación y me encontró así, con los ojos llorosos. Tuve que decirle que la música me ponía así. Me apagó el tocadiscos, pero no me dijo ni sospechó nada.

De allí en más, nunca salí a la calle sin mi gotero de Lidil 10.

Tampoco podía conciliar el sueño si el pequeño bidoncito ·

verdoso no estaba detrás del reloj en mi mesa de luz. Me invadía una sensación de paz, de regocijo, tener la certeza de que, aun en la oscuridad, podía estirar la mano y tocarlo. Hubo noches en que me lo olvidé en el baño, creo que fue en mis épocas de exámenes, cuando yo tenía la cabeza en otra cosa. Recuerdo haberme levantado en noches de invierno, y haber cruzado el patio descalzo, sintiendo el hielo que me trepaba hasta las rodillas, para recuperar el gotero olvidado en el botiquín del baño. La perspectiva de pescarme un resfrío me alegraba aun más ya que eso me obligaría a darme permanentemente dosis de Lidil. Cuando regresaba a mi cama y devolvía el gotero a su puesto de custodia tras el reloj, me dormía como si estuviese protegido por el ángel de la guarda. Creo que desde que estudiaba el catecismo para tomar la primera comunión no experimentaba sensación de beatitud similar.

La que me convenció de saltar al Dísel fue Leonor. Era una chica que conocí estudiando inglés en la Cultural. Parece mentira pero los jóvenes que van a esos centros de estudios superiores son los que más fácilmente caen en la cosa. Como los de las clases muy acomodadas. Será por el aire acondicionado.

Con Leonor habíamos ido un día a tomar un café después de la clase y ella se obstinó en explicarme el real significado de la palabra "enough". Yo accedí porque tenía el secreto propósito de llevármela a la cama. Pero ese día yo había olvidado mi gotero de Lidil y ella notó mi nerviosismo cuando yo metí un pie en su té con limón. Tuve que explicarle mi problema (por otra parte yo respiraba con una dificultad tan angustiosa que a duras penas pude disuadirla de que me hiciera respiración boca a boca). Ella sonrió, sacó de su bolsón un frasquito y me dijo: "Andá al baño y date con esto". Y me dio el Dísel. Nunca más volví a probar el Lidil. El Dísel me perforó la tráquea como una catarata de ácido. Fue hermoso. Cuando salí del baño aún el efecto de esas gotas me hacía contraer todos los músculos de la cara en visajes y tics de lo más extraños y me saltaban lágrimas de los ojos.

Pero al poco tiempo el Dísel me resultaba poco fuerte. A pesar de que tenía la garganta como una lija y las raíces de mis incipientes bigotes se habían quemado como pasto tras la escarcha, mi membrana nasal me pedía, me rogaba por algo más virulento.

Una tarde, desesperado, me metí en una farmacia a pedir algo que me calmase. Me echaron, porque la farmacia estaba de turno y yo había atravesado la puerta de cristal destruyéndola. Cómo sería mi ansiedad que no me había dado cuenta de eso. Allí me asusté por primera vez; podía haberme cortado. Pero no fue todo mala suerte, el cadete de la farmacia me había visto y seguramente se había percatado de mi aspecto de desesperado y mis labios resquebrajados. No había caminado dos cuadras cuando estuvo a mi lado, con la bicicleta de reparto. Empezó por ofrecerme manteca de cacao para los labios, me dijo que estaban haciendo una promoción.

Pero luego me ofreció un "activo descongestivo rinofaríngeo" e hizo brillar bajo mis ojos un frasco de Renevadrón 101 Mayores. Ni sé cuánto me cobró. Pero creo que después de eso se compró una moto. Me pegué con el Renevadrón y comprendí que todo lo que había consumido antes era juego de niños. Sentí como si me aspirasen las entrañas, como si me dieran vuelta con los intestinos hacia afuera. Me parecía tener el doble de capacidad pulmonar y flotar en el aire como un globo. El aire que penetraba en turbión por mis fosas, entraba como chiflete por la tráquea y ésta, sensibilizada, respondía con una picazón que me hacía carraspear como un camello. También tosía. Pero la sensación era fenomenal.

Llegué a consumir veintidós frasquitos de Renevadrón por día. Hubo noches en que llegué a sacar el cuentagotas cobertor y me mandaba el líquido así nomás, salvaje por la nariz.

Pasé meses alucinado, buscando un pomo de goma, que mi hermano mayor (no Miguel, sino Antonio) guardaba de antiguos carnavales. Por suerte se le había podrido la goma un día que lo dejó al sol y no servía. Ahora pienso lo terrible que hubiese sido si me hubiese sido factible esa disciplina. Todo se descubrió un día en que se me había terminado el Renevadrón y ni siquiera tenía un pañuelo limpio cerca. Recordé que un médico me había dicho que el jugo de naranja era un buen paliativo para los procesos de resfríos. Exprimí una docena de naranjas y con una sonda me la di por las fosas nasales. Eso es lo último que recuerdo. Después vino el tratamiento, las lavativas y todo eso. Ahora lo cuento con cierta objetividad, pero cuando recuerdo aquellas épocas, no puedo menos que estremecerme. Hubo algunos que no tuvieron tanta suerte como yo. Como el caso de un amigo que llamaré Jorge para no hacer conocer su verdadero nombre, que empezó con las gotas nasales y terminó haciéndose la cirugía estética en la nariz. Ahora se ha alejado de la droga pero parece Elizabeth Taylor con el físico de Richard Burton.

O el triste final de Jorge II (tampoco es su nombre verdadero pero no se me ocurre otro nombre supuesto) quien comenzó combatiendo el resfrío con pastillas anticongestivas. Luego se sumergió en el terrible mundo de las Sen-Sen, pasó a las de eucaliptus y ahora los masticables le han hecho pedazos la dentadura.

Yo al menos, pude rehacer mi vida y enfrentar el futuro con cierta seguridad y solvencia.

Eso sí, sigo resfriado.

Testimonios II

"YO VI ESA COSA"

En julio de 1981, cuando el Centro de Fenómenos Espaciales me comisionó para investigar el caso de la pequeña Ana Julia Moreno, todo parecía indicar que sería otro de los rutinarios acopios de datos a los cuales me tiene acostumbrado mi trabajo para The Unknown Flying Object Office (UFO). Sin embargo, antes de abordar el avión que me llevaría a la provincia de San Juan, en la Argentina, me notificaron que en apariencia se trataba de un Encuentro Cercano del Tercer Tipo y que la niña, al parecer, había llegado incluso a dialogar con los visitantes.

Mi entrevista con Ana Julia Moreno, que puede leerse a continuación, es la misma que remití en su oportunidad al Superior Comando Estratégico de la Fuerza Aérea Norteamericana en aquella oportunidad, habiéndoseme permitido recién ahora darla a conocimiento debido a los obvios reparos de seguridad que dicho Comando se reserva.

John P. Zamecnik

(Ana Julia Moreno, nueve años, camina por la habitación, frente a mí, sin prestarme demasiada atención. Es menuda para su edad y puede verse aún, en sus ojos oscuros, la impresión que le ha causado el Encuentro. No registra, en los contadores, rastros de radiación alguna y sólo presenta cerca de su codo derecho un extraño sarpullido rojizo que, según su madre, es un resabio de sarampión. Estamos solos y finalmente, la niña accede a sentarse frente a mí.)

Zamecnik: Cuéntame por favor qué fue lo que viste.

Ana: Fue una gran bola de luz, amarilla. Brillaba.

Zamecnik: ¿Dónde estabas tú, cuando la viste?

Ana: Estaba en mi pieza, acostada en mi cama, jugando con una muñeca que se llama Frida.

Zamecnik: ¿Viste entonces esa cosa por la ventana?

Ana: No. Estaba en el pasillo.

Zamecnik: ¿En el pasillo?

Ana: Sí. En el pasillo que da a la cocina.

Zamecnik: ¿Cómo te diste cuenta de que estaba allí?

Ana: Por la luz. La puerta de mi pieza estaba abierta, y yo vi la luz. Una luz que venía por el pasillo y venía hacia mi pieza. Frida también la vio.

Zamecnik: ¿Es decir que la luz no estaba fuera de la casa sino dentro? ¿Estás segura de eso?

Ana: Sí.

(En los miles de testimonios recogidos, éste es el primero en que se registra un contacto dentro de un recinto cerrado.)

Zamecnik: ¿Entonces?

Ana: Yo me quedé sentada en la cama y vi que esa luz venía por el pasillo y se acercaba a la puerta. Era una luz muy fuerte. Entonces la puerta se empezó a abrir, sola. Y yo vi la luz. Frida también la vio.

Zamecnik: ¿Estás segura de que nadie abrió la puerta? ¿Que se abrió sola?

Ana: Sí. Segura. Nadie abrió la puerta. Se abrió sola. Frida también la vio.

(Este dato es reiterativo en casi todos los testimonios. Objetos que se mueven y desplazan bajo una fuerza invisible y extraña. Energía emanada del Objeto, sin duda.)

Zamecnik: ¿Estabas sola en tu casa?

Ana: No. Mamá estaba en la pieza de arriba y la abuela también.

Zamecnik: ¿No tienes animalitos?

Ana: Sí. Un perro.

Zamecnik: ¿Y no notaste en él, antes de la aparición de la luz, algún comportamiento extraño, algún nerviosismo?

Ana: No.

Zamecnik: ¿No lo notaste?

Ana: No. No sé. Porque el perro lo tenemos en la casa de mi tía. En Buenos Aires.

Zamecnik: Ajá. Estábamos en que viste la luz y la puerta que se abría... ¿No tuviste miedo?

Ana: No. La luz no me da miedo. La oscuridad me da miedo.

Zamecnik: Perfecto. ¿Qué pasó entonces?

Ana: La puerta se abrió. Y entró una cosa de luz, así *(hace gestos con los brazos, escenificando una forma oval)*, muy brillante.

Zamecnik: ¿Hacía ruido?

Ana: No... Hacía un ruido como quien anda en chancletas *(calzado doméstico de la región)*, pero muy despacio.

Zamecnik: ¿No hacía ruido como si fuera una máquina? ¿Una licuadora? ¿Un lavarropas?

Ana: No. No. Como una licuadora, no. Y como un lavarropas, podría ser...   .

Zamecnik: ¿Te parece?

Ana: No sé. No tenemos lavarropas.

Zamecnik: ¿Se movía velozmente, o despacio?

Ana: Despacio. Casi no se movía.

Zamecnik: ¿Tenía forma de bola, o de cigarro, o de qué?

Ana: Era una cosa alta, más alta que usted *(mi estatura es de 1,84 m)* y flotaba en el aire. No tocaba el suelo.

Zamecnik: ¿Qué más?

Ana: Al principio yo casi que no podía mirarla porque el brillo me hacía mal a los ojos. Pero después el brillo se fue apagando un poco. Y fue apareciendo una forma de persona.

Zamecnik: ¿Una forma de persona?

Ana: Sí. Esa luz se fue convirtiendo en una persona. Era una persona alta, delgada y seguía despidiendo luz para todos lados. Era medio transparente. *(Otro dato novedoso. En los pocos casos de Encuentros Cercanos no se registran relatos de total transparencia en estos seres.)* Tenía barba y un bastón en la mano.

Zamecnik: ¿Estás segura de que era un bastón?

Ana: Sí. Creo que sí. Lo usaba para apoyarse. *(Referencia coincidente con otras que hablan de propaladores de rayos gama.)*

Zamecnik: ¿Qué más tenía? ¿Cómo iba vestido?

Ana: Con una cosa larga, parecida a un camisón. Larga hasta los pies. Y tenía una cosa luminosa que le cubría la cabeza. *(Clara referencia a una escafandra).*

Zamecnik: ¿Eso lo pudiste ver con absoluta claridad?

Ana: ¿No le digo que era todo luz? Frida también lo vio.

Zamecnik: ¿Y tú que hiciste?

Ana: Yo me quedé muy quieta. No me podía mover. *(Otro dato coincidente. Inmovilidad total del testigo, inmerso en un cono de energía paralizante.)*

Zamecnik: ¿No recuerdas nada más de ese ser?

Ana: Tenía atrás como un par de alas. *(Notoria referencia a propulsores individuales.)*

Zamecnik: ¿Es cierto que pudiste comunicarte con él?

Ana: Él fue quien me habló. Pero no abría la boca. Yo escuchaba su voz pero él no abría la boca. *(Coincidencia absoluta con otros testimonios. Lenguaje transmitido por ondas magnéticas.)*

Zamecnik: ¿Qué te dijo?

Ana: "Soy San Francisco de Asís. Tendrás un cuis y le pondrás Garufa". *(Frase totalmente críptica. A consideración y estudio de ese Comando.)*

Zamecnik: ¿Estás segura de que escuchaste eso?

Ana: Sí. Frida también lo escuchó.

Zamecnik: ¿Podrías repetirlo?

Ana: Me dijo: "Soy San Francisco de Asís. Tendrás un cuis y le pondrás Garufa". *(Cuis: tipo de cobayo o conejillo de Indias de la zona. Tangencial referencia a áreas de experimentación. Son animalitos muy empleados para pruebas de laboratorio. Es la única conclusión que por el momento saco.)*

Zamecnik: ¿Fue todo lo que te dijo?

Ana: Eso fue todo.

Zamecnik: ¿Qué pasó luego?

Ana: La luz que lo rodeaba se volvió a hacer fuerte, fuerte, hasta que el señor desapareció. Se hizo otra vez una bola de luz. Y se empezó a retirar. Salió de la pieza y se fue por el pasillo. La puerta se cerró sola.

Zamecnik: ¿Pudiste recuperar el movimiento, entonces?

Ana: Sí. *(Analogía con otros casos, pero en éste el efecto paralizador ha tenido menor duración.)*

Zamecnik: ¿Y qué hiciste?

Ana: Subí las escaleras y le conté todo a mamá y a la abuela. Mamá empezó a los gritos y la abuela se desmayó. Mamá decía que era un milagro y la abuela, cuando se le pasó el desmayo, decía que había sido San Francisco de Asís haciendo una promoción.

Zamecnik: ¿Luego de ese contacto, has tenido algún problema de salud, alguna perturbación nerviosa?

Ana: No. Ha venido mucha gente a verme. Me regalan cosas. Vienen muchas viejas y rezan. Lo único que me quedó fue un ardor fuerte en esta mejilla. *(Se toca la mejilla izquierda. Lógica consecuencia de las radiaciones.)* Mi papá me pegó un bife cuando le conté lo del cuis. Me dijo que ni loco iba a permitir uno de esos bichos en la casa. Pero mi mamá y la abuela casi lo matan porque dicen que si lo dijo San Francisco es así.

Zamecnik: ¿Has contado a mucha gente este suceso?

Ana: No. A muchos no. Estoy cansada.

Zamecnik: Procura que no lo sepa mucha gente. Adiós y gracias por todo.

Testimonios III

"YO FUI AMANTE DEL YETI"

(N.N. es ya una mujer madura. Algo entrada en carnes, quizás. Pero sus ojos tienen el brillo de quien ha conocido lo bueno. Durante muchas semanas eludió mi requerimiento periodístico pero finalmente ayer llamó a mi oficina y me dijo muy simplemente: "He decidido contar todo". Ahora está frente a mí, sentada en la sencillez de su habitación y fumando.)

N.N.: A veces pienso que hubiese sido mejor no aceptar aquella invitación de Demián a escalar el Himalaya. Pero Demián era insistente y en verdad a mí en esos momentos las cosas no me iban muy bien. Yo soy peluquera, incluso he dado pequeños cursos sobre el tratamiento de las raíces del cabello, pero en esos días acababa de poner un negocio de venta de plantas de plástico y pienso que el excesivo riego las pudrió por completo.

La oferta, por otra parte, era prometedora. Yo no confiaba demasiado en Demián, pues era muy alocado, pero me dijo que gastaría en el proyecto más de la mitad de su fortuna. Yo sabía que en eso era un experto, pues era la tercera fortuna que dilapidaba. Armaríamos un lindo grupo, junto a Chian Tsú, un coreano que había escalado el monte Pelé, y Pierre Debussy, un antillano que nunca había hecho alpinismo pero era un excelente cocinero. Y Demián pensaba que para esos fríos nada mejor que una comida caliente. Yo tenía cierto temor ante aquel desafío. Nunca había estado tan alto. Subí una vez a la punta de la torre Eiffel pero Demián me alertó de que no podía compararse. No haré muy largo el relato del ascenso porque sé muy bien que no es ése el motivo central de la entrevista, pero todo fue muy bien hasta los primeros cinco mil metros.

Allí decidimos acampar debido a que se desató una tormenta de nieve. Yo nunca había visto la nieve y estaba deslumbrada. No sabía que era tan blanca. Varias veces intenté salir de la carpa para construir muñecos con ella pero Demián me retó. Decía que afuera hacía fríos que podían congelarme en segundos, que el viento era capaz de volarme y no sé cuántas otras cosas. Eran todas tonterías. Pero Demián insistía en que yo me quedase en la carpa. Allí fue cuando comencé a comprender cuáles eran sus verdaderos propósitos. Ya alguna vez en París lo había sorprendido contemplándome con ojos extraños. Hubo varias ocasiones en que me invitó a tomar café a Montparnasse y hasta debí reprenderlo una vez que me tocó las nalgas. Era notorio que yo le gustaba. Ahora que ato cabos comprendo por qué me invitaba siempre a ver espectáculos pornográficos.

Comprendí ahí, entonces, en plena ladera del Himalaya, que toda la expedición, toda la organización de aquel viaje no era nada más que una excusa para estar a solas conmigo. Incluso Chian Tsú y Pierre estaban confabulados con Demián. Apenas armábamos la tienda para acampar, Chian y Pierre decían que tenían cosas que hacer afuera y se marchaban. Yo sabía que eso era mentira porque afuera hacía un tiempo terrible y a cada momento había aludes que arrasaban con todo. Pero sin duda eso era lo que habían concertado con Demián.

Alertada de esto, comencé a fijarme en algunos detalles. Observé que Pierre se esmeraba en sus comidas. Recuerdo una noche en que afuera la tempestad rugía. No recuerdo en mi vida otra noche como aquélla. Fuera de la tienda hacía 74 grados bajo cero. Nevaba, granizaba, llovía y el viento alcanzaba velocidades de hasta 230 kilómetros en la hora. La carpa se sacudía como si fuese a ser arrancada a cada instante. Incluso a mí me parecía escuchar aullando los lobos. Luego me dijeron que a esa altura no había lobos, ni osos, ni cabras ni nada. El que aullaba era Demián, pienso que para asustarme, mientras terminaba de arreglar la mesa plegadiza. Pierre había preparado un salmón tartufo a la pequignousse que era una delicia y Chian abrió una botella de borgoña beaujolais. Demián conectó el grabador y comenzamos a escuchar música barroca. Fue una hermosa cena y yo recuerdo que me sentí un poco mareada. "Es la altura", me dijo Demián y vi que hizo una seña con las cejas a los otros dos. Entonces Pierre dijo que debía salir a buscar orégano, que no podía soportar el salmón tartufo sin orégano, y que el orégano se daba muy bien bajo las primeras capas de nieve. Se puso todos sus abrigos y salió. Al rato Chian comenzó a hablarnos a Demián y a mí. Nunca nos había hablado así, tan seria y largamente. Estuvo como media hora haciéndolo. Creo que nos hubiésemos conmovido de conocer su idioma. Se levantó y salió también. Comprendí el plan de Demián. Pobre Demián, era un niño. Siempre pensé que de habérmelo confesado abiertamente en París, hubiese conseguido más cosas de mí. No me resultaba intolerable. Y además yo no tenía compromisos. Pero me soliviantaba su falta de valentía para decirme que yo le apetecía. Todas esas vueltas. Esos rodeos. Como aquel asunto de ir a escalar el Himalaya.

Lo concreto es que me encontré con Demián, a solas dentro de una tienda de la cual no podíamos ni salir, en una noche de tormenta espantosa, escuchando música. Aun ebrio, Demián no se atrevía a franquearse. Puso música melódica y me pidió que bailáramos. Yo opté por llevarle la corriente en ese instante. Estuvimos bailando una media hora dentro de aquel habitáculo reducido. Pasado ese tiempo yo opté por salir del interior de mi bolsa de dormir porque me dificultaba enormemente los movimientos y los pasos de bolero. Creo que eso excitó a Demián. Bailábamos mejilla a mejilla y la de él estaba congelada. Hay que considerar que hacía dos meses que habíamos salido de París y Demián, que yo supiese, no había tenido ningún tipo de regocijo sexual. Comenzó a manosearme e intentó propasarse. Estaba como loco. Hablaba en alemán. Pude zafarme y escapé de la carpa. No sé cómo. Corrí en medio de la tormenta hasta que no pude más. Y me desmayé.

Cuando recuperé el conocimiento estaba en una pequeña cueva y a mi lado había fuego encendido. Fuera de la cueva (su boca estaba cubierta por rocas), escuchaba que la tormenta continuaba con toda su furia salvaje. Yo estaba semicongelada y pienso que eso colaboró para que tomase la situación con una frialdad desusada en mí, debido a que junto a mi cuerpo que yacía trémulo sobre el suelo se hallaba una criatura similar a un ser humano, enorme, con el cuerpo totalmente cubierto de pelos. De su rostro apenas podía verse algo la nariz, un poco achatada, digamos tipo Belmondo, y también sus ojos. Tenía ojos muy bonitos, de enormes pupilas de las que podría llegar a decir que eran tristes. Pero el pelo le cubría la cara. Era un pelo lacio al tacto, un poco quebradizo y abierto en las puntas, no muy cuidado, que debía darle mucha dificultad al peinarlo. Me miraba arrobado y lo vi atarearse junto a mis pies. Alcé un poco mi cabeza y comprendí que la pobre bestia me estaba masajeando los tobillos. Se me habían congelado los pies y la criatura se había percatado de ello. Se incorporó y me señaló, luego se señaló sus hombros, quería decirme que me había llevado alzada hasta allí. Después, siempre con gestos, me explicó que nevaba afuera, que había un quince por ciento de humedad, que él me había encontrado por casualidad en la nieve cuando había salido a buscar un pedazo de alambre para atar una estaca y que a él le gustaba mucho comer frutas de rosa mosqueta. No me pregunte cómo logró explicarme todo aquello con gestos, pero era una criatura de una mímica insuperable. Algo así como de teatro japonés. ¿Me entiende?

Cuando lo vi de pie pude apreciar su altura: casi dos metros. Era cargado de hombros, de brazos largos y unas manos formidables. Todo su cuerpo estaba cubierto de pelo. Me hacía recordar a un amigo mío belga que tiene un galgo afgano. Me hacía acordar al galgo afgano, no al belga. Y mire qué curioso, no sentía miedo. Me suelen ocurrir esas cosas. Una vez me quedé a solas encerrada durante dos horas en una sala de museo junto con un tejón embalsamado y tampoco temí.

No hablaba. Hacía sonidos ininteligibles. Como si hubiese hablado alguna vez. Se rascaba mucho también. Presumo que le molestaba el pelo. Sucede así a veces con los hombres de barba dura. Continuó masajeándome los pies, cada vez con mayor vigor. Yo comencé a sentirme mejor. La circulación volvía a mis arterias. Luego prosiguió con las piernas. Y es difícil de explicar lo que sucedió y cómo sucedió. Supongo que la criatura entendió que debía darme calor con su propio cuerpo y se me echó encima. Olía a perro recién bañado, pero no es un olor que disguste a nadie. Recuerdo que entramos en calor y finalmente, no lo prolonguemos más, hicimos el amor. No es fácil de contar y usted pensará que yo soy una mujer que me entrego a cualquiera. Sin ir más lejos, a él hacía apenas minutos que lo conocía, pero yo no soy una persona que dude demasiado si encuentro a alguien que me cae bien.

Me quedé una semana en la cueva de Claude, como empecé a llamarlo. Y me hizo bien estar con alguien simple, sin demasiadas complicaciones, que no me hacía planteos intelectuales ni existenciales. Él era una criatura que al pan pan y al vino vino. Si quería aullar por las noches, salía afuera y aullaba como un loco. Después entraba lo más campante y siempre me traía algún bicho para comer, alguna hierba o una raíz.

Creo que lo dejé a tiempo. Cuando empezó a molestarme su permanente rasquiña o su costumbre de hacer sus necesidades en el fondo de la cueva, me di cuenta de que la rutina pendía sobre nosotros. Me ha pasado antes, ¿sabe?, y no quise repetir la experiencia. Es muy desgastante. Pero fue muy lindo. Una mañana que él había salido a cavar un pozo para enterrar unos huesos yo abandoné la cueva y escapé. Encontré días después a algunos servidores de la expedición de Demián y a la semana estaba de nuevo en París.

Demián me pidió perdón por su actitud y a poco comenzamos a salir juntos. A pesar de que aquella noche en el Himalaya yo lo suplanté por otro, comprendí que es preferible compartir cosas con alguien que sea más similar a una, aun siendo menos excitante.

Pero debieron pasar dos años para que me animase a contarle a Demián lo de la extraña criatura, y pienso que a eso me llevó mi análisis. Demián tuvo un ataque de nervios cuando lo supo y me dijo que no podría nunca perdonarme esa infidelidad. Luego me perdonó. Después de todo, cuando lo hice, aún no salía con él. Pero Demián me dijo después que sin duda yo había dado, sin saberlo, con el famoso yeti, el "Abominable Hombre de las Nieves". Tuvimos una nueva pelea porque yo no podía permitirle que llamara "abominable" a esa criatura. Demián me exigió que iniciáramos una nueva expedición al Himalaya a buscar al yeti, para poner las cosas en claro. Yo me negué. Temía que Demián lo hiciese sólo para tomarse venganza. Por otra parte, debo confesar que yo no estaba muy segura de cuál iba a ser mi reacción si me encontraba de nuevo frente a él. Juro que esas noches del Himalaya fueron inolvidables. Demián me insultó. Me dijo que no podía tenerme confianza. Que cualquier día se me cruzaba otro yeti y yo no vacilaría en irme tras él. "Ves algo peludo y te enloqueces", me agredió. Finalmente optó por dejarme y hoy vive con una experta en acupuntura.

Tal vez no debí confesarle nunca a Demián lo que pasó en el Himalaya. Pero soy una mujer sincera y no podía vivir con ese recuerdo oculto. Que, por otra parte, no es un recuerdo del que me avergüence. No, no. Lo haría de nuevo, una y mil veces, si se congelara mi cuerpo en el Himalaya.

DE LA LITERATURA NIPONA

Tsé-Hu-Tchen, mandarín de Kiusiu, se hallaba reposando en los jardines de su palacio. De repente, apareció un caballo y le mordió una rodilla.

Min-Tsú, esposa de Tsé-Hu-Tchen, acudió presurosa, dispuesta a espantar al corcel con una palmeta.

—Déjalo. Déjalo —le dijo Tsé-Hu-Tchen. Poco después el animal se marchó tan sigiloso como había llegado.

—Debiste haberme permitido que lo asustase —reprochó Min-Tsú a su marido.

—Bien sabes —dijo entonces Tsé-Hu-Tchen— que ese caballo puede ser la reencarnación de nuestro amado hijo Ho-Knien-Tsí, muerto en el combate naval de Ngen-Lasha.

—¡Sigue, sigue! —se quejó la mujer—. ¡Sigue malcriándolo!

PATRIA POTESTAD

Ibsen Kaseusku se había negado a tomar asiento y ahora esperaba, de pie en medio de la recepción, muy erguido, las manos entrelazadas, enguantada una aprisionando la otra y el guante de la otra.

Movía rítmicamente una de sus piernas y también los ojos, duros y profundos, enmarcados en arrugas muy acentuadas, transmitían su nerviosismo.

La recepcionista, conmovida aún por la presencia del famoso escritor volvió a decir:

—Es un minutito nomás. El señor Lacarra Grey enseguida lo atiende.

Ibsen Kaseusku no respondió nada. Pero bajo la fina barba gris, sus mandíbulas se endurecieron.

—¡Mi queridísimo maestro! —Lacarra Grey había aparecido por la puerta de su despacho, exultante, los brazos abiertos y con una sonrisa como para iniciar un show musical—. Por favor, adelante —extendió la diestra hacia Kaseusku pero al no obtener reciprocidad, optó por tomarlo del brazo y conducirlo hacia su despacho—. Venga por acá, por favor, maestro. Adelante. No sabe, no sabe... —se dirigió a la recepcionista—: Lisa, no estoy para nadie. No sabe usted, maestro, no sabe usted, el honor que es para nosotros que usted nos distinga con su presencia. Tome asiento, por favor, maestro, tome asiento.

Ibsen Kaseusku no le hizo caso, se mantuvo de pie junto al sillón que Lacarra Grey le había indicado, estudiando el lujoso despacho, ensanchando las aletas de su nariz pronunciada, como un toro que mide las vastedades del ruedo, calculando la próxima acometida.

—Perdone si lo hice esperar unos segundos —Lacarra prácticamente corrió hacia su sillón rodeando el escritorio—, pero quería que estuviese presente mi socio, Menéndez Joya, acá —señaló otro de los sillones donde Menéndez Joya adelantó un tanto el torso insinuando un saludo con la cabeza, sonriendo arrobado ante la presencia del literato—, que no me hubiese perdonado nunca que yo no lo llamase estando usted en nuestra casa.

Ibsen Kaseusku casi ni miró a Menéndez Joya, pero se sentó, primero en la punta de su sillón, muy envarado y siempre mirando a los ojos de Lacarra Grey como si quisiera atravesarlo. Luego se fue deslizando hacia atrás hasta encontrar sus espaldas el respaldo del asiento. Allí quedó, entonces, los brazos afirmados en los apoyabrazos, los puños cerrados y un leve tic que le sacudía un párpado venoso.

—Una hermosa sorpresa, maestro —sintetizó Lacarra Grey cambiando de lugar ceniceros, intercomunicadores y lapiceras sobre su escritorio.

—Incluso —terció Menéndez Joya ante el escaso eco que obtenían las palabras de su socio— yo estaba a punto de salir, fíjese usted, cuando justo me avisaron de que usted estaba. Mire si... —y se quedó manteniendo una mano en el aire como si no se atreviese a continuar con una frase que incluía un final horrible.

—Mirá si... —lo apoyó Lacarra Grey, mirándolo entre risueño y espantado. Luego se hizo el silencio. Los dos cineastas contemplando con sonrisas apretadas a Kaseusku y éste aspirando hondamente, los ojos fijos en Lacarra Grey.

—¿Quiere tomar algo, maestro? —Lacarra Grey trató de aflojar el clima—. ¿Un café, un whisky? Ah no —se retractó— .

Cierto que a usted no le gusta el whisky. Pero tal vez una vodka, entonces —bromeó—. Lisa —llamó por el intercomunicador—. Dígale a Osvaldo que me traiga un whisky —consultó con la mirada a Menéndez Joya, éste asintió con la cabeza—. Dos whiskies y... —miró a Kaseusku sin obtener respuesta—. Un café... en todo caso...

Volvieron a quedar en silencio. Lacarra Grey golpeteó con sus dedos sobre el escritorio, mirando a Kaseusku con una sonrisa.

—Maestro... —concluyó, bamboleando la cabeza. Y se dio cuenta de que no podía estirar más la cosa—. Me imagino que habrá visto la película.

Ibsen Kaseusku respiró ruidosamente, una arteria le palpitó en el cuello.

—¡Una mierda! —estalló—. ¡Una mierda!

—Maestro, por favor —pareció asombrarse Lacarra Grey—. ¿Cómo...?

—Nosotros pensábamos que le habría encantado —arguyó Menéndez Joya.

—Es más —siguió su socio—, yo estaba seguro, cuando Lisa me avisó que usted venía, que venía para felicitarnos, mire...

—¿Felicitarlos? —golpeó el literato el apoyabrazos de su sillón—. ¿Felicitarlos por esa... —en su amplio vocabulario buscó algún sustituto pero finalmente se rindió— por esa mierda? ¡Un juicio les voy a hacer! ¡Un juicio! Ya he hablado con mi abogado y...

—Pero —lo cortó Lacarra Grey— cálmese, cálmese, por favor, maestro...

—¡Y no me diga maestro! —rugió Kaseusku—. ¡Yo no soy su maestro, porque eso sería como aceptar que usted pudiese llegar alguna vez a ser mi alumno!

—Bueno, bueno... es una fórmula amistosa y respetuosa propia de alguien que lo admira y que...

—Hoy mismo veré a mi abogado y puedo asegurarle, señor Lacarra, que...

—Pero... ¿por qué?, ¿por qué? —Lacarra aparecía como desolado. Miraba cada tanto a su socio como buscando una explicación—. ¿Qué es lo que no le ha gustado?

Ibsen Kaseusku había vuelto a parapetarse en el silencio, como intentando recomponer su equilibrio respiratorio.

—Admito —continuó Lacarra Grey—, admito que debimos introducir cambios en la adaptación de su libro al cine. Pero usted bien sabe que el cine y la literatura son dos géneros diferentes y por lo tanto, por más maravillosa que sea una obra, como lo es esta obra suya, esta excelsa *Patria potestad*, una joya de la literatura, por más maravillosa que sea, debe ser adaptada a otro ritmo, a otro espacio de tiempo, a todo eso que tiene el cine y que usted bien conoce. Usted sabe que el cine es por sobre todo, imagen, y que la literatura...

—¡No tenga el tupé —bramó Kaseusku— de intentar explicarme a mí lo que es la literatura!

—¡Por favor! ¡Por favor! ¡Lejos de mí tal cosa! —se escandalizó Lacarra Grey.

—¡No...! —se unió Menéndez Joya.

—Pero admítame, maestro —siguió Lacarra Grey— o profesor Kaseusku, como usted quiera, que es prácticamente imposible transcribir con puntos y comas un libro a un guión cinematográfico. Imposible. Y hay ejemplos...

—Conozco los ejemplos —abrevió el escritor.

—Por otra parte —retomó Lacarra Grey—, nosotros habíamos sido muy sinceros con usted. Desde el primer momento le habíamos especificado que su libro sufriría forzosamente algunos cambios. En ese aspecto fuimos muy claros.

—Desde el título, profesor —creyó prudente incluir Menéndez Joya.

—Desde el título —corroboró Lacarra Grey—. Es cierto que *Patria potestad* es un prodigio de síntesis, dado que grafica el cariño por la tierra que uno ha tenido que dejar e involucra también el problema del protagonista cuando busca a su propia hija, pero...

—Una maravilla —sentenció Menéndez Joya.

—Pero admítame, profesor, que no es un título atrayente para todo público. Podía ser un título seductor para quienes conocen su obra y para quienes hubiesen leído el libro, para la gente de letras en general. Pero ése no es el gran público, profesor, créame.

—Por eso es —siguió Menéndez Joya— que optamos por *Secretos de una Princesa Rusa*. Que es algo más... popular. Más impactante. Más...

—Más entendible —amplió Lacarra Grey.

—Puedo entender lo del título, señores —vocalizó trabajosamente Ibsen Kaseusku—. Y hasta puedo entender que el protagonista, que en mi libro era un científico, en la película sea domador de focas del Circo de Moscú... ¡Pero no puedo aceptar la modificación de los motivos que hacen que él deba alejarse de Rusia!

—Vamos por partes. Vamos por partes —se rearmó Lacarra Grey, adoptando una postura de oración litúrgica, buscando la mejor explicación—. Por supuesto y usted está de acuerdo, me alegra, que un científico era un elemento demasiado frío para nuestras necesidades. Un domador, un domador de focas, siempre obtiene una mayor identificación en la platea cinematográfica...

—¿Quién no ha visto alguna vez un domador de focas? —se preguntó Menéndez Joya.

—Y en cuanto a los motivos —prosiguió Lacarra Grey—, compréndame que la divergencia ideológica que lleva al protagonista a huir de Rusia, es quizá demasiado complicada, demasiado fina, demasiado sesuda para el espectador común. Hay que estar muy empapado en las filosofías políticas para entenderlo. Hay que saber mucho del Soviet, del proletariado. Y eso hubiese sido arriesgar a meterse ya en una cosa altamente comprometida y, ¿quién sabe si no?, ir a parar en un panfleto.

—¡Pero, señor mío! —tronó Kaseusku—. El protagonista comprende que no puede desarrollar su intelecto científico en la Rusia comunista. Decide huir de Rusia. ¡Y su esposa queda como rehén del Partido y finalmente muere aherrojada en Siberia! ¿Qué tiene eso de complejo? ¿Qué tiene de difícil?

—Maestro, maestro —contemporizó Lacarra Grey—, observe qué cruel. Qué anécdota cruel la suya, la de su libro...

—¡Es que no se trata de un capricho, señor —pareció que se pondría de pie Kaseusku —porque eso no es sólo ficción! Mi libro está inspirado en la realidad. En cosas que les han pasado a conocidos míos. Y a mí, personalmente. ¡Y exijo respeto a mi pasado!

—¡Ni hablar de eso! —se ofendió Lacarra Grey—. Puedo jurarle, profesor, que lagrimeaba como una criatura cuando leí su libro. Por algo fue que elegimos su novela para llevarla a la pantalla. Pero así y todo la historia de la mujer nos parecía demasiado dura. La variamos por algo más ágil. El protagonista tiene relaciones clandestinas con una ecuyère, que es la querida de un alto comisario soviético. Éste se entera y jura matar al protagonista, que debe huir entonces, apresuradamente, alcanzando sólo a llevarse a su foca predilecta, Denise.

—¿Vio usted a la foca en la película? —preguntó Menéndez Joya—. Una maravilla. Una maravilla.

—La mujer del protagonista, entonces —prosiguió Lacarra Grey—, se queda en Rusia. Pero no va a parar a la Siberia. Despechada, ya que se ha enterado de la relación de su marido con la ecuyère, se va a vivir con un astro del fútbol soviético. Lo que nos da ocasión de incluir esos seis minutos del partido de fútbol donde el público delira. Eso es idioma cinematográfico. Es el mismo problema resuelto de otra forma.

–Sí –barbotó el literato–, pero en mi novela el protagonista huye a Finlandia, donde pasa ocho años viviendo en la taiga, en una casucha de cañas; donde continúa sus estudios sobre la vivisección de los arácnidos y desde donde comienza a investigar qué ha sido de la suerte de su pequeña hija Pavlova.

–Sí –refrendó Lacarra Grey–. Alexandra, en la película. Bueno, ahí ya entran problemas de producción. De eso también hablamos antes de firmar el contrato, profesor. Encontrar un sitio similar a la taiga nos llevaba una eternidad y un drenaje de dinero que hubiese elevado los costos de la película a picos inalcanzables. Por eso nos decidimos por Río de Janeiro. Que, por otra parte, para qué nos vamos a engañar, es más divertido que la taiga. Nos pareció de más sustancia, de más peso conceptual que el protagonista huyera a Río de Janeiro con su foca amaestrada, triunfando ambos allí como pasistas en la comparsa "Maracangalha". Deberá reconocerme que las escenas del carnaval de Río son casi el punto más alto de la película. Luego viene el encuentro del protagonista con su hija. En su libro, la hija ha logrado salir de Rusia y vive en Angora, Turquía, empleada en una compañía telefónica. Bueno, con Turquía nos pasaba lo mismo que con Finlandia. Problemas insalvables de producción. Por otra parte, casi no tenemos intercambio cultural con los turcos, y entonces las posibilidades de comercialización de la película allá eran nulas. Decidimos que la pequeña Alexandra, entonces, estuviese viviendo en Bahía.

–Pero ¿por qué haciendo ese trabajo inmundo? ¿Por qué? –se atragantó de indignación Kaseusku.

–Tiene su lógica. Tiene su lógica –lo calmó Lacarra Grey–. Pienso que nuestro adaptador hizo un trabajo muy sesudo. La muchacha, que en el libro aparecía como muy pequeña y con problemas de dislexia, nosotros la hacemos figurar como que ya desde niña trabajaba en el circo, jineteando sobre un delfín. No olvide que el padre también trabajaba en el circo. No es nada descabellado. Cuando sucede todo lo de su padre, su huida, y eso, ella, tras unos años, en una de las giras del circo, también huye. Que es la escena en que ella se refugia en la casa de una bruja de la macumba, cuando el circo pasa por Bahía. Se la inicia en la capoeira, el vudú, y ella se comunica telepáticamente con el padre.

—¿Pero por qué ese trabajo inmundo, por qué?

—¿El strip-tease pornográfico que realiza con un burro dice usted? Bueno. Ella no ha estudiado, no tiene educación. Ha sido hecha en el circo. Es de lo único que puede actuar. Creo que hay cierta lógica —se ufanó Lacarra Grey—. Y al ser rusa, el dueño del local donde actúa la presenta como la "Princesa Rusa". Todo tiene su hilván. Nada queda descolgado. Creo que hay un respeto por la coherencia.

—Pero no hay grandeza —casi sollozó Kaseusku—. La escena del reencuentro del padre con la hija, en un cementerio de Angora, me llevó dos años escribirla. Dos años, para alcanzar esa profundidad de silencios, ese clima, ese espanto que recorre el cuerpo y la razón del protagonista cuando descubre que el marido de su hija es el mismo hombre que dio muerte a su esposa en el campo de reclusión de Siberia. Esa terrible revelación de que el hombre a quien su hija adora es, sin que ella lo sepa, el terrible asesino rojo que mató a su mujer. Y la encrucijada de este científico, que debe resolver entre confesar la horrible verdad a su hija del alma, o callar y dejar impune el crimen. ¡Lo que me costó solucionar la escena cuando él opta por callar su odio y mantener a su hija en la ignorancia con tal de que sea feliz junto al ex guardia rojo que le ha dado a ella ya dos hijos hermosos!

Lacarra Grey se secó los ojos humedecidos con un pañuelo.

—Lo entiendo, maestro. Lo entiendo —dijo—. Pero usted habrá visto que nosotros lo resolvimos bastante bien. La foca, la foca crecida en el circo es la que reconoce a Alexandra. Es claro, se han criado juntas. Y la foca la ve en una calle de Bahía, cuando el padre tras recibir ese mensaje telepático ha ido a buscarla, y comienza a aplaudir. Usted sabe cómo aplauden las focas. Allí, tras dieciocho años, se reencuentran padre e hija y es cuando se escucha la canción de Roberto Carlos, "Yo quiero tener un millón de amigos". Allí es cuando el protagonista se entera de que ella está casada con el hijo del jugador de fútbol que se quedara antaño con su madre, y que también es jugador de fútbol. Allí se da el conflicto, el clímax de la película, cuando padre e hija van a la casa de ella y se encuentran con el esposo de ella que vuelve de jugar un partido junto con Toninho Cerezo, una escena que nos conmovió muchísimo porque lo que nos cobró Toninho Cerezo por esos tres minutos no los cobra ni en cien partidos con la selección brasileña. Y se da la misma situación que usted narra en su libro: el protagonista está tentado de confesarle toda la verdad a su hija pero finalmente opta por callar y no arruinarle la felicidad.

—Sí —reprobó Kaseusku—, pero él queda con ese tremendo dolor que lo hace, en mi libro, terminar caminando solo, en una tarde de lluvioso invierno, por una calle de Praga, algo loco. Desequilibrado quizás.

—Bueno —frunció la boca Lacarra Grey—, nos pareció un poco duro como final. Es por eso que preferimos lo del casamiento en una de las iglesias de Bahía, la caravana de barcas de pescadores, el vuelo de ellos por Varig hasta Río nuevamente y el gran show final en el Hotel Oton Palace con Wilson Simonal y Gal Costa, donde el protagonista hace su show con la foca ante el delirio del público y su hija abandona para siempre el show pornográfico ya que ha sido llamada desde Hollywood dado que su esposo también viaja a integrar un equipo de fútbol en Los Ángeles.

Ibsen Kaseusku meneaba la cabeza, ahora mirando un punto cualquiera en el escritorio de Lacarra Grey.

—Pero hay algo que tenemos que decirle, querido maestro —se animó Lacarra Grey.

—Y que si usted no venía lo mismo pensábamos llamarlo

214

para comunicárselo: la película es un éxito tremendo en las veinte salas de estreno en que se está dando.

—Rompe todo —aseveró Menéndez Joya.

—Un éxito completo —continuó Lacarra Grey—. Cosa que no dudamos ni un solo instante, desde que decidimos la filmación de su libro.

—¿Por qué... —la voz agotada de Ibsen Kaseusku era apenas audible— en la película figura mi nombre como autor de la adaptación y el diálogo?

—Bueno —se encogió de hombros Lacarra Grey—, pensábamos que era lo justo. Y que además a usted no le molestaría. Al contrario.

—Y porque queríamos proponerle otra cosa —intervino Menéndez Joya—. Y creo que es un buen momento para charlarlo. Su libro ya tiene como diez años de editado. Es una edición vieja. Estimamos que dado el éxito tremendo de la película sería un excelente momento para que usted tratara de reeditar *Patria potestad*. Con gran lanzamiento, cocteles, firma de ejemplares.

—Piénselo, maestro —aconsejó Lacarra Grey—. Sería formidable. Y déjenos su dirección actual, profesor, mañana uno de nosotros irá a pagarle la primera liquidación sobre los beneficios de la película. Yo sé que a usted no le interesa el dinero, pero siempre ayuda.

Ibsen Kaseusku se puso de pie como un autómata, Lacarra Grey y su socio lo imitaron, acompañando luego al literato hacia la puerta.

Cuando llegaron a ella Kaseusku se tomó del marco y se volvió hacia ellos.

—Puede ser buena idea lo de reeditar el libro —dijo—, pero habría que cambiarle el título, quizás. Ponerle el mismo que lleva la película.

—Pero... —estaba exultante Lacarra Grey—. ¡Magnífico, magnífico!

—Y modificarle algo el contenido —siguió el escritor—, hacerlo más fiel a lo que se ve en la película. Así el público no queda tan desconcertado.

—Perfecto. Perfecto —aprobó Menéndez Joya. Ibsen Kaseusku asintió ligeramente con la cabeza, calibrando la posibilidad.

—Lo voy a pensar. Lo voy a pensar —dijo, antes de irse.

LA COLUMNA POLÍTICA

Si bien el retorno a nuestra ciudad del doctor Julio Edelmiro Etcheverría Posse no pudo ser motivo de sorpresa para nadie, es bueno lanzar una nueva mirada analítica sobre las declaraciones que produjo a su arribo a Ezeiza, al volver de su corta estadía de vacaciones fuera del país.

Aun considerando que el doctor Etcheverría Posse no es afecto a las frases rimbombantes o las consideraciones aciduladas, no pueden pasar desapercibidos, para el oído experto, los intencionados dardos que de sus palabras, en apariencia formales, se proyectaron con certera puntería sobre diversos sectores de la realidad nacional.

Pero repasemos el corto diálogo que el doctor Etcheverría Posse mantuvo con uno de nuestros colegas de la prensa televisiva y que la pantalla chica registró para el regocijo de algunos y, ¿por qué no?, agria intemperancia de otros.

Periodista: Buenos días, doctor. ¿Cómo está usted?

Etcheverría Posse: Muy bien. Muy bien.

P.: ¿Cansado?

Etcheverría Posse: Un poco. A pesar de que el vuelo fue excelente, usted sabe bien que estos viajes siempre cansan un poco.

P.: ¿Buen tiempo durante su veraneo?

Etcheverría Posse: Excelente. Algo lluvioso al comienzo, pero luego espléndido.

P.: ¿Quisiera efectuar alguna otra declaración?

Etcheverría Posse: No. Nada más. Nada más.

P.: Muy bien. Muchas gracias. Ha sido la palabra del doctor Julio Edelmiro Etcheverría Posse, a su regreso al país.

Para quienes desconocen la compleja esgrima dialéctica del mundo político quizás el inteligente interrogatorio de nuestro colega pudo aparecer como poco proclive a ahondar en el pensamiento vivo de quien se consolida como mentor y figura aglutinante de la bancada opositora.

Sin embargo es sencillo, atisbando bajo los primeros y epidérmicos tejidos de las respuestas del controvertido dirigente nacionalista, detectar su particular vivisección del panorama sindical y su sempiterno aguijón urticante con respecto a los mandos oficialistas.

De un primer vistazo a vuelo de pájaro el buen entendedor puede arribar a conclusiones más que contundentes con el solo recurso de apelar a un elemento del que tan bien ha hecho uso siempre el notorio caudillo de los movimientos centristas: la omisión. Está a todas vistas claro que el doctor Etcheverría Posse ha eludido elegantemente tocar, ni siquiera tangencialmente, dos temas muy caros a su permanente forcejeo político: el nombramiento de su posible sucesor y el irritante problema de los hidrocarburos.

Precisamente en la omisión de estos temas, el doctor Etcheverría Posse, tácitamente, los dimensiona.

No es en absoluto casual, para un hombre de la astucia táctica de Etcheverría Posse, que haya dejado en el tintero una temática que ha fatigado casi hasta la exasperación durante estos últimos y caldeados meses. ¿O es acaso que ya no le preocupa el nombramiento de su posible sucesor? ¿O se trata precisamente de todo lo contrario, que no le mueve un pelo el aparente encumbramiento dentro de su mismo partido de una figura como la del ex diputado sanjuanino (y concejal por los evolucionistas), don Alfonso Urbano Menchaca

Gancia? Ambas incógnitas no pueden persistir por mucho tiempo sin respuestas esclarecedoras. La omisión del tema de los hidrocarburos asoma como más entendible: otra maniobra dilatoria de este desconcertante zorro de nuestra nutrida fauna política.

Pero si bien la referencia por omisión a tales temas aparece notoriamente en la primera lectura del diálogo, una segunda lectura nos muestra otro dato inequívoco que puede hacernos entrever cuál será el rumbo que el hábil consejero del pasado gobierno imprimirá a su movimiento.

"Muy bien. Muy bien", contesta sin vacilar ante la requisitoria sobre su estado actual. Más allá de lo que parece un mero formalismo cultural, es evidente la complacencia del doctor Etcheverría Posse ante la atención prestada a su persona por el periodismo especializado. Se puede leer, entonces, un atisbo de reconciliación del doctor Etcheverría Posse con ciertos sectores de la prensa que lo castigaran duramente meses atrás, actitud que corrobora por lo tanto que no sería de extrañar que se confirmase en días venideros la compra por parte del movimiento nacional centrista del complejo editorial Líder, aún en manos de intereses italianos. Podría estallar, entonces, uno de los escándalos más estrepitosos de los últimos años. Tal vez por eso se cuidó mucho el doctor Etcheverría Posse de no abundar en palabras de agradecimiento al final de la comprimida pero jugosa entrevista: "Nada más. Nada más", fueron las palabras que obraron a modo de finalización del reportaje.

Como si todo esto fuese poco, el meollo mismo de la cuestión palpita, como el ojo de un huracán que puede acarrear malos vientos para la cúpula centrista, en las palabras con que el doctor Etcheverría Posse responde a la segunda y vital pregunta de nuestro colega: "¿Cansado?".

"Un poco –ha dicho el dirigente que no tantos años atrás se manifestara agotado por la desidia de la burocracia oficial–. A pesar de que el vuelo fue excelente, usted sabe bien que estos viajes siempre cansan un poco".

Por fin, después de tantos años de vueltas concéntricas y pretendidos acuerdos mínimos de "convivencia", el doctor Etcheverría Posse apunta toda la eficacia de su artillería pesada sobre las no poco castigadas espaldas de su antiguo compañero de correrías, don Agustín Ezequiel Montoya Nimio, quien como es bien sabido detenta uno de los principales cargos en la compañía aérea que trasladó a Etcheverría Posse de regreso al país.

Con la habilidad típica de los que arrojan la piedra y esconden la mano, el veterano estratega político amaga primero con el elogio pleno al considerar su viaje aéreo de excelente y castiga a renglón seguido haciendo mención al cansancio que pueden generar ciertos vuelos. No es difícil adivinar en sus palabras que la hora del tránsito codo a codo con su antiguo compañero de fórmula se ha agotado, y la fatiga ante la inercia de compañeros pretéritos le obliga a realizar un brusco y, ahora sí, publicitado golpe de timón a su conducción de por sí cautelosa.

Pero si bien con estas declaraciones el doctor Etcheverría Posse reactiva la controversia sobre su posible sucesor, ahonda valientemente en el negociado de los hidrocarburos, denuncia el flagrante escándalo en torno al complejo editorial Líder y desarticula con un ágil *side-step* cualquier maniobra de la "vieja guardia" con la intención de volver a flanquearlo, donde se hacen más detonantes sus palabras, y donde se disipan todas las nubes que podrían ensombrecer la certidumbre de una tendencia agresivamente franca en su accionar es en la segunda lectura del mismo párrafo donde hace referencia al vuelo. Sería muy ingenuo suponer que tras su mención al hecho como simple acto traslacional no se oculta una diáfana descarga sobre el tan ríspido y conflictivo caso que salió a la luz días atrás ante la denuncia de dos jóvenes concejales provinciales con referencia al tráfico de drogas con Colombia.

Etcheverría Posse no vacila, entonces, en patear el tablero hasta el momento tan prolijamente cuidado por los contendientes, y poner lisa y descarnadamente sobre el tapete un tema que lacera con su sola mención la epidermis de nuestra sociedad.

Sin duda, ha sonado para nuestros hombres públicos el momento de rasgarse las vestiduras y ya nadie podrá decir, cuando alguien íntimamente ligado a la vida política alza la voz en toda su elocuencia para sindicar ante los ojos del mundo a un grupo detentatorio del poder público como una banda de narcotraficantes degradados en el consumo de drogas heroicas, que en las vísceras mismas de nuestra sociedad no habita aún el anticuerpo que se apreste a protegerla.

CRÓNICA DE CAZA

Yo sigo sosteniendo, mal que le pese al imbécil de sir Lancelot, que agosto-octubre es la mejor época para la caza del dragón. No hace calor y uno no se cocina dentro de la armadura como sucede en verano. Para no hablar de las moscas y los tábanos que siempre siguen a las caballerías. De cualquier manera nuestra última partida de caza no fue concertada previamente, como tantas veces, ya por algún antojo del rey Arturo por haberse peleado con la bruja de su mujer, ya por la necesidad de Merlín de mantenernos ágiles y diestros en el combate por si acaso sus predicciones, como tantas veces, fracasaran.

En esta ocasión la cosa se dio como en muchas ocasiones antaño, cuando empezaron a llegar al castillo centenares de siervos, con sus familias y famélicas haciendas aterrorizados por la presencia de un dragón.

Contaron a Arturo que la bestia ya había dado muerte a cerca de treinta labriegos destruyendo una veintena de chozas. Las inmundas chozas donde se apiñan. Arturo, cuyas ideas proteccionistas ya me tienen podrido, les preguntó por qué no habían acudido antes al castillo y los idiotas dijeron que no querían molestar.

El imbécil de Lancelot opinó que posiblemente los siervos no decían la verdad, ya que en varias ocasiones anteriores habían invadido el castillo con esa patraña al solo fin de sentirse protegidos por un buen techo de piedra y no por los mugrientos cobertizos de paja de sus casas. Es cierto que Arturo no se deja engañar por eso y los amontona en el patio de armas o los deja pasando la noche en la parte playa del foso, quitando suficiente agua como para permitirles respirar con comodidad.

Pero Arturo no escuchó al imbécil de Lancelot, lo bien que hizo, y prefirió consultar con Merlín. Merlín echó un gato dentro de una olla con oro líquido en ignición, esparció sal sobre una piedra, y luego dijo que lo que habían dicho los siervos era verdad. Que no había por qué dudar de ellos y que ese dragón era bastante peligroso.

Arturo nos convocó entonces de urgencia a la Tabla Redonda. Decidió que era imprescindible quebrar la veda de caza. Yo estuve de acuerdo, ya que en ciertas regiones del reino los dragones son plaga. Se los ha visto en manadas de doscientos y suelen pisotear las cosechas. Lo dije con toda la malicia, ya que en la mesa se encontraba el maricón del "Caballero Negro", quien viene insistiendo en prohibir la caza de los dragones.

Dice que con el tiempo se extinguirán y propone que Arturo declare la zona cercana al río "parque nacional" y permita el apareamiento de los dragones sin molestarlos. Afirma que especies como la del "dragón tiznado" ya casi no existe y que el "dragón cornudo" ha desaparecido. Lo dice como si Arturo no tuviese otra cosa que hacer que andar velando por esas bestias, descuidando el asunto de las cruzadas, la peste bubónica y otras tonteras. Por fortuna el afeminado del "Caballero Negro" se calló bien la boca y decidimos por unanimidad salir en busca de la fiera.

De entrada ya me reventó bastante la actitud del imbécil de sir Lancelot. Lo devora de envidia el saber que en la sala central de mi castillo, sobre la estufa de leños, luzco la cabeza y gran parte del cogote de un dragón moteado macho que pasé de parte a parte con mi lanza. Lo cierto es que se acercó a mí para aconsejarme que no llevara la bola de pinchos.

—El mengual no es recomendable para un dragón adulto —me dijo con ese tono prepotente que me saca de quicio.

—¡Ja! —le dije.

—Apenas levante usted el brazo para atinarle en la cresta ya le habrá incinerado —procuraba darle a sus palabras un sentido pedagógico y amistoso, el imbécil.

—Escúcheme... —traté de no perder la calma. El imbécil se piensa que la caza no tiene secretos para él—. No pienso atacar a la bestia con la bola de pinchos. No soy tan estúpido como usted cree. Pero sí pienso obligarlo a bajar la cabeza con un buen lanzazo tras la paleta. Y allí sí, cuando baje su cabeza, allí se la destrozaré con la bola de pinchos. Lo verá usted.

El imbécil de sir Lancelot estaba que bufaba. Me miró resoplando.

—¿Y piensa usted clavarle un lanzazo tras la paleta con una lanza de punta de madera? —rió—. ¿Y piensa que estará cazando jabalíes?

—¿Y quién le dijo que llevaré una lanza con punta de madera? Llevaré una lanza de tres metros con puntera de acero.

—Pavadas —el imbécil meneó la cabeza, desdeñosamente—, al dragón hay que buscarlo de cerca. Metérsele bajo mismo del pescuezo y allí darle con la espada en la garganta. Eso sí, hay que ser muy valiente para hacerlo.

No sé cómo fue que me contuve. Arturo estaba viendo la escena mientras afilaba la Excalibur sobre una piedra filosofal.

—Hágalo usted si quiere —me tranquilicé—. Yo lo buscaré de lejos, que es como se debe enfrentar a un dragón. De lejos y de frente. Tienen visión lateral y les cuesta enfocar al hombre que llega de frente.

—¿Con un cuello de casi catorce metros de largo piensa que

hay que enfrentarlo a distancia? —volvió a reírse Lancelot. Hablaba fuerte, consciente de que Arturo estaba escuchando—. Hay que ir por detrás, cuidando que el viento no le lleve nuestro olor, y llegar al cuello por bajo las patas. Claro, hay que ser muy valiente para hacer eso.

—Del primer coletazo que le pegue le arrancará la cabeza, sir Lancelot —estimo que advirtió que más que un consejo era un deseo—. Vaya nomás usted por atrás, y ni se preocupe del viento. El dragón lo olfateará lo mismo. Hay ciertos olores muy penetrantes.

Creo que escuché reír al rey Arturo. El imbécil de sir Lancelot pegó media vuelta y se marchó. En su ofuscación casi se atropella con el Príncipe Valiente que llegaba. Yo también me fui, porque si hay alguien a quien no soporto es al joven Val, con su permanente alegría y su ridículo flequillo tipo institutriz germana. No entiendo la predilección que siente Arturo por él. Y quizá sea mejor no intentar entenderla.

Las relaciones entre el Príncipe Valiente y Ivanhoe ya sólo falta que sean entonadas por los juglares y los cantores de gesta. Será por eso que se lo ve siempre tan jovial al imberbe.

Cuando salimos del castillo éramos como trescientos. Había por lo menos veinte caballeros, unos cincuenta escuderos, y el resto, siervos que se encargarían de nuestra comida y, llegado el caso, aseo.

Iban también cinco trompas reales que me destrozaron los oídos con sus argentinos sones en los primeros dos kilómetros del trayecto.

De la Normandía habían llegado tres trovadores, destacados para cubrir el evento y luego contarlo a los cuatro vientos por los confines de los demás condados. Son gente estólida y mendaz a quien hay que alimentar y proteger, pues en su afán de perpetuar las noticias se meten donde no deben. No era difícil imaginar quién los había llamado. El Príncipe Valiente con su insufrible afán de fama y gloria no iba a desperdiciar una ocasión como ésa para sus rastreros fines. Los trovadores se mantuvieron todo el tiempo junto a él, haciéndole preguntas y musicalizando cosas sobre sus hazañas. No creo que le hayan preguntado sobre Ivanhoe. Lo que es a mí no se me acercaron. Ya les hubiera contado yo una serie de cosas interesantes. El imbécil de Lancelot iba estudiando un libro de San Jorge. El muy necio siempre pensó que San Jorge es quien más sabe sobre dragones. Por cierto que ese libro *Cómo lo hice* tuvo una difusión enorme entre las cortes, pero yo no creo un cuerno de lo que dice el conocido santo. Lo mató, sí. Y a otra cosa. Yo también maté un dragón y no he publicado un libro, si es por eso. Nadie se acercó a ofrecerme una mísera publicación. Es cierto, yo hubiese dicho muchas otras cosas también, sobre Arturo, las Cruzadas y demás falacias.

A los catorce días de marcha los rastreadores trajeron la noticia de que habían encontrado huellas de dragón. Al parecer era toda una familia. La dragona y seis dragoncitos pequeños. Una sensación de inquietud nos invadió. Una dragona con su cría es el bicho más peligroso que pueda caballero alguno enfrentar. Ataca sin mediar provocación y puede llegar a despedir una lengua de fuego de hasta ciento treinta metros. Nos reunimos con Arturo. El maricón del "Caballero Negro" estaba pálido. Es por eso que se opone a la caza del dragón. Tiene un miedo cerval.

Acordamos que esa dragona no debía ser la de las depredaciones que reportaron los siervos. Una dragona parida no ataca los sembradíos por atacar. Se pasa el día ocupándose de sus cachorros, abrigándolos y buscándoles higos de zarzamora. Convinimos en que el dragón macho no debía andar lejos, o bien, eso fue lo que nos dijo Merlín luego de consultar unos humos amarillos que produjo quemando paja seca junto a boñiga de cabra. El dragón se desentiende de su cría cuando ésta supera los dos días de vida, y se lanza por las cercanías a retozar y causar perjuicios.

Sir Lancelot, el imbécil, propuso que esperásemos a los perros que en número de trece mil venían un kilómetro detrás de nuestra caravana a los efectos de que no nos aturdieran con sus ladridos ni nos orinaran las lanzas. El Príncipe Valiente, en cambio, propuso seguir adelante en busca de la bestia. Está comprobada la eficacia de los perros en la caza del zorro, de la iguana y hasta en la del alce colorado, pero el olor a azufre que despide el dragón los enloquece, los hace perder la razón y terminan mordiéndose entre ellos. Algunos se revuelcan en el orín que lanza el dragón cuando se ve atacado, y el amoníaco los excita sexualmente hasta límites vergonzosos. Las cosas que se hacen entre ellos no son de contar. Y lo que le sucedió a sir Atlesthone con un dogo alsaciano más vale no recordarlo.

Finalmente primó la postura del joven Val, lo que lo tornó más insoportable aun y lo hizo cantar junto a los trovadores. Parece que Aletha lo tiene convencido de que canta bien y el desdichado se lo ha creído. No sé qué dirá Ivanhoe a todo esto. Por cierto que a mí no me consultaron nada, porque a mí últimamente ya no me preguntan nada. Saben que yo no soy de callarme la boca.

Al día siguiente de ese suceso, sir Wilfred, que se había adelantado con una partida de batidores, volvió a la carrera dando verdaderos alaridos. Su armadura estaba casi al rojo blanco y despedía un humo irrespirable mientras él corría desesperado entre las malezas hasta nosotros. Era notorio que había recibido su buena rociada de fuego. No había forma de sacarlo de aquel infierno de acero hirviente porque la armadura ardía. Val decidió que era mejor tirarlo al río cercano. Lo enlazamos con unos cordeles y lo arrojamos al agua. Se caldeó el río al caer el infeliz Wilfred, elevándose una humareda impresionante. Nunca más volvimos a ver al caballero sajón. Nadie puede nadar con tanto peso encima. Pero, seguramente, los trovadores no recordarán que fue idea del brillante príncipe. De cualquier manera, lo que sir Wilfred había intentado comunicarnos estaba bien claro: la fiera se hallaba cerca. Montamos y fuimos en su busca.

El holocausto de Wilfred nos había sulfurado. No tardamos en ver al animal, una hermosa pieza de cerca de veinte metros de alzada, algo así como cien metros de largo incluyendo la cola y un cuello largo y flexible que se irguió tenso, al escucharnos. La vista del dragón es lamentable y pobre. No ve un toruno a dos metros de distancia y se sabe que no distingue las corvas de su propia cola, por lo que generalmente ignora en ocasiones que ha sido cortada por los cazadores. Pero sí tiene terriblemente desarrollado el oído, como también el olfato, lo que lo convierte en un enemigo difícil de sorprender. También es precario su sentido del gusto, pero eso no sé aún cómo puede comprobarse.

—¡Un barcino! —gritó Arturo haciendo caracolear su cabalgadura. Era, en efecto un barcino y juro que nunca me había encontrado ante un ejemplar de ese tipo. Su piel es de un color pálido dentro de los verdes, y la cresta que le recorre el espinazo adquiere una tonalidad prácticamente ámbar, lo que lo hace, si se quiere, hermoso.

No podía dejar que se me adelantaran. Bajé el enrejado de mi yelmo para protegerme los ojos, calcé el escudo frente a mi peto, coloqué horizontal la lanza y espoleé mi caballo. Cuando éste salió disparado hacia adelante, yo ya había elegido mi blanco: la hendidura entre ambas protuberancias pectorales, bajo la implantación del cogote. Allí la piel no es dura, y la carne es blanda como la de un conejo de Flandes. Debía aprovechar que el dragón se hallaba preocupado por los primeros hondazos y saetas de ballestas que buscaban sus ojos para ubicarme bien de frente a su pecho, recto bajo sus ojos.

Al tiempo, pude ver cómo el imbécil de sir Lancelot ya se había lanzado hacia la cola de la fiera, en alto su espada de casi dos metros de largo. Algunas lanzas y alabardas se habían clavado en los flancos del dragón sin hacerle mella. Me había cansado de decirles que esos rasguños sólo conseguían enfurecerlo, pero los idiotas insistían. Vi cómo el animal giraba su cuello en amplio semicírculo, abría su bocaza y despedía, primero, un hálito infernal que luego se convertía en un chorro de fuego que alcanzaba hasta ochenta metros. Pude escuchar los gritos de sir Anthony cuando el fuego lo redujo a él y su cabalgadura a una bola de carne quemada. Por el fuerte olor a chamusquina que impregnaba el aire, supe que el diestro caballero normando no había sido el único.

Ya el dragón giraba su cuello como un poseso en cortos semicírculos, desparramando cataratas ardientes por su boca, sobre nosotros.

Espoleé mi corcel y vi que el pecho inmenso de la bestia estaba a sólo diez metros frente a mí. Para quienes nunca han vivido la experiencia de hallarse cara a cara con un dragón a esa distancia, les aseguro que es como acometer con una lanza contra un castillo. Tal es la altura de esos malditos. Pude ver el detalle de la piel escamada de la bestia y me estrellé contra su pecho. Me di un golpe tremendo y salí rebotado varios metros. Se escuchó un berrido agudo y supe que le había dado lo suyo. Pero recién pude comprobarlo cuando cesé de rodar, aturdido por el golpe y el estruendo de las chapas aflojadas de mi armadura. Había perdido un alerón lateral del protector de mi flanco, la rodillera derecha se había desprendido y palpé en el yelmo un abollón que me tocaba el cuero cabelludo. Pero mi lanza había quedado, aun rota, clavada en el pecho del bicho. Se la había metido, por lo menos, ocho metros. Pero no era mortal, seguramente había chocado con la masa de músculos que recubre la fragua donde acumulan su poderío ígneo. Levanté la vista y vi que los ojos miopes del monstruo me buscaban. Había venas rojas en sus pupilas cuando me vio. Saqué la bola de pinchos. Pero de pronto la fiera se distrajo. El imbécil de sir Lancelot le estaba clavando su espada bajo la paleta. Fue todo muy rápido: el dragón arqueó su cola y como una vaca espantando las moscas de su flanco, sacudió tan tremendo coletazo que reventó al imbécil contra su propia pata delantera. Sir Lancelot quedó un instante pegado por su misma sangre contra la piel de la fiera y luego resbaló entre un desprenderse de chapas y tornillos hasta el suelo.

Aproveché para tomar distancias, corrí unos doscientos metros en busca de una lanza. Cuando me volví para mirar al dragón vi cómo el joven Val salía despedido desde la nuca de la bestia hacia el espacio infinito. No sé cómo había hecho ese insoportable, pero había logrado encaramarse hasta casi el occipucio del dragón, trepando, seguramente, por las ondulaciones de la cresta, a fines de pegarle un mazazo entre las pequeñas orejas. No entiendo cómo lo notó el animal pero se sacudió cual un perro tras el baño y lo echó a volar como un pájaro.

Provisto de otra lanza iba a volver al ataque cuando vi que la fiera movía su cabeza desesperadamente y vacilaba. De repente cayó sobre uno de sus flancos con gran estrépito, cuan largo era.

Corrimos todos hacia ella, presurosos, y le clavamos nuestras armas hasta darle muerte. Si no la cosimos a lanzazos fue porque no quisimos arruinar en demasía su piel, con la que se ha alfombrado más de un corredor del castillo. Arturo me explicó luego lo que había sucedido. Un siervo había trepado junto con Val hasta la cabeza del monstruo. Luego de que Val fue despedido, el siervo pasó entre las orejas, y bajó entre ambos ojos hasta las humeantes fosas nasales. Se dejó resbalar de panza hasta insertar sus dos piernas en las narices del dragón, una en cada fosa, obturando así la respiración de la bestia. Es sabido que un dragón, en tanto arroja fuego, no puede respirar por la boca; de tal modo la asfixia lo abatió con presteza.

El siervo, cuyo nombre desconozco, se había partido el cráneo al caer a tierra junto con el dragón. Por otra parte sus piernas estaban quemadas hasta el hueso por los efectos de la respiración del animal. No hubiese servido entonces para el trabajo.

Faenamos el animal, la cola se repartió entre los perros, las patas, magras en carne y fibrosas, fueron para los siervos, y varios se llevaron aletas dorsales como recuerdos. A mí por el lanzazo en el pecho me correspondió una oreja, y Arturo, por supuesto, que no hizo absolutamente nada, se quedó con el cogote y la cabeza para su comedor personal.

El insoportable del Príncipe Valiente sobrevivió a los golpes a pesar de varias fracturas y un principio de conmoción cerebral que, lamentablemente, no fue grave. Me temo que con el tiempo, el cantar de los trovadores vaya confundiendo al responsable de la asfixia del dragón con el joven Val. Siempre tiene más éxito una gesta que hable de un esbelto príncipe que una que narre la acción de un sucio siervo. La tradición oral no suele ser muy fiel con el paso de los años.

De mí, seguramente, ningún trovador cantará nada, dado que no soy muy afecto a invitar a los trovadores ni a darles banquetes en su honor a esos muertos de hambre.

Cuando volvíamos al castillo, el maricón del "Caballero Negro" se acercó y me dijo: "Llegará un día en que no queden dragones sobre la tierra".

Lo miré y no le contesté nada. Siempre me elige a mí para venir a hacer esos comentarios afeminados. Seguro que a Val no se le acerca por temor a que Ivanhoe se entere.

UN TENIENTE PRIMERO

Cada vez los envían más jóvenes al frente de batalla.

Delante mío, del otro lado de la pequeña mesa de campaña cubierta por papeles y carpetas polvorientas, ligeramente apoyada su espalda sobre el respaldo de la silla, fuma sin prestar demasiada atención a las sordas explosiones que llegan desde afuera, Klaus von Stauffenberg.

Es Teniente Primero de Paracaidistas y recién acaba de cumplir cinco años.

Me cuenta del combate que se está desarrollando arriba, del duelo de artillería con los ingleses estacionados tres kilómetros más al norte cerca de Bergen Belsen. Von Stauffenberg me confía que él no suponía a las tropas de Steinfield tan cerca. Piensa que ese avance aliado puede ser el comienzo de la fractura de nuestras trincheras.

—Debimos golpear luego de Bastogne —dice, y su puño derecho se crispa sobre la mesa. Tiene cierta dificultad para hablar y no puedo determinar con precisión si es por esa cicatriz en la mejilla, o por la ortodoncia.

Sus ojos son de un gris acerado y los oscurece aun más la sombra proyectada por la visera de su gorra de oficial. Hay una explosión más cercana que las demás. La bombilla eléctrica se bambolea, amenaza apagarse por un instante, titila. Von Stauffenberg mira hacia arriba. Se mantiene callado ahora, abstraído, con ese silencio lejano que he aprendido a captar en los soldados. Su dedo índice, que ha recorrido sobre el semienrollado mapa, de abajo hacia arriba y de arriba hacia abajo el caprichoso curso del río Platz, hurguetea ahora dentro de una de sus fosas nasales. Cada tanto, retira el dedo y adhiere una mucosidad bajo la asentadera de su silla.

Sé que ha venido a decirme algo. Lo hace a menudo, cuando los avances de las tropas de Patton no lo retienen junto a sus hombres. Suele compartir su merienda conmigo: tocino, pan negro, ciruelas, semillas de soja, alimentos que va introduciendo lentamente en su café con leche.

—Le dieron a Wolf —me dice. Parece haber vuelto a la realidad. Yo dejo de escribir a máquina, me cruzo de brazos, le presto atención. Von Stauffenberg siempre requiere atención. Está con los dedos pulgares enganchados en el correaje que le cruza el pecho. Acomodo mis papeles que he alejado de él, procurando que no me los ensucie con sus manos generalmente manchadas de barro, aceite, pólvora, o chocolate.

—Un mortero —prosigue— cerca del bosque, donde está la granja.

—¿Está mal?

Asiente con la cabeza. Sé que sufre. Pero hace lo imposible porque no se le note.

—Tal vez le corten las piernas —me dice.

—¿Lo has visto?

—Fui a la enfermería a verlo. Aún estaba bajo los efectos de la morfina.

Ahora Von Stauffenberg balancea rítmicamente las piernas, que no alcanzan a tocar el suelo. Es el único indicio de lo que le cuesta hablar de todo eso.

—Me impresionó mucho lo que me dijo —prácticamente murmura—, lo que me dijo luego, cuando salió de la anestesia.

—¿Qué te dijo?

—Me contó que había tenido un sueño. Mientras había estado inconsciente había tenido un sueño. Algo muy nítido. Muy claro. Es raro...

No quise apurar el relato. Klaus parecía recordar, por momentos fruncía la boca, el entrecejo. Sólo se escuchaba el sofocado remezón de los obuses ingleses y el impacto de sus tacos de oficial contra las patas de su silla.

—Me dijo algo como... que... —continuó— ...él estaba tendido en la gramilla, a orillas de un arroyo que pasaba junto a su casa, cuando era niño... no recuerdo el nombre del arroyo... —Klaus meneó una de sus manos en el aire, como desalentado— ...No se le escuchaba muy bien, no parecía tener mucho aliento el pobre Wolf. Bien, él estaba tendido en la gramilla y era un día luminoso, recalcó eso, un día luminoso, junto al arroyo, cuando alguien lo llama desde la otra orilla: "Helmutt, Helmutt", era una voz clara, cristalina. Helmutt se incorpora y ve una señora, una señora muy pálida, delgada, de hermosos ojos oscuros, vestida totalmente de negro, que le extiende la mano. Lo llama.

Von Stauffenberg vuelve a quedar callado. Ha encogido su pierna derecha hasta que el pie ha quedado apoyado en el respaldo de su silla. Sus manos se entretienen ahora con los cordones de la bota.

—Y Wolf me decía... —continúa— que él, en el sueño, pensaba: "No, no quiero ir con ella. No quiero ir". Pero que la señora lo volvía a llamar desde la otra orilla: "Helmutt", "Helmutt"... Helmutt quería escapar, alejarse de allí, pero algo lo atrapaba, le impedía moverse, seguía tirado en el pasto mirando hacia esa señora totalmente vestida de negro que lo llamaba. Entonces la señora le decía: "Iré a buscarte". Y comenzaba a cruzar el arroyo, casi flotando sobre el agua.

Klaus quedó en silericio. Tenía un dedo metido en la boca y se lo mordisqueaba.

—¿Fue allí que recobró el conocimiento? —le pregunto. Asiente con la cabeza.

Juguetea ahora con mis papeles. Me intranquiliza un poco. Temo que tome el tintero. Pero no. El Teniente Primero de Paracaidistas Klaus von Stauffenberg se pone de pie, arregla un poco su arrugado uniforme pardo, echa algo hacia atrás la pistolera de su Luger y se encamina hacia la escalerilla.

—Más tarde iré a verlo de nuevo —me anuncia.

—Yo también iré a verlo —le digo. Klaus comienza a trepar los escalones y se detiene.

—Mejor que te apures —recomienda—, se va.

Yo retomo mi relato. Debo enviar mi nota al diario. En sólo media hora parte el motociclista hacia la retaguardia y deberá llevarla. Trato de no prestar demasiada atención al polvillo blanquecino que se desprende de las vigas a cada explosión de los obuses ingleses. No pienso más en Von Stauffenberg. Ni reparo en el hecho de que puede ser la última vez que lo vea con vida.

Cuatro meses después, estando yo en Waldpolentz, veía pasar los restos de la quinta división blindada retirándose hacia las protecciones de Hanfgäslt. Los hombres marchaban adustos y cansados. Ya no se veía en sus ojos el brillo victorioso de los comienzos de la campaña.

Entré a un pequeño bar, milagrosamente conservado en aquella calle castigada por la artillería norteamericana. Estaba repleto de soldados y el humo de los cigarros lo invadía todo. Recuerdo que a duras penas logré acodarme en el mostrador y beber una cerveza. Entablé conversación entonces con un oficial tanquista de la división que había resistido fieramente en Ilse, Strasser y los bosques de Schuschniggerbersensfgen. Era un muchacho joven y estaba aguardando órdenes de la superioridad. Me contó que había combatido junto al Teniente Primero Klaus von Stauffenberg. Y me contó también su final.

Cuando salí del bar, ya era tarde, pasó por mi memoria la imagen de aquel bizarro oficial de paracaidistas, el más precoz de su promoción. Pasé revista a nuestras charlas, a su inclinación por recortar los mapas de campaña, su atildamiento en el vestir aun bajo los rigores de la batalla, su casi exagerada tendencia a usar lápices de colores para ubicar en los planos militares los desplazamientos de las tropas, su gráfica manera de narrarme los combates, ocultándose bajo las mesas, imitando con la boca las explosiones, dándoles a sus relatos matices de impresionante realismo.

Yo debí haber sabido, de antemano, que para él, Klaus von Stauffenberg, como para todos los soldados, estaba implícita la posibilidad de que un día cualquiera, una señora muy pálida y delgada, acudiera en su busca.

Eso fue lo que ocurrió, en definitiva. El rubio oficial tanquista me lo dijo, en el bar de Waldpolentz. Un día había llegado al frente una señora muy enérgica, de pelo recogido tras la nuca, presentándose como la madre del Teniente Primero Klaus von Stauffenberg. Éste se había negado a recibirla, corriendo a protegerse en una trinchera soterrada.

Pero todo fue inútil. La decidida señora aferró al duro oficial de un brazo, llegó a pegarle incluso con la mano abierta en la cabeza, y entre amenazas y reproches lo introdujo en un automóvil para conducirlo hacia Munich. Nunca más se supo nada de él.

Días después me embarqué en un tren hacia Oberszalberg. La sempiterna ironía sanguinaria de la guerra hace de la vida de los hombres apenas tenues líneas de lápiz que se entrecruzan.

EL EXTRAÑO CASO
DEL FRENTE DE PÉRIGUEUX

Juro que nunca conocí a un hombre tan obcecado como el comisario Philipe Drouilliet.

La novena compañía de infantería del coronel Stan Barrimore se hallaba asentada cerca del río Dordogne, en Périgord, aquel otoño del '44 cuando Drouilliet llegó en un viejo Citroën negro. Se presentó a la guardia y pidió hablar con el coronel. Yo estaba casualmente en la tienda de Barrimore pues solíamos reunirnos frecuentemente a discutir sobre el curso de la guerra, las bondades del brandy y la contundencia de los culos de las mujeres italianas.

Pero Drouilliet cortó intempestivamente nuestra charla, se sentó en una silla plegable con desenvoltura y nos dijo que era el comisario de Neuville.

Nos contó que uno de sus policías había hallado muerto un regimiento de dos mil quinientos hombres en las cercanías de Périgueux.

—¿Aliados o alemanes? —preguntó el coronel. Drouilliet sacó un largo cigarrillo y lo encendió.

—Eso es lo que no sabemos.

—¿Cómo que no lo saben? —me sorprendí.

—Han hecho un buen trabajo —dijo el comisario—. La persona o las personas que han cometido el hecho han sido profesionales, sin duda alguna.

—¿Cómo es que no han podido reconocerlos? —se ofuscó Barrimore.

—A todos los cadáveres les han arrancado las identificaciones de sus uniformes. Les han sacado los documentos. Les han llevado las armas —informó Drouilliet.

—¿Piensa que han tenido fines de robo? —preguntó Barrimore.

—No seamos ingenuos —castigó Drouilliet—. Es cierto que ninguno de los cadáveres conservaba su dinero. Pero seríamos muy simples si supusiésemos que ésa es la motivación principal. —Aspiró un par de veces su cigarro, contempló el humo que expelía y dijo:— Me inclino a pensar que se trata de una venganza.

—¿Y qué lo ha traído por aquí? —Barrimore se mostraba un tanto molesto.

—Necesito comprobar algo —dijo Drouilliet—. En estos momentos mis hombres están tomando las huellas dactilares de los cadáveres. No es empresa fácil. Desde ayer lo están haciendo y el problema es que se nos está acabando la tinta negra.

—Nosotros no tenemos —fue tajante el coronel.

—Nosotros conseguiremos —desestimó Drouilliet—, no se preocupe. Mis hombres están tomando las huellas dactilares y marcando con tiza los lugares donde se hallan los caídos. Pienso que les puede llevar un par de días. Y no dispongo de ese tiempo.

Barrimore y yo lo mirábamos con atención. Drouilliet se puso de pie y caminó por la amplia tienda de combate con expresión reconcentrada.

—Quien cometió ese asesinato no debe andar lejos —dijo—. Es notorio que tuvieron tiempo para hacer desaparecer todo indicio identificatorio, pero no el suficiente para hacer desaparecer los cadáveres. Algo debe haberlos asustado. Algo los hizo huir.

—¿Qué le hace pensar que se trata de más de una persona? —consultó Barrimore.

Drouilliet se masajeó la barbilla.

—La cantidad de las víctimas —dedujo—. Excesiva para ser el trabajo de una sola persona.

—Puede haber sido un maniático —arriesgué yo.

—Nada de eso —casi se mofó Drouilliet.

—¿Por qué no? —insistí, irritado—. La guerra ha desequilibrado a mucha gente.

—No es obra de un maniático —negó el comisario—. Las heridas son limpias, de bala. No hay excesos. No hay tajos ni laceraciones groseras. No hay muestras de que sea el trabajo de un desequilibrado.

El coronel Barrimore se inclinó algo sobre su mesa de operaciones, observó si el guardia se hallaba lo bastante alejado de la entrada de la tienda y bajando la voz, preguntó:

—¿No encontraron señales de abuso sexual?

Drouilliet negó con la cabeza. Nos quedamos un momento en silencio.

Barrimore frunció los labios.

—Estos bosques son peligrosos —dijo. Y él los conocía con largueza. Hacía casi dos meses que la novena compañía combatía en ellos.

—Ya lo creo —aprobó Drouilliet volviendo a sentarse—. Sobre todo de noche.

—¿Está usted seguro de que no son japoneses? —pregunté. Drouilliet me miró en forma prolongada y no me contestó.

—No me ha dicho aún —recordó el coronel— qué lo trae por acá, comisario.

—¿Tienen ustedes prisioneros alemanes? —preguntó el comisario.

—Así es. Hicimos cerca de cincuenta prisioneros en la toma de la villa, detrás del río.

—Necesito uno de ellos.

—¿Para qué?

—Me inclino a pensar —explicó Drouilliet— que la víctima es un regimiento alemán.

—¿Qué le hace pensar eso? —ahora fui yo el que se interesó.

Drouilliet se pegó un par de golpecitos en la punta de la nariz.

—Olfato —sintetizó—. Necesito alguno de sus prisioneros para que reconozca los cuerpos.

Barrimore llamó al guardia e impartió las órdenes necesarias. Pronto trajeron a la tienda a un joven oficial alemán que partió en compañía del comisario. Barrimore y yo quedamos en la tienda, hablando del tema y bebiendo. Tres horas después llegó nuevamente Drouilliet. Devolvió el prisionero a una de nuestras patrullas y penetró en la tienda. Tenía un rictus tenso en la cara.

—Son alemanes —dijo—. El séptimo regimiento de caballería de Passau.

—¿El prisionero los reconoció? —preguntó Barrimore.

Drouilliet aprobó con la cabeza. De pronto extrajo algo de uno de los bolsillos de su piloto y nos los mostró: era un proyectil de mortero.

—¿Qué es esto? —preguntó, desafiante.

—Un obús del 6, de mortero —reconoció Barrimore.

—¿Qué más? —urgió Drouilliet.

—De fabricación americana —balbuceó Barrimore. Vi que transpiraba.

—¿Quién lo usa?

—Bien... —vaciló el coronel— no sabría decirle...

—¡Es un obús del 6, de mortero liviano Marc-2! —gritó Drouilliet—. ¡Y lo usa la segunda división de artillería norteamericana acampada a pocos kilómetros de acá, en Angouleme!

Barrimore no atinó a decir nada, sus manos jugueteaban con un mapa de la región.

Yo permanecí en silencio.

Drouilliet, un tanto teatralmente, depositó con cuidado el obús en la mesa plegable.

—Uno de mis detectives lo encontró semienterrado, sin estallar, entre los cadáveres —dijo. Se quedó un instante mirando a Barrimore a los ojos hasta que éste bajó la vista—. Y la segunda división de artillería asentada en Aries está bajo su mando, coronel Barrimore.

Barrimore aspiró hondo y pareció que iba a responder. Pero enseguida se desinfló y comenzó a abatirse hasta sentarse en su silla.

—Sí, sí... —sollozó, tomándose el rostro con ambas manos—. Fui yo. Yo y el imbécil de Coogan.

Coogan era en ese entonces comandante tanquista.

—¡Pero Coogan no me dijo que los mataría —Barrimore elevó su desencajado rostro hacia Drouilliet con los ojos arrasados en lágrimas—, prometió que los asustaría, tan sólo!

Drouilliet, erguido frente a Barrimore, esperó a que a éste se le pasara el acceso de llanto. Mantenía una expresión sombría, las manos entrelazadas sobre sus glúteos.

—Caímos sobre ellos de noche... —murmuró Barrimore cuando se hubo calmado un poco—. No les dimos tiempo a nada. No sufrieron, comisario. No sufrieron casi nada, comisario, lo juro.

El coronel hizo una pausa, mirando el piso.

—¡Pero ellos nos provocaban! —elevó sus puños hacia Drouilliet—. ¡No cesaban de hacerlo! ¡Nos tiroteaban, nos arrojaban granadas, nos insultaban y, en un panfleto que arrojaron sobre nosotros desde un Junker, me calificaban de homosexual, comisario, puedo mostrárselo! —Barrimore se puso de pie y abrió un cajoncito de la mesa plegadiza revolviendo dentro de él.

—Déjelo por ahora, coronel —recomendó Drouilliet—. Quizá más adelante le sirva. Ahora tenga a bien acompañarme.

Barrimore se secó las lágrimas con el dorso de la mano.

—Oye, Ben —me dijo—, llama al Comando Estratégico y pide hablar con Patton. Dile que necesito un buen abogado.

—Le será necesario —aprobó Drouilliet sacando de su bolsillo un par de esposas—. Fue un error no hacer desaparecer los cuerpos.

Barrimore retrajo un tanto sus brazos instintivamente a la vista de las esposas, pero luego los estiró hacia adelante ofreciendo las muñecas.

—Debimos retirarnos —dijo—. Escuchamos ruidos de tanques y pensamos que podían ser los Panzer de Stuchermeninger. Nos asustamos.

El ominoso chasquido de las esposas al cerrarse nos acalló un instante.

—¿Qué pasará con mi tropa? —se inquietó Barrimore enseguida.

—Ya están siendo detenidos —musitó Drouilliet—. Vamos —ordenó.

Yo me acerqué al comisario y lo tomé de un brazo.

—Comisario —le dije en tono confidencial. Me miró con ojos fríos—. Considere usted que esto es una guerra.

Drouilliet me observó un instante.

—Quizás eso atenúe la pena, caballero —me contestó. Luego ambos, Drouilliet y el coronel, salieron de la tienda.

Los cuatro mil trescientos veintitrés hombres de la novena compañía del coronel Stan Barrimore fueron condenados a ocho años de prisión, que purgaron en la unidad penitencial de Vichy.

El coronel Stan Barrimore debió completar una condena de diecinueve años en la penitenciaría de Isberne, cerca de

Marsella. Recuerdo que lo vi meses después de haber salido y estaba considerablemente más delgado.

EL *U-222*

El cronista alemán Hardy Ernst Eduard Fischer, a bordo del submarino de su país U-222 (llamado también "Las tres ánades") realizó anotaciones que registran las últimas y dramáticas horas de esa nave.

Las notas, reunidas desprolijamente en una pequeña libreta, son el único documento existente sobre los patéticos hechos vividos por la tripulación del sumergible.

Hace muchísimo tiempo que no salimos a superficie. Hemos discutido mucho. Algunos sostienen que son ya cuatro y otros, seis, los años que hemos estado sumergidos. Discutir es una de las pocas actividades que nos ocupa. La última acción de guerra la mantuvimos considerable tiempo atrás y nos quedan dos dudas: el blanco hundido puede haber sido un mercante de bandera panameña o un iceberg. La acción pudo haber transcurrido en el Mar del Norte pero la visión a través del periscopio de algunas palmeras en el horizonte nos llena de interrogantes.

Nuestro capitán, Udgen von Brandt, no quiere gastar el último torpedo que nos resta. Dice que lo reserva para alguna ocasión especial. Así hemos dejado pasar oportunidades brillantes, como fragatas, botes de vela, portaaviones, sampanes y hasta canoas de nativos polinesios. Von Brandt es muy tozudo.

Nos hemos abstenido de atacar un transporte de tropas de formidable calado. Es cierto que era uno de los nuestros, pero hubiese aumentado considerablemente nuestro tonelaje hundido. El capitán se mantuvo en sus trece. Ernst Hoffmann, contramaestre de a bordo, está que vuela.

No es fácil la vida de un ecologista a bordo de un submarino. Rudolf Speer, un robusto oficial nacido en Munich, insiste en sacar adelante un pequeño jardincito en el fondo de la sala de máquinas. Se le secan las azaleas y la falta de oxígeno perjudica sus marimoñas. Un error burocrático ha traído a Speer a la nave: lo eligieron suponiendo que él se hallaba en "Parque y Munición de Guerra" cuando en verdad revistaba en "Parques y Paseos".

Presionado, el capitán nos reúne y nos habla. "Señores", dice, "el último torpedo está reservado para Franklin Delano Roosevelt, presidente de los Estados Unidos". Nadie dice nada. Es una tripulación donde hay veteranos de Scapa Flow, hombres hechos en la escuela de lucha submarina de Geijelhoering, marinos forjados en la constante lucha con las galletas de a bordo y el guiso marinero. Pero algunos, yo entre ellos, nos preguntamos si una acción de ese tipo no será determinante para empujar a Norteamérica a zambullirse en el conflicto bélico.

Rudolf Speer está consternado. Se le han secado dos petunias y nos informa de algo peor: su begonia está llena de hormigas.

El capitán me conduce a la sentina de recarga y me muestra el único torpedo que nos resta. Es plateado y en uno de sus flancos tiene grabado a fuego: "Franklin Delano Roosevelt".

"Le tiraré a la cabeza", me dice. Hay en sus ojos un odio inconmensurable.

El aire se torna irrespirable. Está enrarecido y debemos turnarnos para respirar por el snorkel. Tenemos manchas de humedad en una de las paredes laterales que dan sobre la cabina de mandos.

¡El oficial de segunda Dieter Shenninngerh ha percibido en el sonar los ecos de las hélices de un navío americano! Es un destructor. Corremos a nuestros puestos de combate. Pruebo la eficiencia de mi máquina de escribir. El capitán no quiere gastar el último torpedo.

La situación se complica. El destructor no está solo, lo acompaña una lancha torpedera.

La lancha torpedera tampoco está sola. La siguen dos acorazados de los grandes, catorce cruceros livianos, hay cuatro portaaviones, un número de barreminas que no sobrepasa las cuarenta unidades y no podemos terminar de contar las fragatas.

Hemos hecho contacto radial con el enemigo. Sugieren que salgamos a superficie o nos harán polvo. Von Brandt se muestra desesperado. Informa a la nave insignia yanqui que sólo saldrá a la superficie si se lo pide el propio presidente de los Estados Unidos en persona. Sé que es un ardid. Von Brandt juega una de sus últimas cartas para destruir al hombre que ha sido su obsesión durante todos estos años.

Los norteamericanos nos informan que Nixon no se halla en Estados Unidos. Está de gira por Japón. Estamos confundidos. O han matado a Roosevelt suplantándolo por el tal Nixon o han sucedido cosas muy graves afuera.

De una manera u otra, estamos perdidos. El capitán toma una determinación: se emergerá con su nave. Procuramos disuadirlo. Ha sido un excelente combatiente, nadie podrá acusarlo de deshonor. Pero él está decidido. Una vieja tradición marinera así se lo dicta. Insistimos en que varíe su postura. Todo es inútil. Hay lágrimas en algunos rudos marinos.

Toda la tripulación se ha suicidado. Algunos se han disparado a la cabeza. Otros han bebido creolina. Yo he pedido al capitán que me deje acompañarlo en su holocausto. Ha intentado disuadirme. Me ha informado, a su vez, conmovido, que yo estoy exento, como periodista, de la ley del mar. Pero le digo que alguien debe registrar su sacrificio.

Udgen von Brandt se ha puesto su uniforme de gala. Está sereno y su rostro mantiene una expresión de grave compostura. "Un capitán se emerge con su nave", me repite. Salimos a superficie.

Nos recoge un navío americano. No sabemos qué horrores nos esperan. No entiendo el inglés pero me estremezco cuando escucho, al pasar, la palabra "yoghurt".

MI AMIGO PETER

Como corresponsal de guerra me ha tocado enfrentar un sin-número de situaciones amargas, duras.

A pesar de la cierta insensibilidad que se va apoderando de uno debido a la misma naturaleza del trabajo, cada tanto los acontecimientos nos ponen de cara a trances que nos devuelven el áspero sentido del dolor, el pesar y el espanto mismo.

Pero quizás el que más me puso a prueba, el que más hondo hirió mi fibra humana fue el encuentro que me tocó vivir en el hospital militar de las tropas inglesas, en Sttumberben, aquel verano del '44.

La infantería alemana se había retirado tras las márgenes del río Speer, y las campiñas y poblados mostraban los efectos devastadores de la artillería canadiense. Como las aguas de una inundación al retirarse, las tropas especiales del general Haus Obersalberg habían dejado un terreno alfombrado de escombros, hierros retorcidos, restos de vehículos blindados y cápsulas servidas.

El hospital municipal de Sttumberben había quedado milagrosamente en pie, algo ennegrecido por el humo de los incendios, quizás agrietado ante los remezones tremendos de un cañón "Gran Berta" que los nazis habían disparado desde uno de sus pasillos.

Hacia allí marché presuroso cuando me dijeron que Peter Whiting había ido a dar con sus huesos, o lo que quedaba de ellos, a una de las camas de campaña. Le había estallado una mina bajo sus pies cuando se empecinó en patearla creyendo que era una lata de jamón del diablo enterrada por los alemanes antes de huir.

Los nazis llevaban adelante la táctica de "tierra arrasada". "Haremos como el perro del hortelano", había amenazado el general Obersalberg ante la ofensiva aliada. Para su desgracia, los jóvenes soldados teutones desconocían, en su mayoría, qué era lo que hacía el perro del hortelano. Por lo tanto la retirada fue un completo desorden de tropas cavando pozos para enterrar huesos, girando sobre sí mismas antes de dormir, o bien, orinando contra los árboles. Peter Whiting era algo así como un hermano para mí, y me sacudió la noticia de su desgracia. Cuando entré al hospital, hirviente de soldados, enfermeras y camilleros, me preparé para enfrentarme con el horror.

Durante una hora caminé entre larguísimas hileras de heridos, hasta que una amable enfermera francesa me indicó la sala donde se hallaba Peter.

—¿Usted lo conoce? —recuerdo que me preguntó. Asentí con la cabeza—. Lo encontrará muy cambiado —me previno. Yo sentí un nudo en el estómago.

Ya en el tercer piso, una robusta jefa de enfermeras me condujo hacia la cama de mi amigo. Estaba algo apartada del resto de las otras camas, y un par de lienzos blancos, flanqueándola, le daban una cierta privacidad.

Peter estaba cubierto, a pesar del intenso calor, con una sábana hasta los hombros. Se veían parte de éstos y me impresionó la blancura de su carne. La cara no podía verse, totalmente vendada y el cráneo desaparecía bajo un casco de yeso. Se le apreciaba, sí, la oreja derecha, nítida, armónica.

No obstante resultarme familiar esa oreja, no pude menos

que consultar con la mirada a la caba. Ésta afirmó entrecerrando los ojos.

Las primeras palabras que cruzamos con Peter fueron casi ceremoniales, productos de la tensión del encuentro. La voz de mi amigo me llegaba sofocada bajo las vendas. Recuerdo que hablamos banalidades, bromeamos y recordamos amigos comunes de la lejana Liverpool, ciudad donde nos habíamos conocido.

—Oye, Burt... —me dijo en un momento dado Peter—, sobre una de las sillas hallarás una frazada. Cúbreme los pies, por favor.

Busqué con la vista la frazada, en tanto pensaba que la convalescencia le había conferido cierto estado atérmico a Peter. No debía hacer menos de 35 grados de calor.

Cuando coloqué la frazada sobre el lugar donde deberían estar los pies de Peter, sólo palpé una planicie acolchada. Volví a mirar interrogativamente a la caba. Ésta negó lentamente con la cabeza.

Me habían hablado de esa extraña sensación que suelen percibir los mutilados, ese "reflejo fantasma" proveniente de un miembro que ya no tienen. Proseguí de inmediato la conversación con Peter, intentando soslayar el duro trago y evitar hablar del tema. Pero un minuto después Peter insistió.

—Perdona, Burt, perdona que te interrumpa... pero súbeme un poco la frazada. Es en las piernas que siento frío.

Corrí la frazada más hacia la cintura y me volvió a ocurrir lo mismo que antes: bajo mis dedos no percibía ningún volumen. Consulté con la vista a la caba. Ésta meneaba la cabeza lenta y negativamente.

Me fue difícil enhebrar la charla con Peter, que ahora hablaba de la situación vacilante del frente de guerra. De repente, como animado, pasó a comentar su episodio con la mina.

—El mayor cimbronazo lo sentí en la cadera —me confió—.

Siento como si tuviese una protuberancia allí, sobre el costado derecho. Tócame, Burt.

Con real aprensión palpé el sitio por él indicado y sólo encontré la mullida respuesta del colchón. Busqué los ojos de la caba con desesperación. Ésta negó lentamente con la cabeza. Creo que Peter notó en mi charla, de allí en más, el desaliento. Continuó hablando, sin embargo, hasta que se interrumpió para pedirme algo.

—Burt... ¿ves la sonda que tengo en el pecho? —yo no veía nada sobre la sábana—. Sácamela, por favor. Me dijeron que la tendría sólo una hora y ya se ha cumplido. Me molesta.

Me quedé paralizado.

—Sácamela, sácamela, Burt —me animó Peter. Hice ademán de tocar el sitio donde debía estar su tórax y mi mano volvió a dar contra la chatura, bajo el lienzo blanco. Clavé mis ojos en la caba, sin poder creerlo. La caba negó lentamente con la cabeza.

Creo que estuve unos minutos más y salí huyendo. A la salida me di de bruces, confundido como estaba, con un teniente de infantería cuyo nombre no recuerdo. Me preguntó por Peter, él también lo conocía. Le contesté con frases entrecortadas, pero elocuentes.

—Qué pena —dijo—. Un muchacho tan espontáneo. Tan simple. Peter es, solamente, lo que se ve —definió, compungido.

—Ya lo creo —dije. Y proseguí escaleras abajo.

ÍNDICE

Impreso y encuadernado en **KALIFÓN S.A.**
Humboldt 66 (B1704GMB) Provincia de Buenos Aires,
Argentina, en febrero de 2008.